沒有色彩的多崎作和他的巡禮之年

村上春樹

賴明珠 譯

色彩を持たない多崎つくると、彼の巡礼の年

Colorless Tsukuru Tazaki
and His Years of Pilgrimage

1

從大學二年級的七月，到第二年的一月，多崎作活著幾乎只想到死。在那之間雖然迎接了二十歲的生日，但那個刻度並沒有任何意義。那些日子，對他來說，覺得斷絕自己的生命是比任何事情都自然而合理的。爲什麼當時沒有踏出那最後一步，他到現在都不明白原因何在。如果是那時候的話，要跨過隔開生死的門檻，是比吞下一顆生雞蛋還簡單的事。

他沒有實際去試著自殺，或許是對死的想法實在太純粹而強烈了，找不到和那相稱的死的手段，無法和心中的具體形象連接起來。當時具體性不如說是次要問題。如果當時手邊可及的地方有通往死的門扉的話，他應該已經毫不遲疑地推開了。不加深思，也就是以日常的連續去做了。但不知幸或不幸，他無法在伸手可及的地方找到那樣的門扉。

那時候如果死掉就好了，多崎作常常這樣想。如果那樣的話現在在這裡的世界就不存在了。他覺得那是很有魅惑性的事。在這裡的世界不存在，在這裡被視爲眞實的東西變成並非眞的。就和對這個世界來說自己已經不存在的理由一樣，對自己來說這個世界也不存在。

但同時，自己在那個時期，爲什麼非要那樣緊緊貼近死亡不可呢？其實他也無法理解眞正的原因。就算有具體契機，但爲什麼對死亡的憧憬會那樣強而有力地，把自己緊緊包進去將近半年之久呢？包進去——沒錯，這是正確的表現法。就像被巨大的鯨魚呑進去，在那肚子裡活下去的聖經中的人物那樣，作掉落死之胃袋，在黑暗沉滯的空洞中度過沒有日期的每一天。

他在那個時期以一個夢遊症者，或一個還沒發覺自己已經死掉的死者般活著。太陽升起就醒來，刷牙，穿上手邊的衣服，便搭電車去大學，在課堂上記筆記。像被強風吹襲的人緊緊抱住路燈柱子那樣，他只是依眼前所有的時間表行動而已。如果沒事他和誰都不開口，回到一個人獨居的房間坐在地上，靠著牆壁，反覆想著死，或生的缺陷。黑暗的深淵在他眼前張開大口，筆直通往地球的芯。那裡看得見的是密密的雲捲著漩渦的虛無，聽得見的是壓迫著鼓膜的深深沉默。

不去想到死時，則完全什麼都不想。什麼都不想並不是多難的事。既不看報紙，也不聽音樂，連性慾也沒感覺到。世間所發生的事，對他都沒有任何意義。窩在屋裡累了，就走出外面在附近漫無目的地散步。或到車站去坐在長椅上，一直望著電車的開進開出。

每天早晨沖澡，仔細地洗頭，一星期洗兩次衣服。清潔也是他所緊緊抱著的柱子之一。洗衣服、洗澡、刷牙。對吃的事情幾乎毫不在乎。午餐會在大學的餐廳吃，然後幾乎就沒吃什麼像樣的東西。覺得餓了，就到附近的超市去買蘋果和青菜回來啃。或直接吃白吐司，就著紙盒喝牛奶。到了該睡覺的時間，就像吃藥般喝下一小玻璃杯威士忌。幸虧酒力不強，少量威士忌就能把他簡單送進睡眠的世界。當時的他沒做過一次夢。就算做了，那些只要一浮現，就會從無處攀手的光溜溜意識斜坡往虛無的領域滑落下去。

多崎作會那樣強烈地被死所吸引的契機非常明顯。就是他長久以來親密交往的四個朋友，有一天斷然告訴他，我們都不想再看到你，不想和你講話了。沒有妥協餘地就這樣唐突地。而且對那樣嚴厲通告的理由，沒有向他做任何說明。他也刻意不問。

和這四個人是高中時代的好朋友，但作已經離開家鄉，在東京上大學。因此就算被這群朋友放逐了，日常生活並沒有不方便的地方。也不會在路上碰到他們而感到尷尬。但那終究只是理論上來說。由於遠離那四個人，作所感受到的傷痛反而被放大了，變得更迫切。疏離和孤獨化爲幾百公里的纜繩，巨大的絞盤將那絞得緊緊的。而且透過那緊綳的纜繩，不分晝夜地傳來難以判讀的訊息。那聲音像穿過林間樹叢的疾風般，一邊變換著強度一邊斷斷續續地刺著他的耳朵。

他們五個人是名古屋市郊公立高中的同班同學。三個男生，兩個女生。一年級的夏天，因爲參加了一個志工活動而成爲朋友，升級分班之後，這組親密的友情依然繼續不變。雖然那個活動是學校所指派的暑期社會科的課題，但指定期間結束後，團隊仍然依照自己的意願主動繼續活動。

除了服務的活動之外，假日大家也會一起去登山、打網球、到知多半島去游泳，或到誰家聚會一起做功課準備考試。或不特別選擇地方（這種情況最多），只要大家聚在一起就可以聊個沒完。雖然沒有特別設定主題，但話題總是源源不絕。

五個人相遇是偶然的機緣。課題的志工活動有幾種選擇，聚集跟不上學校正常課業的小學生（多半是逃學、曠課、拒絕上學的兒童）做課後輔導，也是一個選項。全班三十五人的同學中只有他們五個選擇了那個課程。五個人參加了三天名古屋市近郊所舉辦的夏令營，在那所天主教創辦的學校，和孩子們打成一片感情非常好。

在夏令營工作的空檔，他們一有時間就坦率地交談，互相理解彼此的想法和爲人。說出希望，和自己所遇到的問題。而且在夏令營結束時，五個人分別感到「自己現在正處在對的地方，交上對的朋友」。自己需要其他四個人，同時其他四個人也需要自己——有這種調和的感覺。就像偶然所帶來的幸運的化學性融合。齊備了同樣的材料，無論準備多周到，可能也無法獲得第二次相同的結果。

後來他們在周末，大約以一個月兩次的頻率，會前往那個課輔學校教小朋友做功課，讀書給他們聽，一起運動和遊戲。也會在庭園除草，幫忙油漆校舍，或修補遊戲設備。這種活動繼續了兩年半，直到高中畢業爲止。

只是三個男生、兩個女生的組合，可能從一開始就含有幾分緊張的要素。例如假如男女雙雙都成爲一對情侶的話，就多出一個人來了。那種可能性應該經常以密實的小傘雲籠罩在他們頭上。但實際上並沒有發生這種事，連可能發生的跡象都看不到。

該說偶然吧，五個人都是大都市郊外「中上」階級家庭的孩子。雙親屬於所謂的團塊世代，父親是專門職業者，或在一流企業上班。對孩子教育費的付出毫不吝惜。家庭至少表面上都很平穩，沒有離婚的雙親，母親大多時間都在家裡。學校是所謂升學的學校，所以成績水準整體算高。以生活環境來說，他們五人之間相異點還不如共通點要多得多。

此外除了多崎作一個人之外，其他四人都偶然擁有一個小小的共通點。名字含有顏色。

兩個男生姓赤松和青海，兩個女生姓白根和黑埜（埜同野）。只有多崎和顏色無緣。從一開始，作就因爲這件事感受到微妙的疏離感。當然名字有沒有色彩，是和人格沒有任何關係的。這點他很清楚。但他對這件事覺得很遺憾，而且連他自己都很驚訝的是，還因此頗爲受傷。其他的人好像理所當然似地，立刻互相以顏色相稱。「紅仔」「藍仔」「白妞」「黑妞」地叫。只有他依然稱爲「作」。如果自己也擁有帶色彩的姓那該多好，作很認眞地想過幾次。那樣一切就更完美了。

紅仔的成績格外優秀。雖然看不出他有特別努力用功，但所有學科成績都是頂尖的。但他並不因此而驕傲，反而有退後一步顧慮周圍感受的地方。簡直像以自己頭腦優秀爲恥似的。只是像在小個子的人身上經常可以見到的那樣（身高始終都沒超過一百六十公分），一旦做了決定，就算是微小的事情也有不輕易讓步的傾向。對不合理的規則，或能力有問題的教師，也經常會認眞生氣。由於生來不服輸的個性，網球比賽打輸了會很不開心。雖然不是說他輸不起，不過很明顯地話會變少。其他四個人覺得那樣沒耐心的他相當有趣，經常開他玩笑。最後紅仔自己也笑起來。他父親是名古屋大學經濟系的教授。

藍仔是橄欖球社的前鋒，體格好得沒得挑剔。三年級時擔任球隊的隊長。肩膀寬闊、胸膛厚實、寬額大嘴、鼻梁挺直。是個幹勁十足的運動員，身上經常帶有新的傷口。似乎不太適合踏踏實實的用功方式，不過個性開朗，受到很多人歡迎。看人時眼光直視，以清楚的聲音說話。食量驚人，吃什麼都津津有味。絕少說人的壞話，人家的名字和長相他立刻記住。經常聽人說話，擅長打圓場。作現在還記得他在橄欖球賽之前，和隊友圍成一圈，高聲激勵大家的光景。

他大聲喊著：「聽好，我們現在開始要打勝。對我們來說問題是要如何勝法，要勝多少。我們沒有敗的選擇。聽好，我們非勝不可！」

「我們非勝不可！」選手們大叫，然後往球場散開。

但他們高中的橄欖球校隊並不特別強。藍仔自己雖然天生運動能力強，是個聰明的選手，但球隊整體水準只能算還好而已。如果遇到提供獎學金從全國招募優秀選手的私立高中的強校隊時，往往三兩下就吃敗仗了。不過比賽一結束後，藍仔就不太在乎勝敗了。「重要的是想戰勝的意志本身。」他常常說。「在實際的人生中，我們無法一直繼續保持勝利。有時會勝利，有時也會失敗。」

「而且有時會雨天順延。」愛諷刺的黑妞說。

藍仔悲哀地搖搖頭。「妳把橄欖球跟棒球和網球搞混在一起了。橄欖球是雨天也不順延的。」

「下雨也比賽嗎?」白妞驚訝地說。她對所有的運動幾乎都不感興趣也沒有知識。

「眞的啊。」紅仔裝得正經八百地插嘴。「橄欖球比賽是不管下多大的雨都不會中止的。所以每年有很多選手在競技中溺死。」

「太過分了!」白妞說。

「嘿，妳眞傻。這當然是開玩笑的啊。」黑妞驚訝地說。

「話題扯遠了。」藍仔說。「我只想說，輸得漂亮也是運動能力之一這回事。」

「而且你每天都在努力練習這個。」黑妞說。

白妞容貌端正，令人聯想到古時候的日本人偶娃娃，個子高高身材苗條，體型像模特兒一般。長長的頭髮烏黑亮麗。許多擦肩而過的路人，都不禁要回頭看她。然而她卻有點對自己的美不知所措的樣子。個性很認眞，無論哪方面引人注目總讓她感到不自在。雖然能彈一手優美而高明的鋼琴，但在不認識的人前面則絕不顯露她的琴藝。只有在課輔學校耐心教小朋友彈鋼琴時，她看起來顯得格外幸福。作在其他場合，從來沒看過白妞那麼愉快明朗的表情。有幾個孩子可能不適應一般的學習，卻擁有自然的音樂才華，這樣被埋沒掉太可惜了，她說。但那所學校只有一台接近古董的立式鋼琴。他們五個人爲了幫孩子們買新鋼琴，熱心地發起募款活動。暑假全體去打工。也到樂器公司去請求協助。並在長期努力之後終於能買到平臺式大鋼琴了。那是高中三年級春天的事。他們這種腳踏實地的奉獻服務受到注目，連報紙都報導出來。

白妞平常話很少，但她喜歡生物，一談到貓或狗時臉上表情就會忽然改變，很熱心地加入談話。雖然她本人說當獸醫是自己的夢想，但作無論如何都無法想像她拿起銳利的手術刀割開拉不拉多犬的肚子，或把手伸進馬的肛門的情景。如果去上獸醫專門學校的話，當然這種實習是必修課。她父親在名古屋市內經營婦產科醫院。

黑妞的容貌說起來是比一般水平要高一點的程度。但表情生動，活潑可愛。塊頭大身體圓潤，從十六歲時胸部就已經很豐滿。自立心強，個性強悍，快嘴快舌，頭腦轉得也一樣快。文科成績優秀，數學和物理卻很糟糕。父親在名古屋市內主持會計師事務所，但她看來實在不可能幫上忙。作還經常幫她做數學習題。黑妞常會說些犀利的諷刺，不過倒有她獨特的爽快幽默感，和她談話既開心又刺激。她也是個熱心的讀書狂，手上經常捧著書。

白妞和黑妞兩個人初中時已經是同班同學，從五個人結成夥伴之前，彼此就已經很熟。她們兩人並排在一起時，看來相當出色。一個是藝術才華洋溢，卻文靜內向的大美人；一個是聰明調皮，又愛諷刺的活寶貝。眞是獨特而有魅力的組合。

這麼想起來，這些夥伴中只有多崎作是沒有明顯特徵和個性的人。成績也只不過中上的程度。他對用功沒有特別興趣，不過上課通常很注意聽，最低限度的預習和複習也都從來不會遺漏。從小不知怎麼就養成這種習慣了。就和飯前一定洗手，飯後一定刷牙一樣。因此雖然沒有得到引起周圍注目的成績，但每個學科都能輕鬆達到及格分數。雙親也只要他不出問題，對學校成績並不斤斤計較，也不會勉強他去補習，或幫他請家教。

雖然不討厭運動，不過並沒有參加運動社團積極從事活動，只有和家人或朋友有時去打網球、有時去滑雪、有時去游泳池游泳。這種程度而已。偶爾也有人說他容貌端正，這總之不過表示「沒有特別的缺陷」而已。他自己在鏡子前面望著自己的臉，常常會感覺到那無可救藥的無聊。既沒有特別關心藝術，也沒有特別的興趣和特技。算是沉默寡言，經常會臉紅，不擅長社交，和初次見面的人在一起時會坐立不安。

要勉強說他的特徵，那麼就是五個人之中他的家境可能最富裕，還有他的阿姨是個專業演員，雖然樸素不過還相當有知名度。不過以作個人來說，他並沒有具備值得向人誇耀，或能顯示說你看我有這個的特質。至少他自己這樣覺得。各方面都是中庸的。或者說色彩是淡薄的。

只有一個可以稱得上是興趣的事，多崎作比什麼都喜歡看車站。不知道爲什麼，但自從有記憶以來，他一直都被鐵路車站所吸引。無論是新幹線的巨大車站、鄉間的單線小車站、或純粹講求實用的集貨車站，只要是鐵路的車站就行了。和車站有關的一切事物都能強烈吸引他的心。

小時候他也和大家一樣著迷於鐵路模型，但他實際上感興趣的並不是製作精巧的火車頭和車廂，不是一邊複雜地交叉一邊延長的鐵道路線，也不是設計精巧的情景模型，而是附屬品般放在那上面的普通車站的模型。他喜歡看電車通過那樣的車站，或慢慢降低速度然後準確地停在月臺上。他會想像乘客來來往往的模樣，聽到站內的廣播聲和發車時的鈴聲，站務人員俐落的動作。現實和空想在腦子裡混合，他甚至興奮得身體都顫抖起來。然而，他卻無法向周圍的人合理說明自己的心爲什麼會那樣被鐵路車站所吸引。而且就算說明了，如果人家認爲你是個奇怪的孩子那豈不更糟糕。而且作自己也想過，說不定自己眞的有什麼不正常的部分。

雖然沒有明顯的個性和特質，而且雖然經常有趨向中庸的傾向，但自己好像有和周圍的人稍微不同，有不太能稱爲普通的部分。帶有這種矛盾的自我認識，從少年時代到三十六歲的現在，在人生中處處爲他帶來困惑和混亂。有時是輕微的，有時則相當嚴重而強烈。

自己爲什麼會加入那個朋友團體，作經常會搞迷糊。自己在眞正的意義上有被大家需要嗎？或許沒有自己，其他的四個人可以更無所顧忌地快樂相處。他們是否只是碰巧還沒留意到這件事而已？遲早總會想到吧？多崎作越想越感到迷惑。要追究自己的價值，就像要衡量一個沒有單位的物質那樣。指針不會發出喀擦一聲停在某個地方。

但除了他之外的四個人，似乎並沒注意到這種事情。在作的眼裡，他們五個人全體集合，共同行動，看來是真心感到快樂的樣子。這必須正好是五個人。不能多一個，也不能少一個。就像正五角形是由長度相等的五邊所形成的一樣。他們臉上的表情明顯地這樣說。

而且多崎作當然也以自己是組成那五角形的一個不可或缺的一片而感到高興和自豪。他衷心喜歡其他四個人，而且比什麼都愛他們這種一體感。就像樹苗從地下吸收養分那樣，作從這個團體吸收了思春期所必要的營養，在體內儲存成長所需的重要糧食，或放著以備供應非常時期所需的熱源。不過雖然如此，他心底經常都有一種恐懼，怕自己有一天會從這親密的共同體脫落，或被彈出，一個人被留下。和大家分開之後變成一個人，就像黑暗的不祥岩石，在退潮時露出海面那樣，這種不安經常會抬頭。

＊

「從這麼小的時候就喜歡車站了嗎？」木元沙羅很佩服似地說。

作點點頭。有點小心。他不希望自己被她認爲是理工科大學或職場中經常可見到的專業而不諳世事的傻瓜御宅族。不過結果可能會變成那樣。「嗯，不知怎麼從小就喜歡車站。」他承認。

「好像是相當一貫的人生啊。」她說。雖然覺得有點好笑，但話中聽不出否定的意味。

「爲什麼是車站，非車站不可嗎？我也無法說明。」

沙羅微笑。「那一定是所謂的天職吧。」

「或許。」作說。

爲什麼會談到這個話題呢？作想。那是很久以前發生的事了，如果可能眞希望從記憶中消除。不過沙羅不知怎麼很想聽作高中時代的事情。你是什麼樣的高中生？做了些什麼樣的事？然後一留神時，他的話題已經很自然地轉到那五個人的親密團體了。各具色彩的四個人，和沒有色彩的多崎作。

兩個人在惠比壽鬧區外圍的一家小酒吧。本來預定到她所認識的日本料理小店去吃晚餐的，但因爲沙羅說午餐吃得遲不太有食欲，因此取消預約，決定在什麼地方邊喝雞尾酒暫時先吃點乳酪和核果。作也不覺得特別餓，所以並不反對。本來他食量就小。

沙羅比作大兩歲，在一家大旅行社上班。專門做海外旅行團的行程規畫。當然經常到海外出差。作則在涵蓋西部關東地區的鐵路公司的車站設計管理部門上班（眞是天職）。雖然沒有直接關係，但可以說都是和運輸有關的專門職業。兩人在作的上司慶祝新居落成的家庭派對上被介紹認識，在那裡交換了電子信箱，這是第四次約會。第三次見面時，晚餐後到他的住處，發生親密關係。到此爲止是非常自然的過程。而今天則是那一星期後，正處於微妙階段。照這樣進行下去的話，兩人的關係可能會加深。他三十六歲，她三十八歲。當然，和高中生的戀愛是不同的。

從第一次見面時開始，作就不可思議地喜歡上她的容貌。她並不是標準意義上的美女。從顴骨突出的這點看來似乎有點倔強，而且鼻子略薄微微尖翹。但容貌中有**某種**非常生動的感覺，這點吸引了他的注意。眼睛平常是細的，想看什麼時，卻會忽然睁得大大的。一對毫無懼色、充滿好奇心的黑眼珠，這時就會出現。

平常沒注意到，不過作的身上有個地方極其敏感。那是在背上的某處。是自己的手摸不到的柔軟而微妙的部位，平常被什麼覆蓋住，從外表看不見。但在完全沒有預期的時候，會忽然因爲某種情況而露出來，好像被誰的手指壓到似的。這時他內部的什麼會開始動作，體內會分泌出特別的物質來。那物質和血液混合，傳送到身體的每個角落。這時所產生的刺激感覺，既是肉體性的東西同時也是心象性的東西。

第一次見到沙羅時，他背上的那個開關，就有被不知從什麼地方伸出來的匿名的指尖，確實按下去的感觸。認識的那天，兩個人談了相當久，不太記得談了些什麼。只記得背上那突如其來的感觸，和那所帶給他的身心，無法以語言適當表現的不可思議的刺激。部分鬆緩、部分緊縮。那種感覺。那到底意味著什麼？多崎作繼續想了好幾天那意味。不過去思考無形的事物，本來就不是他所擅長的。作寄了e-mail，邀她吃飯。為了確認那感觸和刺激的意味。

和中意沙羅的外表同樣地，他對她身上所穿的衣服也有好感。裝飾很少，剪裁自然而優雅。而且一副很舒服地貼合在她身上。給人的印象雖然簡單，但他也可以很容易想像她似乎花了相當時間挑選，付出了不少代價在那衣服上。飾品和化妝為了搭配都高尚而節制。作自己雖然算是不太講究服裝的，但從以前開始就喜歡看擅長穿著的女人。就像鑑賞美好的音樂一樣。

他兩個姊姊也喜歡穿著。她們在約會之前經常抓住還小的作，詢問他對她們所穿衣服的意見。不知道為什麼，相當認眞。嘿，你覺得這怎麼樣？這樣搭配好不好？然後他每次都會以一個男人的身分，坦白說出自己的意見。兩個姊姊多半會尊重弟弟的意見，他也為這種事感到高興。這個習慣不知不覺就養成了。

作一邊安靜地啜著沖淡的highball高杯酒，一邊悄悄在腦子裡描繪著讓沙羅脫掉身上洋裝的情景。鬆開鉤子，輕輕拉下拉鍊。雖然只有一次經驗，但和她做愛既舒服又充實。穿著衣服時和脫掉衣服時，她看起來都比實際年齡年輕五歲。皮膚白皙、乳房雖然不大但形狀圓得很美。花時間撫摸她的肌膚感覺很舒服。射精之後，繼續抱著她的身體心情變得好溫柔。不過當然光是這樣還不行。他知道這個。這是人與人的結合。有接受，就必須要有付出。

「妳的高中時代是怎麼樣的？」多崎作問。

沙羅搖搖頭。「我的高中時代，沒怎麼樣。因為說起來很無聊。什麼時候說給你聽也好，不過現在我想聽你說。你們五個要好的朋友怎麼樣了？」

作抓起一把核果放在掌心，送了幾顆到嘴裡。

「我們之間，雖然沒說出口，但有幾個不成文的規定。『盡可能五個人一起行動』也是其中之一。例如盡量避免某人和某人兩個人單獨做什麼事。如果不這樣，這個團體可能遲早會四分五裂地散掉。我們必須是一個有向心力的組合才行。該怎麼說才好呢？我們想要維持一個像不會亂掉的、調和的共同體般的東西。」
「不亂的調和的共同體？」聽得出帶有純粹的驚訝。
作臉微微紅起來。「因爲是高中生，所以有很多怪想法。」
沙羅一邊盯著作的臉，一邊稍稍歪一下頭。「我倒不覺得怪。只是那共同體的目的是什麼呢？」
「團體本來的目的就像剛才說過的那樣，是爲了幫助聚集了學習能力和學習意願有問題孩子的學校。那是出發點，當然對我們來說那始終擁有重要的意義。不過隨著時間的經過，可能我們是一個共同體這件事本身，已經成爲一個目的了。」
「讓那個存在並繼續下去，本身就是一個目的了。」
「或許。」
沙羅緊緊瞇起眼睛說：「就像宇宙一樣。」
「宇宙的事情我不太清楚。」作說。「不過那時候我們覺得那是非常重要的事。繼續保護我們之間所產生的特殊化學作用。就像讓風中火柴的火不要熄滅那樣。」
「化學作用？」
「那裡面碰巧產生的力場。那是無法再現的東西。」

「像大爆炸那樣？」

「我也不清楚大爆炸的事。」作說。

沙羅啜了一口莫吉托（mojito），從幾個角度檢視薄荷葉的形狀。然後說：

「嘿，我一直是念私立女校長大的，所以老實說不太清楚像公立學校這種男女合班的團體是什麼感覺。無法想像是什麼樣子的。換句話說你們五個人，爲了維持那共同體不散掉地繼續存在，而盡量努力禁慾，是這樣嗎？」

「我不太清楚禁慾的說法是否合適。我覺得好像並沒有那麼誇張。不過我想我們確實曾經注意和努力，不要把異性關係帶進來。」

「不過口頭上並沒有說出來。」沙羅說。

作點點頭。「沒有化爲語言。也沒有類似規則手冊之類的東西。」

「那麼，你自己又怎麼樣呢？一直在一起，難道沒有被白妞、黑妞所吸引？我聽你說的話，覺得兩個人都相當有魅力。」

「實際上兩個女孩子都很有魅力。分別都是。說沒有被吸引是騙人的。不過我盡量不去想她們的事。」

「盡量？」

「盡量。」作說。又覺得臉好像有點紅了。「無論如何一定要想的時候，我就兩個人一組同時想。」

「兩個人一組？」

作頓了一下尋找適當的說法。「我無法好好說明，該怎麼說才好呢。也就是說以一種虛構的存在。一種不固定在肉體上的觀念性存在。」

「哦。」沙羅似乎很佩服地說。尋思了一陣子。想說什麼，又改變主意把嘴閉成一直線。過一會兒才開口。

「你高中畢業後就到東京上大學，離開名古屋。是嗎？」

「是啊。」作說。「從此以後一直住在東京。」

「其他四個人怎麼樣了？」

「除了我以外的四個人都上了當地的大學。紅仔進了名古屋大學的經濟系。是他父親當教授的系。黑妞進了以英語系有名的私立女子大學。藍仔獲得推薦進了以橄欖球強著名的私立大學商學系。白妞原本想進獸醫學校，最後放棄說服周圍的人，改上音樂大學的鋼琴系。每個人上的大學都在各自可以通學的距離之內。只有我進了東京的工科大學。」

「你爲什麼會想到東京呢？」

「理由很簡單哪。以車站建築的第一人聞名的教授就在那所大學。因爲車站建築是特別的東西，和一般建築物的成立原理不同，所以就算進了一般理工科大學去學建築或土木，實際上也派不上用場。有必要跟隨專家學習。」

「限定的目的讓人生更簡潔。」沙羅說。

作也同意這點。

她說：「那麼，其他四個人留在名古屋，是不是因爲不想解散那美麗的共同體呢？」

「三年級的時候，五個人商量過關於升學的問題。除了我以外的四個人都說想留在名古屋上當地的大學。雖然沒有明白說出口，但顯然是因爲不願意讓團隊解散，所以他們才那樣做的。」

以紅仔的成績來看，應該可以輕鬆考上東京大學，他父親和老師也強烈地這樣勸他。藍仔以他的運動能力，應該也能得到推薦進入全國知名的大學。以黑妞的個性是適合更洗練、更富有知性刺激的都會自由生活的，本來應該會上東京的私立大學。名古屋當然也是大都會，不過以文化面來說，比起東京不可否認就稍微有點大地方都市的印象了。不過他們卻刻意選擇留在名古屋。各自降低一級升學水準。只有白妞，就算這團隊不存在，她也可能從一開始就不會離開名古屋。她不屬於想積極出外、尋求刺激的類型。

他們問我怎麼打算時，我回答還沒清楚決定。不過實際上那時候，我已經決心上東京的大學了。如果可能我也想留在名古屋，上個當地還可以的大學，一邊適度學習，一邊和大夥兒親近地過下去。在各種意義上那樣會比較輕鬆，家人也希望我那樣做。暗中期待我大學畢業後，能接手父親經營的公司。但我自己知道此時如果不到東京的話，以後一定會後悔。我無論如何非常想上那位教授的課程。」

「原來如此。」沙羅說。「那麼，結果你到東京了，其他的人對這點有甚麼感覺呢？」

「我當然不會知道，每個人真的是怎麼想的。不過我想他們大概很失望吧。因爲少了我，一時就失去了五個人之間所產生的，類似最初的一體感般的東西了。」

「化學作用也消失了。」

「或許變成性質不同的東西了。當然我只是說，或多或少而已。」

不過當他們知道作的決心很堅強時，並沒有強留他。反而鼓勵他。這裡離東京搭新幹線只有一個半小時左右的距離。隨時都可以立刻回來嘛。何況你能不能考上志願的學校還不一定呢，他們半開玩笑地說。實際上爲了考上那所大學，作從來沒有——不，幾乎是有生以來第一次——不得不那樣用功讀書。

「那麼，高中畢業以後，那五人小組的經過怎麼樣呢？」沙羅問。

「剛開始還非常順利。春假和秋季連休，暑假和新年假期，只要大學一放假我立刻就會回名古屋，盡可能和大家多見面相聚久一點。我們感情和以前一樣好，交往一樣親密。」

作在返鄉期間，和他們很久不見了也有關係，總有談不完的話題。他們在作離開這裡之後就四個人行動。但只要他一回來，就又像以前一樣回到五人單位（當然如果有人有事無法全部到齊時，就會變成三個人或四個人）。留在本地的四人，就像時間沒有中斷過那樣自然地接受作。至少在作這邊完全沒有感覺到氣氛和以前有什麼微妙的不同，或產生了眼睛看不見的縫隙之類的。他爲這感到高興。因此他在東京連一個朋友都沒有，對這點他也沒怎麼在意。

沙羅瞇細了眼睛看著作的臉。然後說：「你在東京連一個朋友也沒交上嗎？」

「我沒辦法好好交朋友。不知道爲什麼。」作說。「我本來就不是社交型的人。不過並沒有把自己關閉起來，不是這樣。這既然是我有生以來第一次一個人生活，要做什麼都很自由。我每天自己也過得很快樂。東京鐵路像蜘蛛網一樣，有無數的車站，光是到處看就很夠消磨時間了。我到過各種車站去，調查那結構，畫下簡單的素描，注意到特別的地方就在筆記上寫下來。」

「聽起來好像很快樂的樣子。」沙羅說。

可是大學的日子卻沒什麼趣味。一般通識課程中專門領域的課很少，大多的課都平凡無奇而枯燥乏味。雖然如此但心想既然是好不容易才能進來的大學，就幾乎每堂課都出席。也熱心地學了德語和法語。還去英語會話教室上課。對作來說自己居然適合學習外語倒是個新發現。但作的周圍，卻看不到一個能引起他興趣的人。和高中時代他所遇到的多彩而刺激的四個男女生比起來，每個人看來都缺乏生氣，平板而沒有個性。一次都沒能遇到讓他覺得想深入交往，或進一步交談的對象。所以在東京大部分的時間他都一個人過。託這個福，他比以前多讀了很多書。

「不覺得寂寞嗎？」沙羅問。

「會覺得孤獨喔。但並不特別寂寞。或者說，當時的我反而覺得那樣是理所當然的狀態。」

他還年輕，對世間的成立方式還知道不多。而且所謂東京這個新地方，和過去他所生活的環境，很多事情都差異太大。那差異超過他事前的預測。規模太大、內容也異常多樣。無論做什麼都有太多選擇，人人說話方式奇怪，時間的進行方式太快。因此無法適當掌握自己和周圍世界的平衡。而最主要的是，當時他還有可以回去的地方。只要從東京車站搭上新幹線一小時半左右，就可以回到「調和不亂的親密場所」在那裡時間平穩地流動，知心朋友們正在等著他。

沙羅問：「那麼現在的你又怎麼樣呢？已經適當掌握自己和周圍世界的平衡了嗎？」

「我在現在的公司上班十四年了。對職場沒有什麼不滿，也喜歡工作內容。和同事也相處融洽。到目前爲止也交過幾個女朋友，雖然都沒有結果，不過那都有各種原因。不能完全怪我。」

「雖然孤獨，但不寂寞。」

時間還早，除了他們兩人沒有其他客人。酒吧正小聲播放著鋼琴三重奏的爵士樂。

「或許。」作稍微猶豫之後說。

「不過已經沒有可回去的地方了吧？對你來說調和不亂的親密場所。」

他試著想想這件事。雖然沒有必要重新思考。「已經沒有了。」他以安靜的聲音說。

他知道那個場所已經消失，是在大學二年級的暑假。

2

事情發生在大學二年級時的暑假。而以那個夏天爲界，多崎作的人生，變成和以前的成立方式不同了。就像尖銳峭立的山脊前後，植物的種類會忽然轉變一樣。

我像平常那樣，大學一放暑假就立刻整理行李（沒什麼大不了的東西），去搭新幹線。回到名古屋家裡喘一口氣後，就立刻打電話到四個人家。但和誰都沒聯絡上。四個人都外出了。一定是大家聚在一起到什麼地方去了。我對來接電話的朋友家人分別留了話，就一個人到街上去散步，走進鬧區的電影院看了並不特別想看的電影打發時間。回到家和家人一起吃過晚餐，再試著打電話到四個人家。誰都還沒回來。

第二天中午以前再試著打電話，一樣全體不在。我又再留言。如果回來了，請打電話給我。知道了，我會這樣轉告，來接電話的朋友家人說。但那聲音中所含帶的某種餘音，使作的心懸著。第一天還沒發現，但和平常聲音的印象有微妙的不同。可以感覺到好像在避免和他親近似的。有一種想快點把電話掛斷的意味。尤其是白妞姊姊的聲音感覺比平常冷淡。作和這位大兩歲的姊姊很投合（姊姊雖然沒有妹妹那麼搶眼，不過也是個美女），打電話給白妞時，有機會也經常順便互相開個小玩笑。至少會交換個親切的問候。但她這次，卻很奇怪匆匆忙忙就掛斷電話。往四個人家裡打完電話後，作感覺自己變成一個像惡質特殊病原菌的帶原者似的了。

作想可能發生了什麼事。自己不在的期間這裡發生了什麼，因此他們都刻意對他保持距離。發生了某種不適當的、不受歡迎的事。但那到底是什麼樣的事呢？會有什麼樣的事？怎麼想都想不到。

胸中留下彷彿誤吞了一塊錯誤東西似的感觸。既吐不出來，也無法消化。那天他一步也沒踏出家門，等著電話打來。無論想做什麼都無法集中精神。他對四個人的家人都反覆傳達過自己已經回到名古屋的事了。要是平常的話他們會立刻打電話來，現在自己正在聽著他們興奮的聲音。但電話鈴卻一直堅持守著沉默。

到了黃昏，作想再打一次電話看看。但又改變想法而作罷。大家其實可能都在家。但也許因為不想接電話，所以假裝不在。可能拜託家人說「如果多崎作打電話來，就說自己不在。」所以來接電話的朋友家人都很奇怪地發出不舒服的聲音。

為什麼？

想不出原因。上次大家全體集合是五月連休的時候。作搭新幹線回東京時，四個人還特地到車站來送他。而且全都朝著列車的窗戶誇張地向他揮手。簡直像歡送要到遙遠的邊境出征的士兵那樣。

後來作從東京寫了幾封信給藍仔。因為白妞不擅長電腦，所以他們日常都用信紙寫信。而藍仔則負責當他們的代表窗口。他只要寄出信，其他的成員也會傳閱。這樣就可以省下分別寫四封類似信的麻煩了。他主要是寫東京的生活。自己在那裡看到什麼樣的東西，經歷什麼樣的經驗，有什麼樣的感覺。不管他看到什麼或做什麼事，經常想到如果大家都在身邊的話該有多快樂。那是他真正的感覺。除此之外，並沒有寫什麼不得了的事。

四個人也給作聯名寫了幾次信，上面也沒寫什麼負面的事。只是詳細報告他們在名古屋正在做著什麼樣的事而已。那是他們出生和成長的城市，他們似乎都正在充分享受著學生生活的樣子。藍仔買了中古的Honda Accord（後座上有一塊看來像狗小便般的污漬），大家還坐那輛車到琵琶湖去玩。可以輕鬆容納五個人的車（只要沒有人太胖）。很遺憾作不在。大家都很期待夏天又可以重逢了，信上最後寫著。在作的眼裡看來，像是真心這樣寫的。

那一夜作沒辦法睡好，情緒亢奮，腦子裡反覆想到很多事情。但結果，那些都只不過是採取各種形狀的一個想法而已。像失去方向感的人那樣，作在同一個地方團團轉著。一留神時又回到前面同樣的地方。後來，頭腦溝紋像報銷的螺絲那樣，他的思考終於進退不得了。到凌晨四點他在床上還醒著。然後只睡了一會兒，六點過後又醒來。沒心情吃飯。雖然喝了一玻璃杯的柳橙汁。還有些想吐。家人很擔心作突然失去食慾，他回答沒什麼。只是胃有點累而已。

那天作一直待在家裡。躺在電話前面看書。或努力想看書。過了中午再試著往四個人家裡打一次電話。雖然不太想打，但一直抱著這種莫名其妙的心情，只是繼續等電話打來也不是辦法。

結果還是一樣。來接電話的朋友家人很冷淡，或很抱歉，或以過度中立的聲音，告訴作他們不在家。作簡短而鄭重地道過謝後掛上電話。這次沒留言。可能和自己無法忍受這種事態繼續下去一樣，他們應該也無法再忍受每天繼續代接電話了。至少實際上來接電話的朋友家人應該會叫苦了。作這樣估計。如果這邊一直繼續打電話下去，不久應該會有什麼反應。

果然如預料，夜晚八點過後藍仔打電話來了。

「抱歉，請你別再打電話到我們每個人的家了。」藍仔說。沒有開場白之類的話。也沒有「嗨」或「你好嗎？」或「好久不見」。開頭就說「抱歉」這是從他口中說出的唯一社交辭令。

作倒吸了一口氣，腦子裡反覆著對方口中所說的話，快速尋思。想從那聲音中讀取所含的感情。但那只不過是形式上讀出來的通告而已。並沒有容得下感情的縫隙。

「如果大家都說不要我打電話的話，我當然不會打。」作回答。話幾乎自動出來。本來打算以極普通的冷靜聲音說的，但那在自己的耳朵聽來並不是自己的聲音，像不認識的人的聲音。一個住在某個遠方、從來沒見過的（而且以後可能也不會見面的）誰的聲音。

「那就請這樣。」藍仔說。

「我並不想惹人討厭。」作說。

藍仔發出說不上是歎息或同意的低吟。

「只是，爲什麼會變成這樣？如果可能我想知道理由。」作說。

「那可不能從我的口中說。」藍仔說。

「從誰的口中可以說呢？」

電話的那頭一陣沉默。像厚厚的石牆般的沉默。聽得見輕微的鼻息。作一邊想起藍仔扁平而肉厚的鼻子一邊繼續等著。

「你自己想一想就知道吧。」藍仔終於這樣說。

作一時失去了語言。這個男人到底在說什麼?自己想?我到底還能想到什麼?如果還要去想更深的什麼,我就變成不是我了。

「變成這樣很遺憾。」藍仔說。

「這是全體的意見嗎?」

「嗯,大家都覺得很遺憾。」

「嘿,到底發生了什麼?」作問道。

「問你自己呀。」藍仔說。從中些微可以聽出悲哀和憤怒的顫抖。但那也是一瞬之間的事。在作想起該說的話之前電話已經斷了。

*

「他跟你說的只有那樣而已?」沙羅問。

「非常短的極少限度的會話。無法更正確地再現了。」作說。

兩個人隔著酒吧的小桌子談著。

「那次以後，有機會跟他或其他三個人中的誰，談過那件事嗎？」沙羅問。

作搖搖頭。「不，從此以後跟誰都沒說過任何話。」

沙羅瞇細了眼睛看作的臉。好像在檢視物理上不合理的風景般。「跟誰都完全沒有？」

「跟誰都沒見面，也沒說話。」

沙羅說：「爲什麼自己非要被那個團體突然放逐出來，你難道不想知道那原因嗎？」

「該怎麼說才好呢？對當時的我來說，變成無論怎麼樣都無所謂了。門就在鼻子前面砰然關上，已經不讓你進去裡面了。也不告訴你理由。不過如果那是大家所要的，也沒辦法吧，我想。」

「我眞不明白。」沙羅好像眞的不明白似地說。「那可能是因爲誤解所發生的事啊。因爲你這邊完全想不到有什麼過節吧？你難道不覺得很遺憾嗎？可能因爲很無聊的誤解，而失去重要朋友的這件事。只要努力的話，就可能修正的誤解卻沒有修正的這件事。」

莫吉托的玻璃杯空了。她向調酒師示意，要了一個紅葡萄酒杯。從幾種選擇中深思熟慮的結果，選了納帕谷的卡本內蘇維濃（Cabernet Sauvignon）。作的高杯酒還剩半杯。冰塊溶化了。杯子周圍凝結了水滴。紙杯墊濡濕而膨脹起來。

作說：「我有生以來第一次被人家這樣斷然拒絕。而且那對象又是向來比誰都信任的，像自己身體的一部分般熟悉又親近的四個好朋友。在提到尋找原因，或修正誤解之前，我首先就受到極大的打擊。到無法好好站起來的地步。覺得自己心中好像有什麼斷掉了似的。」

葡萄酒杯送到桌上來，核果碟子換新的。調酒師離開後沙羅才開口。

「我雖然沒有實際經驗過這種事，不過我也能想像那時候你所感受到的難過。當然也知道無法立刻重新站起來。但某種程度時間經過後，當初的衝擊如果能緩和下來的話，那時候難道不能採取什麼辦法嗎？因爲那樣不合情理的狀態，總不能擱置著不管吧。而且這樣你的心情一定也無法安穩吧？」

作輕輕搖搖頭。「第二天早上，我隨便向家人說了一個理由，就那樣搭新幹線回東京。無論如何已經一天都不想在名古屋多待了。沒辦法再多想其他事情了。」

「如果我是你的話就會留在那裡，一直追究原因到自己能接受爲止。」沙羅說。

「我沒那麼堅強。」作說。

「你沒有想要知道眞相嗎？」

作一邊望著自己放在桌上的雙手一邊小心地選著用語。「追究那原因，然後弄清楚是什麼樣的事實，我想我一定很害怕看到那個。無論眞相是什麼樣的東西，我都不覺得那會讓我得救。不知道爲什麼，但我有類似這樣的確信。」

「現在還有那確信嗎？」

「不知道。」作說。「不過那時候有。」

「所以回到東京一個人窩在房間，閉上眼睛，塞起耳朵。」

「簡單說是這樣沒錯。」

沙羅伸出手，疊在作放在桌子的手上。「可憐的多崎作君。」她說。那柔軟的手掌感觸，緩緩傳遍他全身。稍過一會兒她放開手，把葡萄酒杯送到嘴邊。

「從此以後，我除非必要極少回名古屋。」作說。「就算有事返鄉，也盡量不出家門，事情辦完後立刻回東京。母親和姊姊很擔心，執拗地問我發生了什麼事，我完全沒說明。那種事情實在說不出口。」

「那四個人現在在哪裡、在做什麼，這些你都知道嗎？」

「不，什麼都不知道。誰都沒告訴我，老實說也沒想知道。」

她轉著玻璃杯搖著紅葡萄酒，望著那波紋一會兒。像在看著誰的運氣。然後開口。

「我覺得這件事很不可思議。換句話說，當時所發生的事給你的內心打擊很大，某種程度改寫了你的人生。是嗎？」

作短短地點頭。「我想我和發生那件事以前的我，在很多意義上，變成稍微不同的人了。」

「比方在什麼樣的意義上？」

「比方說，可能比較常感覺到自己對別人來說，是不足取的、無聊的人。或許對自己也一樣。」

沙羅暫時盯著他的眼睛看。然後以認眞的聲音說：「我覺得你既不是不足取的人，也不是無聊的人。」

「謝謝。」作說。然後用指尖輕輕壓著自己的太陽穴。「不過那是我頭腦裡的問題。」

「我還是不太明白。」沙羅說。「在你的頭腦裡，或心裡，或這兩方面，還留下當時的傷痕。可能相當清楚。然而自己爲什麼會遇到這種事情，這十五年或十六年間，卻沒有去追究原因。」

「並不是說我不想知道眞相。不過事到如今，覺得那種事好像不如忘掉比較好。因爲是很久以前發生的事，而且已經沉到很深的地方去了。」

沙羅把薄薄的嘴唇一度抿成一直線，然後說：「那一定是很危險的事喔。」

「危險的事。」作說。「怎麼說呢？」

「就算能把記憶巧妙地隱藏在什麼地方，就算已經完全沉到深深的地方了，但並不能消除那所造成的歷史。」沙羅筆直地看著他的眼睛說。「只有這件事最好能好好記住。歷史是不能消除，也不能改變的。因爲那就像抹殺你這個人的存在一樣。」

「爲什麼會談到這種話題呢？」作反而以明朗的聲音，一半對著自己這樣說。「這個話題我從來沒有對誰提過，也沒有打算說的。」

沙羅淡淡地微笑。「可能因爲有必要對誰說吧。比你自己所想的更需要。」

那個夏天，從名古屋回到東京，支配作的是，身體的組成好像整個完全改變了般不可思議的感覺。過去看慣的東西的顏色，好像罩上特殊濾光鏡般呈現出不同的色調。過去聽不見的聲音變聽得見了。過去聽得見的聲音則聽不見了。身體想動時，動作卻變得非常不靈活。周遭重力的質似乎在不斷變化。

回到東京後的五個月，作活在死的入口上。在沒有底的黑暗洞穴邊緣弄一個狹小的棲息場所。在那裡一個人獨自過著日子。睡覺時好像一翻身，就會直接滾落深淵似的極狹窄的危險場所。但他完全沒有感到恐怖。只想到，原來掉落是這麼容易的事。

周遭一望無際，到處是岩石的荒涼土地。沒有一滴水，沒長一根草。沒有顏色，也沒有像光的光。既沒有太陽，也沒有月亮和星星。可能也沒有方向。只有來路不明的薄暮和無底的黑暗，每隔一定時間互相交替而已。是對有意識者的終極邊境。但同時那裡也是豐潤的場所。在薄暮時刻，擁有如刀刃般尖喙的鳥便成群飛來，把他的肉毫不留情地啄走。但當黑暗覆蓋了地表，成群的鳥不知飛往何方之後，那個場所會讓他的肉體所產生的空白，在無聲之間以代替物填滿。

無論那被帶來的新代替物是什麼，作既無法理解那內容，也無法承認或否認。那些會以影子群留在他體內，產出大量影子的卵。終於黑暗離去薄暮回來後，成群的鳥再度飛來，激烈啄食他身體的肉。

那樣的時候他既是自己，又不是自己。既是多崎作，又不是多崎作。當感覺到無法忍受的痛時，他便抽離自己的肉體。並從稍微離開的地方，觀察正在忍耐著痛的多崎作的姿態。如果極力集中意識的話，並不是不可能的事。

那種感覺現在也還會在偶然的時機在他心中甦醒過來。離開自己。把自己的痛苦當成別人的痛苦來眺望。

走出酒吧後，作重新邀沙羅吃飯。要不要在附近簡單吃個什麼？披薩也行。還沒有食慾，沙羅說。那麼，現在要不要到我家去，作邀她。

「很抱歉，今天不太有這種心情。」她好像很難說出口，但還是清楚地這樣說。

「因爲我提到很無聊的話題嗎？」作問。

她輕聲歎一口氣。「不是這樣。只是，我想稍微考慮一下。很多事情。所以我想今天盡可能就這樣回去。」

「好啊。」作說。「能再見到妳和妳談話很高興。如果是開心一點的話題也許會更好。」

她暫時抿著嘴唇。然後好像下了決心似地說：「嘿，你可以再邀我嗎？當然我是說只要你可以的話。」

「當然會邀啊。只要妳不嫌煩。」

「我一點也不嫌煩。」

「太好了。」作說。「我會寄 e-mail 給妳。」

兩個人在地下鐵車站入口分手。她從電扶梯上去搭山手線，他走樓梯下去搭日比谷線，各自回家。一邊各自落入沉思。

沙羅在想什麼樣的事呢？當然作不會知道。而且自己當時在想的事，作也不能對沙羅說。無論如何人都有一些除了自己之外不能說出的那種事。在回程的電車上多崎作腦子裡有的是這種想法。

3

在臨死邊緣徘徊的那近半年之間，作體重掉了七公斤。因爲沒吃什麼像樣的食物，要說當然也是當然的事。說起來從小他的臉型就屬於比較飽滿的，但現在整體上卻完全變成瘦削的體型了。光是把皮帶縮短還不夠，不得不改買較小尺寸的長褲。赤裸時肋骨就浮上來，看起來像廉價的鳥籠一樣。姿勢眼看著變差，肩膀往前傾往下垂。肉消失掉的兩腿纖細得像水鳥的腳似的。這簡直是老人的身體。很久沒有赤裸地站在全身鏡前時，他這樣想。或像個現在正在臨死的人。

即使看起來像正在臨死的樣子，那可能也沒辦法。他在鏡子前面這樣說給自己聽。因爲在某種意義上，我**實際上**就正在瀕臨死亡。就像昆蟲蛻變後貼在樹枝上的空殼那樣，是以只要強風稍微一吹就會永遠被吹飛掉的狀態，勉強貼在這個世界上活著的。但這件事——自己眞的看起來像個瀕臨死亡的人的事——重新強烈打擊作的心。而且他一直不厭煩地凝視著，鏡子裡映出的自己的裸體。就像眼睛無法離開電視新聞中受到巨大地震、或猛烈水災侵襲的遠方悲慘畫面的人那樣。

我可能眞的已經死掉了，作當時好像被什麼打中了似地這樣想。去年夏天，被那四個人否定了自己的存在時，多崎作這個少年事實上已經斷氣了。只有外表還勉強維持著那存在，而且花了將近半年被大大地改造過。體型和相貌都大爲改變。看世界的眼光也變了。風吹的感觸、水流的聲音、穿透雲間光線的跡象、季節花開的色調，感覺都和從前不同了。或覺得像是完全重新創造的東西。在這裡的，這樣映在鏡子裡的，猛一看雖然像是多崎作，但實際上並不是。那只是內容替換過的，爲了方便而被稱爲多崎作的容器而已。他還被用這個名字稱呼，是因爲暫且沒有其他稱呼法。

那一夜作做了一個不可思議的夢。一個被強烈的嫉妒所折騰的夢。已經很久沒有做那樣逼眞的夢了。

老實說，作不太能理解嫉妒這種感情的眞正感受。當然腦子裡多少也知道嫉妒是如何成立的東西。例如自己無論如何都沒辦法擁有的才能或資質或地位，某人卻擁有時，或（看起來）非常簡單就得到時，所感覺到的感情。例如知道自己暗戀的女性，正被別的男人抱在手臂中時，所感到的感情。那種羨慕、嫉妒、後悔，那種無處排遣的不滿和憤怒。

但實際上，作有生以來一次也沒有經驗過這種感情。既沒有認眞地渴望擁有自己所沒有的才能或資質，也沒有對誰強烈愛戀的經驗。既沒有崇拜過誰，也沒有覺得羨慕過誰。當然對自己並不是沒有不滿。也不是沒有不足的地方。如果被要求的話，他也可以把這些列出來。可能不是多長的表，但應該也不只是兩、三行就了事的。不過這些不滿和不足，畢竟都是在他內部就能完結的東西。並不需要特地去某個不同的地方追求。至少到目前爲止就是這樣。

但在那個夢中，他卻非常強烈地需要一個女人。那是誰並不清楚。她只是一個存在。而且她可以把肉體和心分離。她擁有這種特殊能力。如果是這其中的哪一個我可以給你，她對作說。肉體或心。但你不能兩樣都得到。所以現在我要你在這裡選一個。因爲另一個要給別人，她說。但作要的卻是她的全部。不可以把哪一半交給別的男人，那是他實在無法忍受的事。如果這樣的話他兩邊都不要。他想說。卻無法說。他不能前進，也不能後退。

那時候作所感覺到的，是整個身體被誰的巨大雙手緊緊勒住般激烈疼痛。肌肉破裂、骨頭吶喊。而這時，所有的細胞都像快被曬乾了般激烈乾渴。全身因憤怒而顫抖。爲了她的一半必須讓給誰的事而憤怒。那憤怒化爲濃濃的液體，從身體的髓被滴滴榨出來。肺化爲一對狂亂的風箱，心臟像油門被踩到底的引擎般提高轉速。並將亢奮的黑暗血液送到身體的末端。

他在全身巨大的震動中驚醒。花了一些時間才發現那原來是夢。他把被汗濕透的睡衣用剝的脫掉，用毛巾擦拭全身。但不管多用力擦，那黏黏滑滑的感觸依然留著。然後他才理解。或直覺。這就是所謂的嫉妒啊。心愛的女人的心或肉體，其中之一，或有時是兩者，有誰正要從他手中奪走。

所謂嫉妒——作在夢中所理解的——是世界上最絕望的牢獄。為什麼呢？因為那是囚人自己把自己關進去的牢獄。並不是被誰強行關進去的。而是自己走進去，從裡面上鎖，再自己把鑰匙丟出鐵柵外的。而且全世界沒有一個人知道，他被幽禁在裡面這件事。當然如果本人決心走出來的話，是可以從裡面出來的。因為那牢獄是在他的心中。但他卻下不了那決心。他的心已經變成石壁般堅硬了。那才正是嫉妒的本質。

作從冰箱拿出橘子汁，喝了幾玻璃杯。喉嚨乾乾的渴。然後在桌子前面坐下，一邊眺望著逐漸亮起來的窗外，一邊讓被感情的大浪打得動搖的心和身體鎮靜下來。這個夢到底有什麼含意？他想。是預言嗎？或是象徵性的訊息？那個正想告訴自己什麼嗎？或者連自己也不知道的本來的自己，正想破殼而出，作想。可能某種醜陋的生物孵化了，正拚命想接觸外面的空氣也不一定。

這是後來才想到的，多崎作停止認眞求死，正是從這個時間點開始的。他凝視著全身鏡中所映出來的自己赤裸的肉體，認出那裡映出的是並非自己的自己的身影。那一夜，在夢中有生以來初次體驗到嫉妒的感情（可以這樣認爲）。而當天亮時，他已經告別與死的虛無面對面過了五個月的黑暗日子。

可能是那時候，採取夢的形式通過他內部而去的，那燃燒般的生的感情，和以往執拗地支配著他的對死的憧憬互相抵消，把那念頭打消了吧。就像強勁的西風將厚厚的雲從天空吹散一般。那是作的推測。

剩下的是類似諦觀的安靜感覺。那是缺少顏色的無風般中立的感情。他一個人獨自靜坐在變成空屋的古老大宅裡，側耳傾聽著巨大的古老掛鐘刻著時間發出虛空的聲音。閉著嘴，目不轉睛，只注視著針前進的樣子。於是像薄膜般的東西把感情層層包裹起來，心依然保留空白，每過一小時便著實地年老下去。

多崎作慢慢開始正常攝取食物。買新鮮的食材回來，做簡單的飯菜吃。雖然如此一旦掉落的體重只稍微增加而已。將近半年之間他的胃似乎已經大爲縮小了。一吃超過定量的食物就會嘔吐。而且又開始在清晨很早的時刻在大學的游泳池游泳。由於肌肉消掉了，上樓梯都變得喘不過氣來，對他來說這點就不得不盡可能恢復到原來的狀態。他買了新的游泳褲和蛙鏡，每天以自由式游一千公尺到一千五百公尺。然後又到健身房去，默默用健身機械運動。

改善的食物和規則的運動繼續了幾個月後，多崎作的生活大致找回過去健康的節奏。再度長出必要的肌肉（和以前肌肉的長法不太一樣），背脊伸得筆直，臉上恢復了血色。早晨醒來時久違的硬挺勃起又再經驗到了。

就在那時候，母親稀奇地一個人來到東京。可能因爲作最近的言行有點奇怪，新年假期也沒回家，開始擔心，來看看樣子吧。她看到僅僅幾個月之間兒子的外表改變這麼大不禁倒抽一口氣。不過聽說「這只是年齡上的自然改變，現在自己需要的是合身的幾件衣服而已。」母親順從地聽進那說明。認爲這是男孩子成長的正常過程吧。她是在只有姊妹的家庭長大的，結婚後很習慣撫養女兒們。對該如何養育男孩子簡直一無所知。所以反倒很開心地陪兒子一起上百貨公司去，幫他買了一套新衣服。Brooks Brothers和Polo是母親喜歡的牌子。舊衣服不是丟掉就是送人。

容貌也變了。照鏡子時，已經沒有那圓鼓鼓的、雖然還算端正卻很平庸、缺乏焦點的少年的臉。回看這邊，臉頰像銳角鏝刀抹過般筆直峭立，一副年輕男人的臉。那眼睛浮現新的光。他自己都沒看過的光。孤獨而無處可去，被要求在限定場所完結的光。鬍子急速變濃，每天早晨變得不刮不行。頭髮決定留得比以前長。

這新獲得的自己的相貌，作並不特別喜歡。既沒有喜歡，也沒有討厭。那反正也只不過是為了方便的，湊合著用的假面具而已。但這裡有的不是過去的自己的臉這件事，他暫且感到慶幸。

無論如何，過去名字叫多崎作的少年已經死了。他在荒涼的黑暗中消失了般斷了氣，被埋在森林裡一個稍微開闊的小地方。在人們還深深沉睡的黎明前的時刻，悄悄地祕密地。也沒有墓碑。而且現在站在這裡正在呼吸的，是內容大為替換過的新的「多崎作」。但知道這件事的，除了他自己之外還沒有任何一個人。而且他也不打算讓任何人知道這個事實。

多崎作依然四處到車站去畫車站的速寫。大學的課從不缺課。早晨沖澡洗頭髮，飯後一定刷牙。每天早晨把床整理好，襯衫都自己燙。盡量努力不讓時間閒著。夜晚讀書兩小時左右。多半是歷史書或傳記。那樣的習慣從以前就養成了。習慣推動他的生活往前進。但他已經不相信完美的共同體，身體也不再感覺到化學作用的溫度了。

他每天站在洗臉台的鏡子前凝視自己的臉一會兒。而且讓心稍微適應這新的（變更過的）自己這存在。就像學習新的語言，背誦那語法一樣。

作終於交上一個新朋友。在被名古屋的四個朋友離棄後，將近一年的六月。對方是同一所大學比他小兩歲的學生。他跟那個男生是在大學的游泳池認識的。

4

他跟那個男生是在大學的游泳池認識的。

和作一樣，他也每天早晨很早就來，一個人在那裡游泳。兩個人自然面熟了，會簡短地交談。游完泳在衣櫃間換過衣服之後，也在自助餐廳一起吃過簡單的早餐。他比多崎作小兩歲，上的是物理系。物理系和土木系，雖然同樣是工科大學的學生但幾乎屬於不同人種。

「土木系到底在讀什麼？」那個學生問作。

「我們在作驛。」

「液？」

「鐵路的車站。不是液體的液。」

「爲什麼還要蓋鐵路車站呢？」

「因爲世間需要車站嘛。」作理所當然地說。

「眞有意思。」對方似乎很有興趣地說。「需要車站的說法，我以前從來都沒有特別去想過呢。」

「但你也在使用車站吧？搭電車時沒有車站就傷腦筋了。」

「當然在使用，沒有當然也傷腦筋……。不過，嗯，不過我從來沒想像過，世間居然有人對建造車站這麼燃燒熱情的。」

「世間有人在作絃樂四重奏的曲子，有人在種生菜和番茄。也需要幾個蓋車站的人哪。」作說。「而且我的情況，對建造那個也還不到燃燒熱情的地步。只不過是對特定的物件感興趣而已。」

「這麼說好像很失禮，不過在這人生之中能夠發現一個特定的感興趣的物件，已經是個了不起的成就了吧。」

作心想對方是不是在嘲笑自己，他從正面注視著那個年齡比自己小的學生端正的容貌。但對方似乎是眞心這樣想的。那表情沒有絲毫陰影，直接而開朗。

「作兄一定喜歡製作東西或什麼吧？就像名字那樣。」

「我從以前開始就喜歡做有形狀的東西。」多崎作承認。

「我不一樣。有生以來不知道爲什麼，不擅長製作東西。從小學開始就沒辦法滿意地做成一件簡單的勞作。連塑膠模型我都沒辦法好好組合。我喜歡在腦子裡把東西拿來作抽象性思考，怎麼想都不厭煩，但要我實際動手去做有形的東西就不行了。不過我喜歡做菜，但所謂做菜是從做的開始就一步一步在消除形這東西了……。不過不擅長製作東西的人卻進了工科大學，實在於心不安。」

「你在這裡想專攻什麼？」

他認眞地思考了一下。「不知道。我跟作兄不同，我沒有想做什麼的清楚想法。不管是什麼，我想盡量深入思考事物。只想純粹地、自由地繼續思考。只有這樣。不過試想起來，所謂純粹地思考，可能就像在製作眞空似的喔。」

「這個世界可能也需要一些製作眞空的人吧。」

作這樣說時，對方就開心地笑了。「和生菜或番茄不一樣，如果世間的人都拚命開始製作眞空的話，可能就有點麻煩了。」

「思考就像鬍子一樣。在長大成人之前還不會生出來。好像有人這樣說過。」作說。「不過是誰說的我不記得了。」

「伏爾泰。」年紀比作稍小的學生說。然後手掌一邊搓搓下顎一邊笑。他的笑容是明朗無心的。「不過這句話或許不準。因爲我現在幾乎還沒長出鬍子，但從小就很喜歡思考。」

確實他的臉光光滑滑的，也沒有鬍子的痕跡。眉毛細而濃，耳朵像美麗的貝殼般擁有清晰的輪廓。

「伏爾泰想說的，與其說是思考或許不如說是省察吧。」作說。

對方稍微歪一下頭。「會產生省察的是痛。不是年齡，更不是鬍子。」

他姓灰田。名叫灰田文紹。聽到時作想道「這裡又多一個有顏色的人」。Mr. Gray。不過灰色當然是很收斂的顏色。

兩個人的性格都很難說是社交性的，不過在見過幾次面談著話之間彼此自然有了好感，也比較放輕鬆了。每天早晨同一個時刻互相等候一起開始游泳。兩個人都以自由式游長距離，但灰田游得快一些。小時候就上過游泳班也有關係，已經學會不白費力氣的優美游泳方法。肩胛骨微微浮在水面像蝴蝶翅膀般美麗地擺動。但經過灰田對游泳細部加以矯正，再刻意努力做肌肉訓練之後，作也終於能跟得上那速度了。剛開始兩個人對談的話題，集中在游泳技術上。然後慢慢開始談到範圍比較廣的事情。

灰田是個小個子而英俊的青年。像古代希臘的雕像那樣，臉小而細。但相貌之好可以說是屬於古典、知性、謙虛的類型。那端莊的美，在見過幾次看著之間便自然浮上來。並不是那種華麗而引人注目的美少年類型。

頭髮短短的，微微鬈曲，經常隨意穿著同樣的棉長褲，同樣的淺色調襯衫。但不管多簡樸的平常衣服，他都很懂得穿起來舒舒服服的要領。他最喜歡讀書，但並不像作那麼常看小說。他喜歡的是哲學書或古典作品。此外也喜歡戲劇，愛讀希臘悲劇和莎士比亞。對能劇和文樂也知道得很詳細。秋田縣出身，皮膚白，手指長。酒量不好（這點也和作一樣），聽得出孟德爾松和舒曼的區別（這件事作沒辦法）。個性非常害羞，在有三個人以上的場合，經常希望人家把他當成實際上不存在。脖子上有一道好像被刀子割過般、長約四公分很深的舊傷痕。那爲他穩重的模樣添上了不可思議的重點。

灰田那年春天從秋田來到東京，住進離校園很近的學生宿舍，但還沒交到親近的朋友。兩個人知道彼此談得來之後，在一起的時間就開始拉長，後來他也會到作住的公寓大廈去玩了。

「你以學生身分，爲什麼住得起這麼漂亮的大廈呢？」第一次造訪時，灰田發出感歎的聲音。

「我父親在名古屋經營房地產公司，在東京也有幾間房子。」作說明。「所以碰巧有空的地方，就讓我住了。之前我二姊住過這裡。她大學畢業，就輪到我住進來。名義上是公司的房子。」

「你們家很有錢喔？」

「不曉得。我們家是不是有錢，老實說我完全不知道。如果經理、律師、稅務師和投資顧問不齊聚一堂的話，可能連我父親本人都不太清楚實際情況吧。不過目前似乎並不窮困。所以可以這樣住在這裡。這是值得慶幸的事。」

「不過，作兒對這種事業不感興趣。」

「是啊。那方面的生意，要把很多資金從右邊移到左邊，再把很多資金從左邊移到右邊，經常不得不在動著什麼。我不適合這種繁忙的事情。我和我父親性情不同。就算賺不了錢，但我覺得努力不懈地建設車站比較輕鬆愉快。」

「被限定的興趣。」灰田說。然後微微一笑。

*

結果多崎作並沒有從那在自由之丘的一房大廈搬到別的地方。大學畢業，到總公司在新宿的電鐵公司就職以後，還繼續住在同一個地方。三十歲時父親去世，那間大廈的房子正式成爲他的。父親似乎一開始就打算把那房子給兒子，在不知不覺之間房子所有人的名義已經換成作的名字。父親經營的公司由大姊夫繼承，作則和家族事業無關地繼續在東京做著設計車站的工作。依舊難得回去名古屋。

爲父親的葬禮返鄉時，作心想說不定團隊的四個人知道這件事，他們會來祭弔。如果那樣的話，到底該如何打招呼才好？結果誰也沒有露面。作因此鬆一口氣，但同時也感到幾分寂寞。那個已經眞的結束了，他重新眞實地感受到。再也無法復原了。不管怎麼樣那時候，他們五個人都已經三十歲。也已經不是做調和不亂的共同體美夢的年齡了。

作曾經從報紙或雜誌上看過，世間幾乎有一半的人對自己的名字感到不滿的統計。但他自己則屬於幸運的一半。至少他對被賦予的名字沒有過不滿的記憶。或者說他無法適當想像被安上其他名字的自己，和那樣的自己可能會經歷的人生。

本名「多崎作」，但除非正式的文件，平常就寫成「多崎つくる」（Tsukuru），朋友也都以爲他的名字是平假名的。只有母親和兩個姊姊，叫他「Saku」（作）或「Sakuchann」（小作）。因爲平常這樣比較容易叫。

這名字是父親取的。父親實際上在他出生的相當久以前，就決心爲第一個兒子取名「つくる」。不知道為什麼。因為父親是長年以來生活在和製作這個行為距離相當遙遠的地方的人。或許他在某個時間點，得到了某種啓示也未可知。或許伴隨著無聲的雷鳴、看不見的閃電，「つくる」這個字眼就清晰地烙在他的腦子裡了。但父親對那名字的由來從來沒提過。對作，或對其他任何人都沒有。

只是「つくる」這名字要搭配漢字「創」或「作」，父親好像相當猶豫。同樣讀音，但用不同的字，印象就會大不相同。母親推薦「創」，但經過幾天的深思熟慮之後，父親還是選了平庸的「作」。

父親的葬禮之後，母親想起當時的對話，告訴了他。「你爸爸說如果給你取了『創』的名字的話，人生的包袱可能會變得稍微重一點。『作』這邊雖然同樣發音是つくる，但本人會比較輕鬆，這樣比較好吧。總之你的名字，你爸爸真的很認真地考慮過。第一個男孩子也有關係吧。」

自從有記憶以來，作幾乎就沒有過和父親關係親密的回憶，雖然如此也不得不贊成父親的這個見解。與其「多崎創」不如「多崎作」更適合當自己的名字不會錯。因為自己身上幾乎看不到什麼獨創的要素。但託這個福，「人生的包袱」多少減輕了嗎？這點作就難以判斷了。確實因為名字的關係，所背負包袱的形狀也許稍微不同。但重量則怎麼樣呢？

無論如何，他就這樣形成所謂「多崎作」這個人的人格了。在那之前他是無，只不過是一個沒有名字的、未明的一團混沌而已。在黑暗中勉強呼吸，大聲哭泣，一個不足三公斤的粉紅色肉塊。首先被賦予名字。然後才產生意識和記憶，接下來才形成自我。名字是一切的出發點。

父親的名字是多崎利男。眞是和他相稱的名字。多崎利男——在很多方面提高利益的男人。從身無分文到嶄露頭角，投入不動產業，搭上日本經濟發展的趨勢獲得驚人的成果，卻爲肺癌所苦六十四歲就過世了。不過那是更以後的事。當作遇到灰田時，父親還健在，一面一天抽五十根不帶濾嘴的香菸，一面精力旺盛，攻擊性地買賣都市區高級住宅物件。當房地產已經出現泡沫化了，他某種程度看出那危機，而將事業往確保利益分散的方向展開，因此在那個時間點還沒受到太大的損傷。肺也沒有發現不祥的陰影。

「我父親在秋田的公立大學，當哲學系教授。」灰田說。「和我一樣，是個喜歡在腦子裡讓抽象命題展開的人。經常聽古典音樂，熱心地耽讀誰都不會去讀的那種書。是對賺錢的事完全沒能力的人，進來的錢多半都消耗在買書和買唱片的費用上。對家庭的事和儲蓄的事，也幾乎沒有考慮。頭腦經常放在和現實無關的其他地方。我因爲考上學費不高的大學，又住在生活費不貴的學生宿舍，所以總算可以這樣到東京來。」

「物理系是不是比哲學系，經濟上多少有利一些？」作問。

「賺不了錢這方面大概半斤八兩吧。當然如果拿到諾貝爾獎就不一樣了。」灰田說，露出常見的魅力笑容。

灰田沒有兄弟。從小朋友就少，喜歡狗和古典音樂。他所住的學生宿舍不是可以方便聽音樂的環境（當然也不能養狗），所以他經常帶著幾張CD到作住的地方來聽。那多半是從大學的圖書館借出來的。也曾經帶過自己擁有的舊唱片來。作的房間有姊姊留下來的效果還可以的音響設備，和一些唱片，說起來就是巴瑞·曼尼洛（Barry Manilow）和寵物店男孩（Pet Shop Boys）之類的而已，所以作自己幾乎沒用過那唱機。

灰田喜歡聽的主要是器樂曲和室內樂和聲樂曲。交響樂盛大鳴響的音樂，並不是他所喜好的。作對古典音樂（或其他音樂）並沒有特別興趣，不過他喜歡和灰田一起聽那些音樂。也在聽著一位鋼琴家的唱片時，作發現，那是他以前聽過許多次的曲子。不知道曲名。也不知道作曲家是誰。安靜而充滿哀愁的音樂。一開頭是用單音彈的緩慢而印象鮮明的主題。那安穩的變奏。作從讀著的書頁抬起眼睛來，問灰田這曲名是什麼。

「這是法蘭茲·李斯特的〈Le mal du pays〉（鄉愁）。稱爲《巡禮之年》曲集的第一年，收在《瑞士》之卷中。」

「『Le mal du pays……』?」

「『Le mal du pays』是法語。一般用在思鄉或憂愁的意思上，說得更詳細的話，就是『田園風景喚起人們心中沒來由的哀愁』。這是很難正確翻譯的語言。」

「我認識一個女孩子經常彈這首曲子。高中時的同班同學。」

「我也從以前就很喜歡這首曲子。雖然不是一般人所知道的曲子。」灰田說。「那個朋友很會彈鋼琴嗎?」

「因爲我不太懂音樂，所以無法判斷彈得好不好。不過覺得聽起來是很優美的曲子。怎麼說才好呢?安穩而充滿哀愁，卻不多愁善感。」

「能夠這樣感覺，一定是很高明的演奏吧。」灰田說。「雖然技巧上看起來很簡單，其實是相當難表現的曲子。如果照樂譜很輕易地彈過去的話，會變成沒什麼趣味和感覺的音樂。反過來如果過分拘泥又顯得膚淺了。光是一個踏板的用法，音樂的性格就會截然改變。」

「這位鋼琴家叫什麼名字?」

「拉札・貝爾曼（Lazar Berman）。是俄國鋼琴家，好像在描繪纖細的心象風景般彈李斯特。李斯特的鋼琴曲一般被認爲是技巧性、表層性的東西。當然其中也有這種技巧性的作品，但只要注意聽整體的話，就知道其實裡面含有獨特的深度。不過這些很多情況都是巧妙地隱藏在裝飾的深處。尤其這稱為《巡禮之年》的曲集更是這樣。現在的鋼琴家中能正確而優美地彈出李斯特的人並不太多。依我個人的意見，比較新一輩的是這位貝爾曼，比較上一代的是克勞迪奧．阿勞（Claudio Arrau）吧。」

灰田一談到音樂時，每次都會變得饒舌起來。他繼續談到貝爾曼演奏李斯特的特質，但作幾乎沒在聽。作腦子裡浮現的是正在彈著這首曲子的白妞的姿勢，驚人程度的新鮮而立體。簡直像當時曾經有過的幾個美好瞬間，逆著時間的正當壓力，嘩啦嘩啦著實地經過水路往上回溯般。

她家客廳擺著YAMAHA的演奏型大鋼琴。鋼琴經常調音以保持音準，這點正反映著白妞一絲不苟的性格。光澤的表面絲毫沒有一點污痕，沒沾上一個指紋。從窗戶射進來午後的陽光。庭園中柏樹落下的影子。隨風搖曳的蕾絲窗紗。桌上的紅茶杯。她端正地紮在後面的黑髮，和認真注視著樂譜的眼神。放在琴鍵上的十根修長美麗的手指。踩著踏板的兩腳，隱藏著平常的白妞所令人難以想像的強大而確實的力量。而那小腿肚則像上了釉藥的瓷器般白皙光滑。請她演奏個什麼時，她常常會彈這首曲子。〈鄉愁〉，田園在人們心中所喚起的沒來由的哀愁。思鄉，或憂愁。

輕輕閉著眼睛側耳傾聽著音樂之間，感覺到深藏在心中的積鬱和沉悶。就像在不經意之間吸進了一小團堅實的雲塊般。唱片上那首曲子結束，下一首曲子開始，作還依然閉著嘴，一心仍沉醉在那浮上來的風景中。灰田不時看看作那樣的臉色。

「如果方便，這張唱片就讓我寄放在這裡。反正在宿舍我的房間也不能聽。」灰田一邊把唱片收進套子一邊說。

那盒裝三片一組的唱片，現在還放在作的房間裡。在巴瑞．曼尼洛和寵物店男孩的旁邊。

灰田很會做料理。爲了答謝讓他聽音樂，他經常買一些食材來，站在廚房做。烹飪器具和餐具，整套都是姊姊留給作的。和其他許多家具一樣，也和她以前的男朋友不時會打來的電話一樣，（「對不起。我姊姊已經不住這裡了。」）他都一律接收了。兩個人一星期一起吃晚餐兩次或三次。一邊聽著音樂，談著各種話題，一邊吃灰田所做的料理。那些多半是可以簡單做出來的日常料理，但假日有時也會花一些時間挑戰比較精緻的料理。味道總是很美好。灰田似乎擁有廚師的天分和才華。就算讓他煎個不放餡料的歐姆蛋，煮個味噌湯，做個奶油醬，或做個西班牙海鮮飯，他都做得俐俐落落的。

「把你放在物理系真可惜。你應該去開餐廳的。」作半開玩笑地這樣說。

灰田笑了。「那也不錯啊。不過我不喜歡被綁在一個地方。我很想過一種可以在喜歡的時候去喜歡的地方，可以盡情想事情的自由生活方式。」

「不過那並不簡單喏。」

「並不簡單。沒錯。不過我已經決定了。我希望經常能自由。雖然我喜歡做料理，卻不想當工作被關在廚房。如果那樣的話，我不久就會開始恨誰了。」

「恨誰呢？」

「『廚師會恨服務生，他們雙方都恨顧客。』」灰田說。「這是出現在劇作家阿諾德．威斯克（Sir Arnold Wesker）的《廚房》戲曲中的台詞。被剝奪自由的人一定會憎恨誰。你不覺得嗎？我不想過這種生活。」

「置身在不被束縛的狀況，可以用自己的頭腦自由地想事情——這是你所希望的嗎？」

「沒錯。」

「但以自己的頭腦自由地思考事情，我覺得似乎並不是一件簡單的事。」

「所謂自由地思考事情，終究也可以說是離開自己的肉體。走出自己的肉體這限定的牢籠，解開鎖鏈，純粹地在理論中飛翔。賦予理論自然的生命。這就是思考中自由的核心。」

「聽起來好難啊。」

灰田搖搖頭。「不，看你怎麼想，其實並不難。很多人會順應不同的時間在不知不覺間已經在那樣做了，靠著這樣做才總算能保持正常。只是本人並沒有發現自己正在那樣做而已。」

作試著想了一陣子他所說的事。他喜歡以灰田爲對象談這種抽象性的、思辨性的話題。平常話不多的他，跟比自己年紀小的朋友談著這種話題時，一定是心中的某個地方被觸動了，話居然不可思議滑溜溜地順口而出。這是他第一次的經驗。在屬於名古屋的五人組時，他多半的場合還是輪到聽的份。

作說：「不過不是不知不覺，而是如果不刻意變成那樣的話，就沒辦法得到你所說的眞正的『思考的自由』吧？」

灰田點頭。「正如你說的。不過那就像說可以刻意去做夢一樣困難的事。一般人不太能辦到。」

「但你正在嘗試往刻意能做到的方向努力中。」

「或許能變成那樣。」灰田說。

「我實在無法想像工科大學的物理系有教這種技術。」

灰田笑了。「本來就沒指望過大學會教那種事。我在這裡所求的，只希望能獲得自由的環境和時間。其他東西我都不求。本來用自己的頭腦思考事情是怎麼回事？要在學術場合論述這個，就需要有學理上的定義。這東西就非常麻煩了。所謂獨創力其實只不過是深思熟慮的模仿而已。現實主義者伏爾泰這樣說。」

「你也這樣認爲？」

「任何東西都一定有所謂的框架。思考也一樣。不必一一去害怕框架，但也不必害怕破壞框架。人爲了要自由，這比什麼都重要。對框架的敬意和憎惡。人生中重要的事物說來經常都是非根本的次要東西。我能說的大概只有這些。」

「我想問你一件事。」作說。

「什麼事？」

「各種宗教中預言者多半的情況，都是在深深的恍惚中接受絕對者的訊息。」

「沒錯。」

「那是在超越自由意志的地方所進行的事情嗎？始終是被動的。」

「沒錯。」

「而那訊息則超越預言者個人的框架，發揮廣泛而普遍的機能。」

「沒錯。」

「這裡既沒有二律背反性，也沒有非根本的次要性。」

灰田默默點頭。

「我不太明白。如果是這樣的話，那麼所謂人的自由意志，到底有多少價值呢？」

「好問題。」灰田說。然後靜靜地微笑。那是貓在溫暖的陽光下睡覺時所露出的微笑。「我還答不出這個問題。」

周末夜，灰田開始在作的公寓大廈裡住下來。兩個人一直談到深夜，灰田在客廳的沙發床，鋪寢具睡下。第二天早晨泡咖啡，做歐姆蛋。他對咖啡很講究，經常帶著仔細烘焙過的香濃咖啡豆，和小型電動磨豆機。講究咖啡豆，對過著貧窮生活的他，幾乎是唯一的奢侈。

作對這位新交的可以放心談話的朋友，把自己的各種事情都誠實而坦率地說出來。只有名古屋四個好朋友的事很小心地隱藏著。因爲那不是可以簡單開口的事。他內心所受的傷太深，傷痕還沒痊癒。

雖然如此，當他和這位年齡比他小的朋友在一起時，大多可以忘記四個人的事。不，可以忘記並非正確的表現。自己被四個親密的好朋友從正面拒絕的事，所留下的痛在他心中經常不變地存在著。只是現在那像潮水般會漲潮退潮。有時會推近到腳下來，有時會退到很遠的地方去。遠到看不清的地步。作可以感覺到自己在東京這新的土壤上，漸漸一點一點繼續扎根下去。雖然孤獨而微小，但新生活已經在這裡繼續形成。在名古屋的日子逐漸變成過去的東西，讓他感覺有幾分異質性了。沒錯，那是灰田這個新朋友所帶給他的進步。

灰田無論對什麼事都有自己的意見，並能以理論來述說。見面越多次，作越對這位年紀比自己小的朋友感到自然的敬意。另一方面，作自己則不知道灰田到底被自己的什麼地方所吸引，或對自己的什麼地方感興趣。不管怎麼樣，兩個人熱心地談著很多事情，交換意見，渾然忘了時間的經過。

雖然如此但一個人的時候，常常會非常想要女朋友。想抱女人，想用手掌溫柔地撫摸那身體，想盡情聞那肌膚的氣味。這是健康年輕的男人當然擁有的慾望。但平常要去想所謂女人時，想抱她們時，他頭腦裡自動浮現的，不知怎麼卻是白妞和黑妞的姿影。她們經常在一起，一定兩人一組地造訪他的想像世界。而且這件事經常讓作感到很爲難，心情開始陰鬱起來。爲什麼到現在還非這兩個人不可呢？她們兩人已經從正面拒絕我了。說再也不要見到我，也不要跟我講話了。但爲什麼不安靜地從我心中離去呢？多崎作已經二十歲了，但還從來沒有抱過一次女性的身體。不，連親吻或握手都沒有，甚至連約會都沒有過。

作常常會想，自己可能有什麼根本上的問題。精神的自然流動，遇到障礙物在某個地方被攔截，可能因此而造成自己這個人的扭曲。那障礙物是因爲被四個朋友拒絕而產生的東西嗎？或者和那無關，是自己天生內部結構上的東西？作無法適度判斷。

某個星期六的夜晚，兩個人談到很晚之間，話題轉到死。關於人不得不死這件事的意思。關於人伴隨著死的預感卻不得不活下去的意義。兩個人對這個問題，大致作了觀念性的交換。作很想對灰田表白，自己曾經有一段時期活得多麼接近死亡，那體驗對自己的身心添加了多麼大的變化。他想說那時所看到的不可思議的光景。不過一旦提起這件事時，就必須從頭到尾說明帶來那狀況的來龍去脈。因此依然還是像平常那樣，主要由灰田說，作則負責聽。

時鐘的針轉到十一點時話題一度說完，屋裡落入沉默。要是平常會在這裡結束，各自準備就寢的時候。兩個人都是早上早起的人。但灰田還盤腿坐在沙發上獨自沉思著什麼。然後他很稀奇地，以不太下得了決心的聲音開始道出。

「有一件關於死的，有點不可思議的事情。這是我父親告訴我的。他說是他二十歲稍過一點的時候，自己實際經驗的事情。正好是現在我們這樣的年齡喔。這件事他從以前就說過幾次了，所以我連細節都記得一清二楚。是一件很奇怪的事，我到現在都不太能相信這種事會實際發生在人的身上，不過我父親不是會對這種事說謊的人。也不是一個會編故事的人。還有就像你也知道的，所謂編故事這種事，每次說的時候都會一直改變細節。不是誇張地加油添醋，就是忘了上次是怎麼說的……。但父親所說的這件事，總是連每個細節都完全一樣。所以可能眞的是他所經歷的事情。身爲非常瞭解父親人格的兒子，我只能照這樣相信這件事。不過當然作兄並不認識我父親，所以信不信是你的自由。你只要聽一聽有這樣的事就好。就當成是民間的傳說或怪談之類的東西聽聽也無妨。說來話長，時間也很晚了，可以說嗎？」

當然沒關係，因爲還不睏，作說。

5

「我父親年輕時候，曾經度過一年左右的流浪生活。」灰田開始說。「那是一九六〇年代末的事。大學紛爭的風暴狂吹的時代，也是文化上反文化（counter culture）最盛的時期。詳細情形沒有聽說，不過好像是在東京的大學在學中，無法接受幾件事情，目睹了幾件愚蠢的事件之後，結果父親對政治鬥爭感到失望，從活動中隱身退出。而且申請休學，一個人到全國漫無目的地遊走。一邊做肉體勞動以賺取生活費，一有時間就讀書，一邊接觸很多人，他說累積了人生的現場經驗。因想法的不同而有別，但對自己來說，那可能是最幸福的時代，父親經常這樣說。他說從這種生活學到了很多重要的事情。我從小就常常聽他說，從那樣的日子裡他所體驗到的各色各樣的事情。就像士兵們傳說的，古時候，遠方戰爭的插曲那樣。在那段流浪日子之後父親回到大學，進入安靜的學究生活。從此沒再出去做長途旅行。就我所知，父親大體上只過著從家裡到職場間來回的生活。眞不可思議噢。不管看起來多麼安穩的整合性的人生中，似乎一定什麼地方會有個大破綻的時期。或許可以說，是爲了瘋狂的期間。人一定需要類似這樣的階段吧。

那年冬天，灰田的父親在九州大分縣山中的一個小溫泉做著打雜的工作。他非常中意那個地方，想暫時在那裡安頓下來。只要做完每天規定的體力工作，依吩咐完成幾件雜務之後，其他時間都可以自由運用。雖然工資不算什麼，但包三餐吃住，還可以盡情泡溫泉。空下來的時間也可以躺在自己狹小的房間，盡情地讀書。周圍的人對這位話不多而有點怪的「東京來的學生」都很親切，端出來的食物雖然簡單樸素，卻都是用當地現採的新鮮食材做的美味東西。而且最棒的是那是個和世間隔絕的地方。電波狀態惡劣連電視都看不成，報紙也只能讀到慢一天的。最近的巴士招呼站在走下山路三公里的地方，從那裡到旅館的惡路能夠勉強來往的車子，只有旅館所有的一輛老舊吉普車而已。有電力通到也是最近的事。

旅館前有一條美麗的溪水流過，可以大量捕抓到色澤鮮明、魚肉鮮美的溪魚。啼聲尖銳的鳥群經常熱鬧地在溪面穿梭飛翔，看到山豬和猴子並不稀奇。山是山菜的寶庫。在那樣孤絕的環境中，灰田青年隨心所欲盡情地讀書和耽溺於思索。現實世界紛紛擾擾的事件已經不再吸引他的關注。

住進那家旅館經過兩個月左右時，他開始和一位住宿的旅客談話。看來四十五歲左右的男人，身材高高的，手腳瘦弱細長，短頭髮，額頭往上禿了。戴著金邊眼鏡，頭的形狀像剛生出來的蛋般光滑。他肩上背著一個塑膠旅行袋，一個人走上山路來，從一星期前就開始住在那家旅館。外出時經常都一身皮夾克、藍牛仔褲和工作靴的模樣。天冷的日子則戴上毛線帽，脖子圍一條深藍色圍巾。姓綠川。至少那樣的姓，和東京都小金井市的地址一起留在住宿簿上。性格似乎一板一眼的，每天中午以前都會用現金把前一天份的費用付清。

（綠川？這裡又出現一個帶有色彩的人。但作沒插嘴，只專心聽他說。）

自稱綠川的男人什麼也沒做，只要閒著就泡在露天溫泉裡。或到附近山裡散步，或坐在暖爐桌前一本又一本地讀著帶來的文庫本（那大半是無害的推理小說），夜晚一個人喝正好兩合（一合爲一八〇毫升）燙熱的酒，不超過那分量，也不少於那分量。他話之少並不輸給灰田的父親，除非必要跟誰都不開口，旅館的人也不在意。因爲他們已經太習慣這種客人了。會特地跑到這偏僻的深山溫泉來，或多或少都是怪人，如果是長期逗留的客人，那種傾向就更強了。

灰田青年在黎明前，到溪邊的露天溫泉去泡溫泉時，綠川碰巧也來到那裡，是他開口打招呼的。綠川不知怎麼從第一眼看到時開始，似乎就對這個打雜的青年懷有不少興趣。灰田在休息時間，坐在簷廊翻著喬治．巴塔耶（Georges Bataille）的選集，可能也是引起他興趣的原因之一。

綠川說自己是從東京來的爵士鋼琴師。因為發生了某件無聊的私事，對每天的工作也累了，想暫時到安靜的地方休息，一個人來到這個深山。或者該說，到處東走西走著旅行之間，碰巧來到這裡。因為這裡沒有任何多餘的東西，正好中意。你也是從東京來的樣子噢。

灰田在昏暗中依舊泡在水裡，簡單說明了自己的情況。向大學遞出休學申請，正漫無目的地旅行。反正大學正處在封鎖狀態，留在東京也沒有意義。

現在東京正爆發的事情，你不關心嗎？綠川問。不是很有看頭嗎？每天到處都在輪番爆發各種騷動。整個世界簡直就像正在連根拔起顛覆翻滾般。你逃離那樣的現場，沒看見不覺得可惜嗎？

世界不會那麼容易就顛覆的，灰田回答。會翻覆的是人這邊。沒看到那樣的東西並不可惜。那毫不在乎的不客氣說法，似乎讓綠川中意。

這附近有什麼地方，可以彈鋼琴嗎？他這樣問灰田青年。

翻過一座山的地方有一所中學，下課後音樂教室的鋼琴可能可以讓人彈，灰田說。綠川知道了很開心。不好意思，回頭請你帶我去好嗎？綠川說。灰田向旅館主人提起這件事，主人說那麼你就帶他去吧。主人打了電話到中學去，商量好讓他可以使用鋼琴。兩個人中飯過後，就越過山路走到那所中學去。下過雨之後，山路還滑溜溜的，綠川把肩袋斜背著，以踏實的快步走著。表面看來是都市長大的人，但腰腿卻意外地矯健。

音樂教室有一台舊的立式鋼琴，鍵盤的指觸並不整齊，音律也讓人不敢恭維，但整體上還算在可以接受的範圍內。鋼琴師在咿呀作響的椅子上坐下，張開手指先試彈過一輪八十八鍵之後，再確認了幾組和聲的音響。五度、七度、九度、十一度。他看來雖然不是很滿意那聲音，但光是能那樣按著鍵盤，似乎就能得到某種程度物理性的滿足了。從那快速而強勁的運指，灰田認為他一定是個頗有名氣的鋼琴師。

大致摸清楚鋼琴的狀況之後，綠川從肩袋裡拿出一個小布袋，小心翼翼地把那放在鋼琴上。上等布料做的袋子，袋口用絲繩綁著。可能是誰的骨灰，灰田青年想。演奏鋼琴的時候把那袋子放在樂器上，似乎是他的習慣。動作中有那樣的印象。

然後綠川，猶疑幾次之後開始彈起〈午夜時分〉（Round Midnight）。剛開始簡直像往溪裡伸出腳試探著水流速度和立足點深淺的人那樣，他用心仔細地彈著每一個和音。彈完主題，繼續接著各種長長的即興演奏。隨著時間的經過，他的手指像習慣了水性的魚般，開始游動得更敏捷更豁達。左手鼓舞著右手，右手刺激著左手。灰田青年對爵士樂並沒有特別的知識，但碰巧知道賽隆尼斯．孟克作的這首曲子，感覺綠川的演奏是抓住精髓的漂亮演出。越不在意鋼琴音程的不準，越含有更深的靈魂。在深山的中學音樂教室裡，只有一個聽眾的那音樂，側耳傾聽之間，有體內的髒汙被洗清了般的感觸。其中所擁有的清爽的美，是和充滿臭氧的清涼大氣以及透明而冷澈的溪谷流水，互相重疊、呼應的。綠川一心專注在演奏上，彷彿現實的雜事都從他周圍完全消失了似的。灰田青年從來沒看過這麼深入專注的人的模樣。他的眼睛片刻都沒離開像獨立的生物般動著的綠川的十根手指。

花了十五分鐘左右彈完曲子後，綠川從包包裡拿出厚毛巾仔細擦了臉上的汗。然後像要冥想般暫時閉上眼睛。終於說「這樣就好了，夠了。回去吧。」伸手拿起鋼琴上的小布袋，再寶貝兮兮地收回肩袋裡。

「那袋子裡是什麼？」灰田的父親大膽地試問綠川。

「是護身符啊。」綠川很乾脆地說。

「是像鋼琴的守護神般的東西嗎？」

「不，也許可以說是我的分身。」綠川嘴角露出疲倦的笑意說。「這是有一點奇怪的故事。不過說來話長，現在要說太累了。」

到這裡灰田一度停下話題，看看壁上的鐘。然後看看作的臉。當然在作眼前的是兒子的灰田。但年齡幾乎一樣也有關係，在作的意識裡父子的形影自然地互相重疊。兩個相異的時間性混合成一個，有這種不可思議的感覺。或許實際體驗到這件事的不是父親，而是在這裡的兒子自己也不一定。他藉由父親這個假象，正在述說著自己的體驗也不一定。他忽然被這種錯覺所襲。

「居然這麼晚了。如果睏了，就下次再繼續說。」

沒問題，還一點都不睏，作說。實際上，睏意已經完全醒來了。想繼續聽下文。

「那麼，我就說下去。反正我也還不睏。」灰田說。

＊

綠川在灰田面前彈鋼琴，那是第一次也是最後一次。在中學的音樂教室裡彈了十五分鐘的〈午夜時分〉之後，他從此似乎完全不再關心鋼琴了。即使灰田青年故意提醒他說「您不再彈鋼琴可以嗎？」他也只是默默搖頭而已。於是灰田也就放棄了。綠川已經不打算再彈鋼琴了。雖然他很想再仔細聽一次綠川的演奏。

綠川擁有眞正的才華。這是沒有懷疑餘地的。他的音樂無論物理性或肉體性都擁有感動聽者的力量。集中精神聽著那音樂時，會有自己眞的被送進某個別的場所的感觸。那並不是很容易產生的現象。

能擁有那樣不凡的資質，對本人來說是意味著什麼呢？灰田青年無法以實際感覺來理解。那對擁有者是至高的幸福嗎？還是沉重的包袱？是恩寵？還是詛咒？或同時包含這全部？無論如何，綠川並沒有給人幸福的印象。他臉上所露出的表情，大多在憂鬱和漠不關心之間遊走。偶爾嘴角浮現微笑，也是含有知性諷刺的被抑制的東西。綠川有一天向正在後院砍柴並搬運薪柴的灰田青年打招呼。

「你喝酒嗎？」他問。

「一點點的話還可以。」灰田青年說。

「只要一點點就行。今天晚上陪我好嗎？一個人喝也膩了。」綠川說。

「傍晚有雜事要做，會到七點半左右。」

「可以。七點半左右到我房間來好嗎？」

七點半灰田青年到綠川的房間拜訪。晚餐準備了兩人份，並燙了熱酒。兩個人面對面喝酒、用餐。爲綠川準備的菜肴他吃不到一半，只一直在酌酒。不談自己，一味問著灰田的出身地（秋田），和在東京上大學的生活等等。知道他是哲學系的學生之後，又問了幾個專門的問題。關於黑格爾的世界觀。關於柏拉圖的著作。談論之間，可以知道這些書他都有系統地熟讀過。似乎並不是只在讀著無害的推理小說。

「哦，你相信邏輯學這東西嗎？」綠川說。

「是的。基本上相信邏輯，而且依賴那個。因爲本來就是這樣的學問。」灰田青年說。

「不合邏輯的事就不太喜歡嗎？」

「姑且不提喜不喜歡，我的頭腦並不會排斥不合邏輯的事。因爲我並沒有信仰邏輯。我想探求這種不合邏輯的事物，和邏輯的接點也是重要的作業之一。」

「例如你相信惡魔這種東西嗎？」

「惡魔？是那種頭上長角的惡魔嗎？」

「是啊。雖然不知道實際上是否眞正長角。」

「如果是以惡的東西比喩的惡魔，當然可以相信。」

「如果惡的東西的比喩採取了現實形狀的惡魔，那會怎麼樣？」

「那如果不實際親眼目睹是不會知道的。」灰田說。

「親眼看到的時候，可能就太遲了。」

「無論如何，我們正在這裡談假設。要追究這件事，必須要有更清楚的具體例子。就像橋需要桁架那樣。所謂假設這東西，越往前走會變得越脆弱，所得出的結論會變成不可靠的東西。」

「具體例子嗎？」綠川說。喝一口酒，皺起眉頭。「但有時那具體例子，在出現的時間點，要接受不要接受，要相信或不要相信，就歸結在這一點上。在這裡沒有中間。也就是精神的跳躍。邏輯在這裡幾乎無法發揮力量。」

「確實在那個時間點可能無法發揮力量。因爲所謂邏輯這東西並不是方便的使用手冊。但到後來，也許邏輯性在那個時候能適用。」

「到後來可能就太遲了。」

「太遲不太遲，和邏輯性又是另一個問題。」

綠川笑了。「確實正如你所說的。後來就算知道太遲了，那和邏輯性是另外一個問題。眞是正論。沒有反論的餘地。」

「綠川先生有這種經驗嗎？接受，並相信什麼，超越邏輯性的、跳躍般的經驗？」

「不。」綠川說。「我什麼都不相信。既不相信邏輯，也不相信非邏輯。既不相信神，也不相信惡魔。在那裡既沒有假設的延長，也沒有跳躍般的東西。只是把那個以那個本身默默接受而已。那是我的根本問題點。無法適度確立區隔主體和客體的牆壁。」

「但綠川先生擁有音樂的才華。」

「你這樣認爲嗎？」

「你的音樂中毫無疑問擁有能夠感動人心的坦率力量。我雖然不太瞭解爵士樂，但這點是知道的。」

綠川嫌麻煩似地搖搖頭。「啊，才華這東西確實有時候是愉快的東西。表面上看來很光榮，又能引人注目，順利的話還能賺錢。女人也會靠過來。當然，有總比沒有好。不過才華這東西呀，灰田君，是要由肉體和意識的強韌集中的支持下，才能發揮作用的。只要腦漿的某個地方螺絲鬆掉，或肉體的什麼地方結線嘣一下斷掉，集中力就會像黎明的露水般消失掉。例如光是一個臼齒疼痛，或一邊肩膀劇痛，就沒辦法好好彈鋼琴了。眞的。這是我實際經驗過的。光是一顆蛀牙、一個肩痛，一切美好的遠景和聲響，就會咻一下化爲烏有。人的肉體就是這麼脆弱。這玩意兒可能是以複雜的系統成立的，往往因爲些微的事情就會損傷。而且一旦損傷之後，往往很難修復。如果只是蛀牙或肩痛可能還可以治好，還有很多治不好的東西。這種不得不靠前方一寸都看不清楚的、基礎不可靠的才華，到底有甚麼意義呢？」

「確實才華可能是很虛幻的東西。那或許很少人能支撐到最後。但從其中所生出的東西，有時卻能產生精神的巨大跳躍。超越個人以普遍的，幾乎是自立的現象。」

綠川對這稍微沉思了一會兒。然後說：

「莫札特和舒伯特很年輕就死了，他們的音樂卻永遠活著。你想說的是這種事嗎？」

「比方說是這種事。」

「這種地步的才華畢竟是例外的東西。而且大多的情況，他們是削減生命，接受過早的死亡，當成那天才的代價付出自己的。就像賭命的交易一般。至於交易對像是神還是惡魔，就不得而知了。」綠川歎了一口氣沉默片刻，又補充似地說：「和那又是另一回事，老實說我正在迎接死期。我大概只剩一個月的命了。」

這次輪到灰田青年沉思。他找不到適當的語言。

「生病了嗎？不是。」綠川說。「身體健康得很。也沒有打算自殺。如果你在想這些的話，倒不用擔心。」

「那麼，綠川先生怎麼知道還有一個月的餘命呢？」

「因爲有一個人告訴我啊。你的餘命已經確定只剩兩個月了。那是從現在算起一個月前的事。」

「那到底是什麼樣的人？」

「不是醫師，不是占卜師。是一個極普通的人。只是在那個時間點他也即將死去。」

青年反覆思考他所說的話，卻掌握不住那邏輯的線頭。「難道，綠川先生您是爲了尋找死的場所而來到這裡的嗎？」

「簡單說的話，嗯，就是這麼回事吧。」

「我沒辦法適當掌握事情的來龍去脈，不過這死沒有迴避的方法嗎？」

「只有一個。」綠川說。「那資格，說起來就是只要把那死的代幣般的東西，讓給別人就行了。說得快一點，就是去找一個替死鬼。然後把棒子交給他說『好了，拜託你了』就離開。那麼暫時就可以不用死了。但以我來說，並不打算用這方法。我從很早以前就開始想，希望儘早死掉的。這下子可以如願以償了。」

「你眞的覺得這樣死掉也好嗎？」

「是啊，老實說活著眞的很麻煩。就這樣死掉我一點都不在乎。我雖然沒有去尋找某種手段，積極斷絕生命的能量，不過要默默接受死是可以的。」

「不過具體上要怎麼做，才能把那『代幣』讓渡給別人呢？」

綠川無所謂地聳聳肩。「很簡單哪。只要對方聽懂我說的話，能接受，也確實明白事情原委，而且同意接受代幣就行了。在那個時間點就已經順利移交了。用口頭也沒關係。能握個手就更完美了。不需要簽名蓋章或契約書之類的。因爲這和政府機構的官樣文章不同。」

灰田青年歪著頭。「可是死期已經迫在眉睫了，要找一個替死鬼，可不簡單吧？」

「噢，這眞是最大的疑問。」綠川說。「這種莫名其妙的事，並不是不管三七二十一跟誰都能提的。說什麼『很抱歉，請你代替我去死好嗎？』當然不得不嚴格選擇適當對象。因此，接下來我要說的話就有點麻煩了。」

綠川慢慢環視周圍，乾咳一聲。然後說：

「人，每一個人都分別帶有適當的顏色，你知道這件事嗎？」

「不，不知道。」

「那麼我告訴你。人，每一個人都擁有所謂自己的顏色，那會沿著身體的輪廓浮出一層淡淡的光喔。像光暈那樣。或像背光那樣。我的眼睛可以很清楚地看得見那光。」

綠川自己往杯子斟酒，然後舔著般地喝了。

「眼睛能看得見那光，這種能力是與生俱來的嗎？」灰田青年半信半疑地問。

綠川搖搖頭。「不，不是與生俱來的，那只是暫時性的資格。那是接受面臨死亡所得到的代價。而且那可以一個人接一個人地傳下去。那資格現在正託付給我。」

灰田青年沉默了一陣子。一時說不出話來。

綠川說：「世上有令人喜歡的顏色，也有令人厭惡的顏色。有快樂的顏色，也有悲哀的顏色。有光強烈濃厚的人，也有光輕淡薄弱的人。這東西很累人呢。是你不想看都看得見的。我不太喜歡到人多的地方。所以才會流浪到這種深山裡來。」

灰田好不容易勉強跟上對方的話。「也就是說，綠川先生也看得見我所發出的顏色嗎？」

「嗯，當然看得見。不過那是什麼樣的顏色，我並不打算告訴你。」綠川說。「那麼，我該做的事，就是發現擁有某種顏色、發出某種光的人。要把死的代幣交出去，實質上只限於交給那樣的對象。並不是誰都可以引渡的。」

「世間有很多擁有那種顏色和光的人嗎？」

「不，沒那麼多。依我看來，嗯，大概一千人或兩千人中才有一個人左右吧。不容易發現，但也不是完全找不到。難的反而是，如何設定能跟這種對象促膝深談的場所。我想你可以想像，這並不那麼簡單。」

「但那到底是什麼樣的人呢？會對別人迫在眉睫的死，想到自己去替他死也好的人？」

綠川微笑了。「他們是什麼樣的人嗎？噢，這方面我也不知道。我只知道，他們擁有某種色調，身體的輪廓上會浮現某種濃度的光而已。那只是外表看得見的特質而已。不過勉強要說的話，這畢竟只是我個人所見喏，也許可以說是那些不怕跳躍的人吧。至於爲什麼會不怕，就分別有各種原因了。」

「說到不怕跳躍，那麼他們到底爲什麼要跳躍？」

綠川一時閉上嘴。沉默中山溪的流水聲似乎提高了。然後他微笑起來。

「現在要開始推銷重點了。」

「請說。」灰田青年說。

綠川說：「在同意接受死的時間點，你可以得到一般所沒有的資質。也可以說是特別的能力。能讀出人們所發出的各自不同的顏色，只是那種能力的一種機能而已。那最大的根本，在於你可以擴大你的知覺本身。你可以推開赫胥黎所說的『知覺之門』。而且你的知覺是會變成毫不混淆的純粹的東西。就像雲霧散去，一切變明朗了一樣。而且你可以開始俯瞰平常所見不到的情景。」

「綠川先生上次的演奏也是那成果之一嗎？」

綠川短短地搖頭。「不，我想那演奏是我本來的能力。那種程度的事我一直都在做。所謂知覺是本身就能完結的東西，並不會成爲某種具體的成就表現出來。也沒有類似神的恩寵。那是什麼樣的東西呢？口頭不可能說明。只能靠自己實際去經驗看看。我能說的只有一點，那就是一旦看到那樣眞實的情景之後，過去自己所活過的世界看起來可能就會顯得平板了。那情景沒有邏輯不邏輯。沒有善或惡。一切都融合爲一。而且你自己也成爲那融合的一部分。你離開肉體這框架，變成所謂形而上的存在。你成爲直觀。那是一種美好的感覺，同時某種意義上也是一種絕望的感覺。因爲幾乎在最後的最後，你會覺悟到自己過去的人生是如何的淺薄而缺乏深度。心想爲什麼以前能夠忍受這樣的人生呢？不禁戰慄。」

「要得到能看見那情景的資格，就算以死爲交換，就算只是一時的東西，依然有值得體驗的價值，綠川先生這樣認爲嗎？」

綠川點頭。「當然。足夠有那樣的價值。這點我可以確實保證。」

灰田青年暫時沉默下來。

「怎麼樣？」綠川露出笑容說。「你也開始對接受那代幣感興趣了嗎？」

「我想問一個問題？」

「是什麼樣的事情？」

「會不會，我也是那擁有某種顏色和某種光的濃度的人呢？那一千或兩千人中的一個人的存在嗎？」

「沒錯。從第一眼看到你的時候開始，我就立刻知道了。」

「換句話說，我也是那追求跳躍的人之一嗎？」

「這個嘛，不清楚。我並不知道那麼多。這種事情不如問你自己吧？」

「但不管怎麼說，綠川先生並不想把那代幣傳遞給誰？」

「很抱歉。」鋼琴師說。「我要就這樣死去。不打算把那權利讓出去。我是一個所謂不想賣東西的推銷員。」

「如果綠川先生死掉了那代幣會變怎樣呢？」

「誰知道。這我也不知道。最後，到底會變怎樣？可能會跟我一起乾脆地消滅掉。或以某種形式留下來。然後又從一個人傳遞給另一個人。像華格納的指環那樣。這種事我不知道，老實說都無所謂。因爲死了之後會發生什麼事情，已經不是我的責任了。」

灰田青年想在頭腦裡整理事情的頭緒。但沒辦法整理好。

「怎麼樣？這完全不是邏輯方面的話題吧？」綠川說。

「這是非常有深趣的事情，同時也是難以輕易相信的事情。」灰田青年老實說。

「是因爲這裡頭沒有邏輯性的說明嗎？」

「沒錯。」

「也沒有實證的方法喔。」

「除了實際去試著交易，否則沒辦法證實那是不是事實。對嗎？」

綠川點頭。「沒錯。就是這樣。不實際試著跳躍的話，無法證實。而實際跳躍下去的話，就已經不必再證實了。這裡沒有所謂中間這東西。只有跳或不跳，兩者之一。」

「綠川先生不怕死嗎？」

「對死本身並不怕。眞的喔。過去我看過很多微不足道的、無聊的人都去死了。連那些人都可以辦到的事，我不可能辦不到。」

「至於死後的事情又怎麼樣呢？」

「死後的世界，死後的生命，這方面的事嗎？」

灰田點頭。

「我決定不想這些。」綠川邊用手掌摩擦著長出來的鬍子邊說。「想了也沒辦法知道的事，或知道了也沒辦法確認的事，想了也是白想。這種東西，終究只是你所說的假設的令人擔心的危險延長而已。」

灰田青年深呼吸了一次。「爲什麼要對我說這件事呢？」

「到目前爲止我沒有對誰說過這件事，也沒打算說。」綠川說。並把杯子乾了。「我本來想一個人安靜地消失的。但看到你時，卻想到如果是這個男人的話或許有說的價値。」

「不管我相信或不相信您的話嗎？」

綠川眼神睏倦，打了一個小呵欠。然後說：

「不管你相信或不相信，我都沒關係。因爲你遲早會相信我說的。你也遲早會死。而，在你臨死時——雖然不知道你何時會以什麼方式死——一定會想起這段話。而且會完全接受我所說的話，理解其中的所有邏輯。眞正的邏輯。我只是播下那種子而已。」

外面似乎又開始下起雨來。溫柔、安靜的雨。被溪谷的水聲蓋過，聽不見那聲音。只能從肌膚所觸及的空氣微小的變化，感覺到好像在下著。

終於灰田忽然開始覺得，在這狹小的房間裡和綠川兩人面對面，是一件非常不可思議的事，一件違背自然原理實際上不會有的事。這時有一種類似目眩的感覺。在不流動的空氣中，覺得似乎可以微微嗅出死亡的氣味。肉緩慢腐朽下去時的氣味。但那或許純粹只是錯覺。在這裡還沒有任何人死去。

「你最近就要回東京去過大學生活了。」綠川以安靜的聲音告知。「而且回歸現實人生。就那樣好好活下去吧。就算多麼單薄和平板，這人生還是有活下去的價值。這點我可以保證。既不是諷刺也不是反話。我只是覺得，價值這東西對我變成負擔了而已，沒辦法好好背負。也許天生就不適合。所以就像臨死的貓那樣，潛進安靜的黑暗地方，默默等待那時刻的來臨。那樣也有那樣的不錯。不過你不一樣。你應該背負得起。用邏輯的線，把那所謂生‧‧‧之價值的東西，巧妙地縫到自己身上吧。」

「說到這裡話就結束了。」兒子的灰田說。「對談過兩天後的早晨，父親有事外出之間，綠川就離開旅館了。據說和來的時候一樣把一個肩袋背在肩上，走山路下到三公里外的巴士招呼站。不知道後來去了那裡。他只把前一天的帳結清了，就什麼也沒說地離去了。也沒給我父親留言。他所留下的，是讀過的許多推理小說而已。父親在那不久之後，回到東京。並回大學復學，進入一心向學的生活。遇見綠川這個人的事，是否成為替他漫長的放浪生活畫下休止符的契機，並不清楚。但從父親的說話方式聽來，則感覺那件事可能帶來不少影響。」

灰田重新在沙發上坐直，用修長的手指慢慢揉著腳踝。

「父親回到東京之後，試著尋找姓綠川的爵士鋼琴師。但並沒有找到這樣名字的鋼琴師。或許他用了假名。因此這個男人是否真的在一個月後結束生命，也依然不清楚。」

「不過你父親還健在吧？」作問。

灰田點頭。「嗯，目前壽命還沒用盡。」

「你父親把綠川所說的不可思議的事，當成真的事情相信嗎？沒有認為是編造得很巧妙的故事，覺得上當了嗎？」

「到底怎麼樣，我也不清楚。不過對當時的父親來說，那可能不是相信或不相信的問題。我想他就把那不可思議的事，當成不可思議的事，整個照吞下去了。就像蛇把捕獲的動物不加咀嚼就先吞進體內，然後再花時間慢慢消化一樣。」

灰田到這裡停止再說。並呼了一大口氣。

「的確睏了。差不多該睡了吧。」

時鐘將近凌晨一點。作進去自己的臥室。灰田在沙發上鋪好床單，把房間的燈關掉。換上睡衣躺在床上的作，感覺好像聽見山谷溪水的聲音。但那當然是錯覺。這裡是東京的正中央。

作不久就落入深深的睡眠中。

那一夜，發生了幾件奇妙的事。

6

多崎作用電腦寄信給木元沙羅，邀她用餐。在惠比壽的酒吧談過話的五天後。回信是從新加坡寄出的。兩天後回日本。第二天是星期六從傍晚開始有空。「眞巧。我也有話想跟你說。」這樣寫道。

有話想說？她有什麼話想對自己說，作當然無法猜到。不過一想到又可以和沙羅見面了，心情就開朗起來，可以重新確實地感覺到自己的心正在希求著這位年紀比自己大的女性。幾天見不到她，就覺得自己好像正在失去什麼重要東西似的，感到胸中輕微疼痛。很久沒有這種感覺了。

但往後的三天，作卻被沒料到的工作逼得團團轉。和地下鐵路線互相轉乘的計畫中，發現了幾個由於車廂形狀的差異所造成與安全性有關的問題（爲什麼這麼重要的訊息不更早提供呢？）爲了解決這問題而跑了幾個車站，月台需要緊急做部分修改。必須製作那工程表。

連續幾個幾乎徹夜的趕工。但總算工作有了頭緒，星期六傍晚到星期天可以休假了。他從公司依然穿著那套西裝，直接到青山約好的地方去。在地下鐵的座位上深深睡著了，差一點沒趕上在赤坂見附的轉車。

「看你好像很累的樣子。」沙羅看了一眼他的臉就說。

作簡單地說明了這幾天自己忙得不可開交的原因，盡量短而容易懂地。

「本來打算先回家沖個澡，換一套不是上班穿的輕鬆衣服再來，也辦不到。」他說。

沙羅從購物袋內，拿出一個包裝精美扁平細長的小盒子交給作。「這是我送給你的禮物。」

作打開包裝。裡面是一條領帶。高尚的藍色，Yves Saint-Laurent的素面絲質領帶。

「在新加坡的免稅商店看到，覺得跟你很搭配就買了。」

「謝謝。很漂亮的領帶。」

「也有男人說不喜歡人家送領帶。」

「我不一樣。」作說。「因爲自己不會有一天忽然心血來潮就跑去買領帶。而且妳選這種東西的品味非常好。」

「太好了。」沙羅說。

作把原來繫著的細條紋領帶當場解開，把沙羅送的新領帶繞在脖子上打起來。那天他身上穿的是深藍色夏季西裝，白色正規領的襯衫，因此藍色領帶並不突兀地配上了。沙羅伸出手越過桌子，以熟練的手法幫他調整領結。淡淡的香水氣味舒服地撲鼻而來。

「很搭。」她說，微微一笑。

原來繫的領帶放在桌上，看來比想像中皺。看起來也像不經意間繼續著的不適當習慣那樣。他重新想到應該稍微注意穿著才行。在鐵路公司的辦公室每天做著設計工作，不太有機會注意服裝。幾乎全是男人的職場。一到公司立刻把領帶摘下，捲起袖子開始工作。出去工地現場的時候也多。周圍幾乎沒有人注意到作穿什麼樣的西裝、打什麼樣的領帶。而且試想起來和特定的女人定期約會，也是很久沒有的事了。

沙羅送禮物給他這是第一次。這件事他覺得很高興。對了，要預先問她什麼時候生日才行，作想。有必要送她什麼禮物。這件事一定要放在腦子裡。他再道謝一次，把舊領帶摺起來放進上衣口袋。

兩個人在南青山一棟大樓地下室的法國餐廳裡。那也是沙羅所認識的店。並不做作的店。葡萄酒和食物都不太貴。接近休閒的法式小館子，但以那種類型的店來說，餐桌又寬鬆，可以靜下心來談話。服務也很親切。兩個人點了放入桌上瓶（Carafe）的紅葡萄酒，檢視著菜單。

她穿著碎花洋裝，上面披一件白色薄毛衣。看來都是上等質料的。沙羅領多高的薪水，作當然不知道。但她似乎習慣在自己的穿著上花錢。

她一邊用餐一邊談新加坡的工作。飯店價格的交涉、餐廳的選擇、交通工具的確保、各色各樣活動的設計、醫療設施的確認……要開創一種新旅遊行程，該做的事層出不窮。她先擬出長長的清單，到當地之後再照順序一一完成那些項目。用自己的腳親自跑現場，用自己的眼睛仔細一一確認。作業的流程和建設一棟新的車站時很類似。聽著她說話時，可以理解她是一個細心而能幹的專業人員。

「我想最近還必須再去那邊一趟才行。」沙羅說。「你去過新加坡嗎？」

「沒有。老實說，我其實一次都沒有離開過日本。工作上沒有機會到外國出差，一個人要到海外旅行也嫌麻煩。」

「新加坡是個有趣的地方喔。食物好吃，附近也有漂亮的休閒勝地。如果能幫你導遊就好了。」

他想像如果能和她兩個人到國外去旅行一定很美妙。

作照例只喝一杯葡萄酒，她則把桌上瓶裡剩下的喝掉。她的體質似乎酒力很強，喝多少臉色幾乎都沒變。他選了燉牛肉，她選了烤鴨。吃完主菜之後，她相當猶豫之後再點了甜點。作點了咖啡。

「上次見過你以後，我想了很多。」沙羅邊喝著餐後的紅茶邊開口說。「關於你高中時代的四個朋友。關於那美好的共同體，和其中所存在的化學作用。」

作輕輕點頭。並等她說下去。

沙羅說：「那五人組團體的事情非常有趣。因爲那是我所沒經驗過的事。」

「那種事情或許根本就不要去經驗比較好。」作說。

「因爲最後心受傷了嗎？」

他點頭。

「我瞭解這種心情。」沙羅瞇細了眼睛說。「不過就算最後遇到很難過的事，覺得很失望，但我覺得你能遇到那些人，對你還是一件好事。人與人的心能夠那樣毫無縫隙地聯繫在一起，並不是一件那麼常見的事。而且那樣的結合如果能五個人都一條心的話，只能說是奇蹟了，不是嗎？」

「確實是接近奇蹟，而且那發生在我身上一定是一件好事。我想正如妳所說的。」作說。「不過也因此，當失去時，或者說被拿走時的打擊就很大了。失落感、孤絕感……這些語言都無法形容。」

「不過從那時候開始已經過了十六年以上了啊。你現在已經是超過三十五歲的大人了。不管當時的傷害有多嚴重，差不多也該到了可以超越的時期了吧？」

「超越？」作重複她的用語。「具體上是怎麼樣呢？」

沙羅把雙手放在桌上。輕輕張開十根手指。左手的小指上戴著一個鑲有杏仁形小寶石戒指。她暫時看著那戒指。然後抬起臉。

「你爲什麼會被四個朋友那樣堅決地拒絕，非那樣不可的理由，我覺得你差不多不妨親自去弄清楚了。」

作想喝剩下的咖啡，但發現杯子已經空了。於是放回碟子上。杯子碰到碟子，發出預料之外巨大清脆的聲音。好像聽到那聲音似的服務生走過來，在兩人的玻璃杯中注入含有冰塊的水。

服務生走開之後，作說：

「以前也說過了，那件事以我來說如果可能我希望完全忘掉。那時候所受的傷已經逐漸癒合了，自己也算克服那痛了。那很花時間。好不容易癒合的傷痕，現在不想再去揭開。」

「可是，到底怎麼樣呢？那可能只不過是表面上看來好像已經癒合了而已也不一定喔。」

沙羅盯著作的眼睛看，以安靜的聲音說。「裡面，可能血還在靜靜地繼續流著也不一定。你沒這樣想過嗎？」

作默默思考。一時說不出話來。

「嘿，可以把那四個人的全名告訴我嗎？還有你們上的高中的校名、畢業年度和升學的大學，每個人當時的聯絡地址。」

「知道這些，妳要做什麼呢？」

「那些人現在在哪裡，正在做什麼，我打算盡可能詳細調查看看。」

作的呼吸忽然急促起來。他拿起玻璃水杯喝了一口。「爲什麼？」

「讓你有機會去找這些人，跟他們面對面談話，請他們說明十六年前所發生的事情。」

「但，如果我說不想做這種事呢？」

她把放在桌上的雙手翻過來，讓手掌朝上。但她的眼睛卻越過桌子繼續筆直看著作的臉。

「我可以清楚地說嗎？」沙羅說。

「當然。」

「不過有點難說出口。」

「不管什麼樣的事都可以，以我來說妳正在想什麼我全部想知道。」

「上次見面時，我說不想去你的房間。你還記得吧？你知道爲什麼嗎？」

作搖搖頭。

「我覺得你是個好人，我也喜歡你。也就是以男人和女人。」沙羅說。然後稍微停頓一下。「但你可能有類似心的問題。」

作默默看著沙羅的臉。

「現在開始要進入有點難說明的部分了。換句話說，就是很難表現。一旦化爲語言，可能會太單純化了。但無法用道理、用邏輯去解說。因爲那畢竟是感覺性的事。」

「我相信妳的感覺。」作說。

她輕輕咬住嘴唇，以目測衡量某種東西的距離，然後說：「被你擁抱著時，我可以感覺到你好像在某個別的地方似的。在稍微離開我們正在擁抱的地方。你非常溫柔，感覺非常美好。可是卻……」

作再度拿起空了的咖啡杯，用雙手包著般捧著。然後又再把那放回碟子。這次沒發出聲音。

「我眞不明白。」他說。「我在那之間一直只想著妳。也不記得有置身別的地方的記憶。老實說，當時的我，除了妳之外並沒有餘裕去想別的。」

「也許。你可能只想著我的事。如果你這樣說的話，我就相信是這樣。雖然如此，你的腦子裡還是有別的什麼東西在裡面。至少有那種類似隔閡的感觸。那或許只有女性才會知道的東西。不管怎麼樣，我想讓你知道的是，對我來說這種關係沒辦法長久繼續。就算喜歡你也不行。我的個性是比看起來更貪心更率直的。如果我跟你往後還要繼續認眞交往的話，我不想讓那什麼夾在中間。那不明底細的什麼。你明白我說的意思嗎？」

「換句話說，妳不想再見到我了？」

「不是。」她說。「我可以見你，像這樣談話喔，這樣非常快樂。不過不想去你的房間。」

「妳是說，沒辦法擁抱？」

「我想沒辦法。」沙羅清楚地說。

「那是因爲我心裡有問題？」

「對。你心裡藏有某種問題。那可能是比你自己所想的還要根深柢固的東西。不過只要你有那意願，我想問題一定可以解決。就像修理發現問題的車站一樣。只是爲了這個就必須收集必要的資料、畫出正確的圖、做出詳細的施工進度表才行。最重要的是必須先弄清楚事情的優先順位才行。」

「因此我有必要再去見那四個人一次，跟他們談談。妳想說的是這件事嗎？」

她點點頭。「你不是要以一個純真、容易受傷的少年，而是必須要以一個獨立的專業者，從正面面對過去。不是去看自己想看的東西，而是去看不得不看的東西喔。如果不這樣的話，你會繼續抱著那沉重的包袱，度過往後的人生。所以告訴我四個朋友的名字。讓我先去快速調查看看，這些人現在正在什麼地方、做著什麼。」

「怎麼查？」

沙羅很驚訝地搖搖頭。「你不是工科大學畢業的？不用網路嗎？沒聽過google或face book嗎？」

「工作上當然常常用啊。也知道google或face book。當然。不過個人幾乎不用。對這方面的工具不太有興趣。」

「嘿，交給我辦。這方面我還滿行的。」沙羅說。

•

用過餐兩個人走到澀谷去。春天已經接近尾聲的舒服夜晚，大大的黃色月亮被一層霧靄籠罩著。空氣中含著朦朧的濕氣。她的洋裝裙襬被風吹起，在他身旁美麗地飄著。作邊走著，思緒邊浮現她衣服裡的肉體。想再抱一次那肉體。想著之間感覺陰莖硬起來了。自己所感到的那種慾望他並不認為有什麼問題。那對健康男人來說，是自然的感情和慾求。不過或許在那根本中，正如她所指出的那樣，含有某種不合理的、扭曲的東西也不一定。這是他無法適度判斷的事。對意識和無意識的交界，想得越多，越搞不清楚自己這東西了。

作迷糊了一陣子之後，下定決心開口說。「上次我說過的事情中，有一件必須更正的。」

沙羅邊走邊感到有趣地看著作的臉。「什麼事？」

「我說，到目前為止我跟幾個女人交往過。雖然都沒有結果，但都有各種原因，並不能全部怪我。」

「我還記得很清楚。」

「我在這十年左右之間，跟三個或四個女人交往過。每次都算相當長而且認真。並不是打算玩玩的。而且那沒有繼續下去，我想每次主要都因為我。不是她們有什麼問題。」

「你這邊有什麼樣的問題？」

「當然每次問題的傾向都稍微有點不同。」作說。「但可以說有一個共通點。就是我並沒有被她們中的任何一個，真正認真地打內心被吸引。當然我喜歡她們，在一起也度過相當快樂的時光。留下很多美好的回憶。卻從來沒有可以拋棄自己般激烈地需要過對方。」

沙羅稍微沉默一下，然後說：「換句話說，你這十年之間，和自己的心不是很認眞地被吸引的女人們，還算長久而認眞地交往過是嗎？」

「我想是這樣。」

「我覺得，這道理不太說得通。」

「正如妳說的。」

「這是因爲你這邊有，不想結婚或不願意被束縛之類的心情嗎？」

作搖搖頭。「不，我想並沒有不想結婚或害怕被束縛的心情。因爲我的個性反倒是追求安定的。」

「雖然如此你經常還是有精神性的壓抑在作用著噢？」

「可能。」

「所以只跟心不必全開就行的女性交往。」

作說：「我可能害怕認眞愛上誰、需要誰，結果有一天，對方會突然沒有前兆地消失無蹤，只留下我一個人。」

「所以你經常有意識也好無意識也好，在自己和對方之間保持適度的距離。或選擇可以保持適度距離的女性。讓自己不要受傷。是這樣嗎？」

作默不作聲。那沉默意味著同意。但同時，作也知道問題的本質並不只有那樣。

「而且跟我之間，可能也會發生同樣的事情。」

「不，這我倒不覺得。妳的情況和過去不同。這是眞的喔。我對妳是想敞開心的。眞心這樣想。所以才會跟妳談到這種事情。」

沙羅說：「嘿，你想更頻繁地見我嗎？」

「當然，想更頻繁地見妳。」

「我也想，可能的話，以後能再見你。」沙羅說。「因爲我覺得你是個好人，而且本來就是不虛僞的人。」

「謝謝。」作說。

「所以你把四個人的名字告訴我。其他事情你自己決定就好了。很多事情明朗化之後，如果覺得還是不想見他們的話，可以不見。那畢竟是你自己的問題。不過我個人對這些人很感興趣，和那又是另外一回事。很想詳細知道更多這四個人的事。那些到現在還貼在你背上的人的事。」

多崎作回到房間，從書桌抽屜拿出舊的手冊，翻開通訊錄頁面，把四個人的姓名，當時的地址和電話號碼正確地打進筆記型電腦畫面。

赤松慶（あかまつけい）

青海悅夫（おうみよしお）

白根柚木（しらねゆずき）

黑埜惠理（くろのえり）

畫面上排列著四個人的名字，伴隨著各種回憶一起看著時，應該已經通過的時間，卻有襲罩到他周圍的感覺。那過去的時間，開始無聲地混入現在正流在這裡的現實的時間中。就像煙從僅有的門縫，悄悄潛入房間裡來那樣。那是沒有氣味、沒有顏色的煙。但在某個時間點他忽然回到現實，按下筆電的鍵盤，將信傳到沙羅的電郵地址。確認過已經傳出，把電腦的電源關掉。並等待時間再度恢復到現實的階段。

「我個人對這些人很感興趣。很想詳細知道更多這四個人的事。那些到現在還貼在你背上的人的事。」

沙羅所說的事應該是正確的。作躺在床上這樣想。那四個人現在也還貼在他的背上。可能比沙羅所想的貼得更緊。

Mr. Red

Mr. Blue

Miss White

Miss Black

7

灰田說到關於父親年輕時在九州的山中溫泉所遇到的，姓綠川的爵士鋼琴師不可思議的事那一夜，發生了幾件奇妙的事情。

多崎作在黑暗中忽然一下醒來。讓他醒過來的是喀一聲小而乾的聲音。像小石頭丟到玻璃窗上的聲音。或者是聽錯了。無法確定。想看看枕邊電子鐘的時刻，但脖子轉不過來。不但是脖子，連整個身體都不能動了。並不是所謂的痲痹。只是身體想使力，卻沒辦法。意識和肌肉並沒有連成一體。

房間被黑暗所籠罩著。作不習慣在明亮的地方睡覺，因此就寢時總是把厚厚的窗簾密密地拉上讓房間暗下來。因此外光沒進來。雖然如此但憑跡象就知道除了自己之外還有人在室內。有誰躲在黑暗中，注視著他的身影。擬態動物般屏著氣息、消除氣味、改變色彩、潛身在黑暗中。但作不知怎麼知道那是灰田。

Mr. Gray。

灰色是以白和黑混合而作出來的。而且可以改變濃度，輕易融入各種階段的黑暗中。

灰田站在黑暗的房間角落，只是凝神俯視著正仰臥在床上的作。簡直就像裝成雕像的默劇藝人般，他長時間肌肉動也不動一下。勉強看得出在動的可能只有他的長睫毛。那是個奇怪的對照。灰田憑著自己的意圖達成近乎完美的靜止，另一方面作則違背自己的意圖身體動彈不得。作想，非開口說什麼不可。有必要開口說什麼，以打破這奇幻的均衡。但聲音出不來。嘴唇動不了，舌頭也動不了。從喉嚨能漏出來的唯有無聲的乾乾的氣息而已。

灰田在這房間裡做什麼？爲什麼站在那裡，那樣深地凝視著作呢？

這不是夢，作想。以夢來說一切都太清晰了。但站在那裡的是眞正的灰田本身嗎？作無法判斷。眞正的灰田本身，那現實的肉體，正在鄰室的沙發上沉沉睡著，而在這裡的則是從那裡脫離出來的灰田的分身似的東西吧。他這樣覺得。

但作並沒有感覺到那是不穩的東西，是邪惡的東西。無論如何，灰田應該都不會對自己做出不良的事——作有這樣的接近確實的自信。那是從第一次遇到他開始就一貫感覺到的事。也就是所謂的本能。

紅仔頭腦確實很好，但他頭腦的好說起來是比較屬於實際性的、有些情況甚至是功利方面的。比較之下灰田頭腦的好，則比較純粹、比較原理性。甚至是自我完結性的。兩個人同在一個地方，作也往往無法掌握，灰田現在正在想什麼。對方的腦子裡似乎正在旺盛地進行著什麼，但那什麼是什麼類的東西，作則無法推測。這種時候當然會感到困惑，而且也會有自己一個人被留在後面的心情。但即使在那樣的情況，他對這位比自己小的朋友也從來不會感到不安或煩躁。只是對方頭腦的轉速和活動領域的寬度，水準和自己不同而已。作這樣想，而放棄去追隨對方的步調。

灰田的腦子裡可能有配合他的思考速度而做成的高速跑道般的東西，他可能經常必須在那裡使用原有的排檔，在一定時間內跑完。要不然的話——如果陪著作的平庸速度降低排檔繼續跑的話——他的思考系統可能會過熱，而開始微妙地亂掉。有這種印象。過一陣子灰田會從那跑道下來，若無其事地露出安靜的微笑，回到作所在的地方來。並放慢速度，再度配合作的思考步調。

那濃密的凝視到底繼續了多久？作無法辨別時間的長短。灰田靜止在深夜的黑闇中，在無言中凝視著作。灰田似乎有話要說。他懷著無論如何非傳達不可的訊息。但因爲某種原因，那訊息無法轉換成現實的語言。那讓這位年紀較小的聰明朋友感到前所未有的焦躁。

作一邊躺在床上，一邊忽然想起剛才聽說過的綠川的話。臨死之前——至少本人這樣主張——綠川在中學的音樂教室裡彈鋼琴時，放在樂器上的布袋裡到底裝著什麼？那個謎在沒有解開之下灰田的話就結束了。作非常在意那袋子的內容。應該有人告訴他那袋子的意義。爲什麼綠川要寶貝兮兮地把那放在鋼琴上呢？那應該成爲那個故事的主要重點。

但並沒有給他那個答案。在漫長的沉默之後，灰田——或灰田的分身——悄悄地離開了那裡。最後覺得好像聽到他淺淺的吐氣，但不能確定。就像香的煙被吸進空氣中般灰田的形影淡化消失了，一留神時作一個人被留在黑暗的房間裡。身體依然動不了。連繫意識和肌肉的線依舊沒連上。接點的螺栓依然脫落著。

到什麼地方是現實？作想。這不是夢。也不是幻影。是現實不會錯。但那裡卻沒有現實該有的重量。

Mr. Gray。

然後作可能再度落入沉睡。終於他在夢中醒來。不，正確說那也許不能稱爲夢。那裡所有的，是具備了一切夢的特質的現實。那是唯有在特殊時刻，特殊場所所解放出來的想像力才能建立的，異樣的現實相。

她們以生下來的原樣姿態躺在床上。而且緊緊貼近他的兩脅。白妞和黑妞。她們是十六歲或十七歲。她們不知道為什麼經常都是十六歲或十七歲。兩人的乳房和大腿，被他的身體壓著。作可以鮮明地感覺到，兩人肌膚各自的光滑和溫暖。而她們的手指和舌尖正無言地，貪婪似地玩弄著他的身體。他也還全裸著。

那並不是作所要求的狀況，也不是他所要想像的情景。那應該不是能那麼輕易帶給他的事情。然而和他的意思相反，那印象變得越來越鮮明，感觸變得更加生動而具體。

女人們的指尖溫柔修長而纖細。四隻手，二十根指尖。這些就像是從黑暗中生出來的沒有視覺的滑溜溜的生物一般，在作的全身到處遊走、刺激。那裡有他過去未曾感覺過的激烈的心的震動。彷彿在告訴他自己所長久居住的屋子裡，其實另外還有祕密的小房間存在似的心情。心臟像定音鼓般發出乾乾的抖動聲。手腳還完全麻痹。一根手指都抬不起來。

女人們的肉體柔軟地纏繞、糾結在作的全身。黑妞的乳房豐滿而柔軟。白妞的雖然嬌小，但乳頭像小圓石般硬起來。兩邊的陰毛都像雨林般濕濕的。她們的氣息，和他自己的氣息渾然化為一體。就像從遠處流來的潮流，在黑暗的海底不被人知地重疊匯合在一起那樣。

在長久執拗的愛撫之後，他進入了她們之中一個的陰道裡。對方是白妞。她跨在作的上面，手拿著他變硬直立的性器，巧妙地導入自己裡面。那就像被吸進真空裡般，沒有任何抵抗地進入她裡面。讓那稍微鎮定，調整過呼吸之後，她像在空中畫著複雜的圖形般慢慢旋轉著上半身，扭動著腰肢。長長的溜直黑髮，像揮著鞭子般在他頭上柔軟地搖著。這是平常的白妞所無法想像的大膽動作。

但對白妞或對黑妞，那都像是極當然的情勢演變。也像是沒有考慮餘地的事情。她們完全看不出有任何猶豫的跡象。愛撫是兩個人都一樣，但他所插入的對象則是白妞。爲什麼是白妞呢？作在深深的混亂中尋思。爲什麼非白妞不行呢？她們應該始終是均等的。兩個人應該是一個存在才對的。

沒有餘裕再往下思考了。她的動作逐漸加快、變大。而且一留神時，他已經在白妞的裡面激烈地射精了。從插入到射精爲止的時間很短。太短了，作想。實在太短了。不，或許是喪失了正確的時間感覺？無論是哪邊都不可能壓制那衝動。簡直就像從頭上落下來的大浪般，毫無預告就來了。

但實際上接受射精的，不是白妞，不知怎麼竟是灰田。一留神時女人們已經消失無蹤，灰田卻在那裡。射精的瞬間，他快速彎身把作的陰莖含進口中，好像不要弄髒床單般，接下了射出的精液。射精激烈，精液的量相當多。灰田分幾次耐心地承接下射精，告一段落之後，就用舌頭舔乾淨。他似乎很習慣那樣的作業。至少作這樣感覺。然後灰田安靜地離開床邊到洗手間去。水龍頭出水的聲音暫時繼續。可能在漱口吧。

射精之後，作的勃起還沒收斂。白妞溫暖濡濕的性器感觸還生動地留在那裡。簡直就像是體驗過現實的性行爲之後那樣。夢和想像的境界，想像和現實的境界還沒辦法分辨清楚。

作在黑暗中尋找語言。並不是對特定的誰的語言。只是爲了填滿那裡無言的、無名的縫隙，不得不找到正確的一句話也好。在灰田從洗手間回來之前。但卻沒找到。在那之間他腦子裡一直反覆流著一段簡單的旋律。是李斯特的〈Le mal du pays〉（鄉愁）的主題，那是後來才想到的。巡禮之年、第一年、瑞士。田園風景在人的心中喚起的憂鬱。

然後近乎暴力性的，深沉睡眠把他包了進去。

醒來時是早晨的八點前。

起來首先確認，自己有沒有射精在內褲裡。做過那樣的性夢時，一定會留下射精的痕跡。但卻沒有。作被搞迷糊了。自己確實在夢中——至少是在不是現實世界的場所——射精了。非常激烈。那感覺還清楚留在身體裡。應該是釋放出大量的現實的精液了。但卻沒留下痕跡。

然後他想起灰田用口接住那射精的事。

他閉上眼睛，稍微歪一下頭。那是實際發生的事嗎？不，不可能。一切都是在我的意識的黑暗內側所發生的事。無論怎麼想。那麼，精液到底釋出到什麼地方去了？那也消失到意識的深處去了嗎？

作懷著混亂的心起床，穿著睡衣到廚房。灰田已經換好衣服，躺在沙發上讀著一本很厚的書。他集中精神在那本書上，看來心好像已經轉移到別的世界了似的。但作一露面他立刻把書闔上，露出明朗的笑容，在廚房準備了咖啡、歐姆蛋和吐司。飄起新鮮咖啡的香氣。隔開夜晚和白晝的香氣。兩人隔著桌子，一面以小音量聽著音樂一面吃早餐。灰田和平常一樣，在烤成焦黃的吐司塗上薄薄的蜂蜜吃。

灰田在餐桌上，只對他在什麼地方新發現的咖啡豆，烘焙品質之精良陳述了一陣子意見，然後就一個人在思考什麼。可能在思考剛才讀過的書的內容。焦點集中在虛空中一點的一對瞳孔，告知著這回事。雖然清澈透明，然而那深處卻什麼都看不出來。那是他在思考抽象性命題時所顯示的眼睛。那經常讓作想起從樹木的縫隙之間所見到的山中泉水。

灰田的樣子看不出和平常不同的地方。和每次星期天的早晨沒有兩樣。天空有淡淡的陰雲，但光線柔和。說話時他筆直看著作的眼睛。看不出其中有任何含意。可能現實上什麼也沒發生。那可能是意識內部所產生的妄想。作這樣想。而且在以那件事為恥的同時，也激烈地被困惑所襲。到目前為止他已經體驗過好幾次，白妞和黑妞出場的同樣的性夢。那夢和他的意思無關幾乎定期來臨，引導他射精。但這樣頭尾一貫而生動清楚則是第一次。而且更主要的是灰田加進來這件事讓作感到混亂。

然而作決定不再去追究這個問題。看來無論多深入思考也不可能得到解答。他把那疑問放進附有「未解決」牌子的抽屜之一裡，留待後日再來檢討。在他心中有好幾個那樣的抽屜，許多疑問都被留在那裡面。

在那之後作和灰田到大學的游泳池去，一起游了三十分鐘。星期天早晨的游泳池人影稀疏，可以依自己喜歡的步調隨心所欲地游。作集中精神在確切地移動必要的肌肉。背肌、腸腰肌、腹肌。不必特別去思考呼吸和踢腳。節奏一旦產生，接下來就變成無意識的動作。每次都是灰田游在前面，作跟在後面。作無心地眺望著灰田柔和的踢腳在水中形成有節奏的白色小泡沫的光景。那光景經常帶給他輕微的意識的麻痺狀態。

沖過澡，在更衣室換過衣服之後，灰田的眼睛失去了先前那清澈的光，恢復成平常安靜的眼睛。由於充分運動過身體之後，作心中的混亂似乎也鎮定下來了。兩個人走出體育館，並肩走到圖書館。在那之間他們幾乎沒開口，但那並不是特別稀奇的事。我現在要到圖書館去查一點資料，灰田說。這也不是特別稀奇的事。灰田喜歡在圖書館「查資料」。那多半是指「暫時想一個人獨處」的意思。「我要回家洗衣服。」作說。

來到圖書館前面時，兩個人便輕輕揮手告別。

然後有一陣子灰田沒有聯絡。在游泳池和大學校園，都見不到灰田的身影。作和認識灰田以前一樣，過著一個人默默用餐，到游泳池去一個人游泳，去上課記筆記，機械性地記憶外國語單字和文法的生活。安靜而孤獨的生活。時間在他周圍淡淡地，幾乎連痕跡都不留地過去。偶爾把《巡禮之年》的唱片放在轉盤上，側耳傾聽。

在一星期左右渺無音訊之後，作想，灰田可能已經決心不再見我了。那並不是沒有可能的事。他事先完全沒提，也沒告知理由，不知道去哪裡了。就像以前在家鄉那四個人所做的一樣。

那個比自己小的朋友會離開自己，可能是因為那夜我所體驗到的那活生生的性夢的關係，作想。或許灰田透過某種管道察知，在我的意識中所進行的整件事情的詳細經過，說不定對那感覺不愉快。或生氣了。

不，不可能有這種事。那是不可能從作的意識出到外面的東西。灰田應該不可能從任何地方知道那內容的。雖然如此，作還是覺得自己意識的深深底部所擁有的幾個扭曲的要素，這個比自己小的友人明亮的眼睛似乎已經銳利地看透了。這樣一想時自己就羞恥得不得了。

無論如何，當灰田的存在消失之後，作才重新眞正感覺到這個朋友對自己來說意義多麼重要，讓他每天的生活變得多麼豐富多彩。想起和灰田所交談過的各種對話，和他那有特徵的輕輕笑聲，都令他十分懷念。他所喜歡的音樂，不時朗讀給他聽的書，他所解說的世間事象，那獨特的幽默感，貼切的引用，他所做的美食，爲他泡的咖啡。他在日常生活中可以發現，到處都是灰田所留下的空白。

相對於他所給他的那些東西，他這邊到底又給過灰田什麼？作不得不想。我在這個朋友心中到底留下了什麼？

我或許終究，命運註定要孤獨一個人。作不得不這樣想。人們都來到他的身邊，然後終於又離開。他們雖然在作的心中尋找什麼，但似乎沒有順利找到，或找到了但不中意，於是放棄（或失望、生氣）而離開了。他們有一天，突然就消失無蹤。既沒有說明，也沒有好好告別。就像把還流著溫暖的血、還靜靜打著脈搏的情義，用銳利無聲的大斧截然砍斷那樣。

自己的內在一定有某種根本的、令人失望的東西。缺乏色彩的多崎作，他發出聲音說。結果，我是否沒有擁有任何能獻給人的東西？不，這麼說來，或許連能獻給自己的東西都沒有。

但自從在圖書館前分開後的第十天早晨，灰田卻忽然在大學的游泳池現身了。作在第幾次要轉身時，碰觸到牆壁的右手背被誰用手指咚咚地輕輕敲兩下。抬起臉時，穿著游泳褲的灰田正彎身蹲在那裡。黑色蛙鏡拉到額頭上，嘴角露出平日熟悉的舒服微笑。兩人久違了一碰面，也沒有特別交換語言，只互相輕輕點頭而已，然後就像平常那樣，在同一條水道上一起游長距離。柔軟的肌肉動作，安穩而規則的正確踢腳節奏，是在水中兩人之間所交換的唯一溝通。這時這裡不需要語言。

「我回秋田去了一陣子。」從游泳池上來，沖過澡之後，用毛巾擦著頭髮灰田邊開口。

「很突然，不過家裡有不得不回去的事情。」

作曖昧地回答，點個頭。在學期正中間離開學校十天之久，對灰田來說是非常稀奇的事。他也和作一樣，除非有要緊的事否則是不缺課的。所以想必有重要事情不會錯。但關於返鄉的目的，他自己沒有再多說什麼。作也刻意不問。總之這個比自己小的朋友若無其事地回來了，作原來哽在胸中某個地方的沉重空氣凝塊般的東西，總算能順利吐出了。有胸中的鬱悶終於去除的觸感。他並不是要拋棄作而消失蹤影的。

在那之後灰田還是以和之前沒有兩樣的態度和作相處。兩人自然地進行日常的交談，也一起用餐。灰田從圖書館借了古典音樂CD來，就坐在沙發上一起聽，談和那音樂有關的事，談讀過的書。或只是在同一個房間裡，分享親密的沉默。周末灰田會來作的公寓大廈，一直暢談到深夜，就那樣住下來。在沙發鋪好寢具，在那裡睡。他（或他的分身）已經不再半夜走進寢室來，在黑暗中凝視作了——如果實際上曾經發生過那樣的事的話。作在那之後，還做過幾次白妞和黑妞兩人出現的性夢，但灰田的身影則不再出現。

雖然如此，作偶爾還是會想，那一夜灰田以那清澈的瞳孔看透過了自己潛意識裡的東西。而且在體內可以感覺到那凝視的痕跡。那裡似乎留下了類似被火輕微燙傷的灼熱疼痛。灰田那時候，觀察作所祕密懷抱的妄想和慾望，一一實地檢查並解剖。而且之後，還繼續以朋友身分跟他交往。只是爲了要容納那樣不安穩的模樣，整理情緒，力求鎮定，需要有隔離的期間。所以他才會把和作的交往斷絕十天。

當然這只不過是推測而已。缺乏根據，幾乎是不合理的臆測。或許應該說是妄想。但那樣的想法卻執拗地糾纏著，讓作的心情無法鎮定。一想到自己意識深處的每個細部可能都被灰田看透了時，就覺得自己好像降級成棲息在濕答答石頭縫底可憐兮兮的螻蟻之類了。

雖然如此，多崎作還是需要這位年齡比自己小的朋友。可能比什麼都需要。

8

灰田最後離開作的身邊是在次年的二月底。兩個人認識八個月後的事。而且這次，他就不再回來了。

學期末的考試結束，成績發表之後，灰田就回秋田家鄉。不過我可能很快就回來喲，他對作說。秋田的冬天冷得不得了，在家裡待兩星期就不耐煩了。還是在東京比較輕鬆，他說。只是我必須幫忙家裡清除屋頂的積雪，而且總是不能不回去。但兩星期過去了，三星期過去了，這個年紀小的朋友都沒有回東京。也完全沒聯絡。

作一開始並沒那麼在意。可能老家住起來比想像中舒服吧。或今年下的雪比往年多。作自己在三月中旬也回去名古屋三天。雖然不想回去，但總不能完全不返鄉。當然名古屋不需要除雪，但母親頻頻往東京打電話。說學校都放假了怎麼不回家呢？「放假期間有不得不完成的重要課題。」作說了這樣的謊。但母親還是堅持說，就算那樣總可以回來個兩、三天吧。姊姊也打電話來說，媽媽也覺得相當寂寞，你就不妨回來看她一下嘛。好啦，我會的，作說。

回名古屋的期間，除了傍晚帶狗到附近公園去之外，他完全沒有外出。因爲害怕萬一在路上碰到以前的四個朋友中的誰。尤其自從做了與白妞和黑妞相交的性夢之後，作實在沒有勇氣，再和活生生的她們面對面了。因爲那就像在想像中強暴她們一樣的事。就算知道那夢和自己的意志是沒有關聯的，而且他做了什麼樣的夢對方也無從知道。或許她們只要看一眼作的臉，就可能看穿一切，知道他在夢中做了什麼事。並嚴厲指責他骯髒任性的妄想。

他盡量抑制自慰。並不是對行爲本身感到罪惡感。他感到罪惡感的，是對那時不可能不想起白妞和黑妞的身影。就算想去想別的什麼事，她們還是會悄悄溜進來。但節制自慰的結果，往往一有機會就會做性夢。而且幾乎沒有例外地，白妞和黑妞都會出現。結果還是一樣。不過那至少並不是他意圖要想起來的形象。當然這只不過是藉口，但對他來說，那等於改變說法的辯解擁有不少意義。

那些夢的內容幾乎相同。每次做的夢雖然設定和行爲的細部稍微有些不同，但她們兩人都赤裸地和他糾纏著，用手指和嘴唇愛撫他的全身，刺激性器，到性交爲止的展開也沒變。而且作最後射精的對象經常都是白妞。即使和黑妞激烈地相交，到接近最後階段，忽然發現時伴侶卻調換了。然後他在白妞的體內釋出精液。開始做那樣固定模式的夢，是從大學二年級的夏天他被團體放逐，失去了和她們見面的機會之後。在那之前他不記得有做過那種模式的夢。爲什麼會發生那種事，作當然不清楚。那也是深深收進他的意識儲藏櫃中「未解決」抽屜的問題之一。

心中懷著莫名的挫折感，作回到東京。但灰田依然沒有聯絡。游泳池和圖書館，都見不到他的身影。試打了幾次電話到宿舍，每次都說灰田不在。試想起來，他秋田老家的地址和電話號碼都不知道。不知不覺間春假已經結束，學校的新年度開始了。他升上四年級。櫻花開了，終於謝了。然而那位年紀小的友人還是沒聯絡。

他走到灰田住的學生宿舍。管理員告訴他，灰田在上學期結束的時間點送出退舍申請，行李也全部搬走了。作聽到之後失去了語言。關於退宿舍的理由，和搬出去的地址，管理員什麼都不知道。或主張什麼都不知道。

到大學辦公室去調學籍簿來查看，才知道灰田送出了休學申請表。休學的理由屬於個人隱私，無法奉告。灰田在期末考結束後馬上親自送出，蓋了手印的休學申請表和退舍申請表。他在那個時間點還和作照常碰面。在游泳池一起游泳，周末到作的房間來住，聊天到深夜。然而，灰田卻把休學的事完全瞞著作。若無其事地微笑著告訴他「我只要回秋田去兩星期左右」。而從此就在作的眼前消失了蹤影。

可能再也見不到灰田了，作這樣想。那個男人帶著某種堅定的決心，沒說一句話就從我眼前消失身影。那可不是偶然的事。他有非這樣做不可的明確理由。不管那理由是什麼，灰田大概都不會再回來了。作的直覺是正確的。至少在他在學期間，灰田沒有回到大學復學。也沒有和他聯絡。

眞不可思議。作當時想。灰田和自己的父親重複同樣的命運。同樣在二十歲前後從大學休學，從此行蹤不明。簡直像步上父親的足跡那樣。或者父親的那段逸事，是灰田所捏造的虛構故事？他假借父親的身影，想述說和自己有關的什麼嗎？

但這次灰田的失蹤，不知爲什麼，並沒有像上次那樣帶給作那麼深的混亂。也沒有帶給他被遺棄、被留下的痛苦感覺。由於失去灰田，他反而變成被某種安靜所支配。那是一種奇異的中立的安靜。不知爲什麼，他甚至覺得灰田可能承接了他的罪惡和髒汙部分，結果到某個遙遠的地方去了。

灰田不見了，作當然覺得寂寞。是個遺憾的結果。灰田是他所發現的眞正少數重要朋友之一。但以結果來說可能是不得已的。灰田所留下的，只有一個小咖啡磨豆機，咖啡豆還剩一半的袋子，和貝爾曼所演奏的李斯特的《巡禮之年》（LP一套三張），和那清澈得不可思議的一對眼神的記憶而已。

那年五月，知道灰田已經離開校園的事之後一個月，作第一次和活生生的女性有了性關係。他那時二十一歲。二十一歲又六個月。那個學年剛開學，他就到都內一所設計事務所去實習兼做製圖打工，對象是在那裡認識的大四歲的單身女性。她在那家事務所做事務性工作。個子小、頭髮長、耳朵大、有一雙形狀美好的腳。身體有整體上祕密濃縮起來的印象。容貌與其說美麗不如說俏麗。作一說笑話，她就會露出美麗的白牙笑起來。作自從在那家事務所開始工作，她就總是對他很親切。讓他覺得她對他個人懷有好感。可能是和兩個姊姊一起長大的關係，他和年紀大的女人在一起時自然會比較放鬆。她和二姊正好同年。

作找到機會約她吃飯，之後邀她去自己的房間，然後乾脆邀她上床。她對每個邀請都沒有拒絕。幾乎也沒有猶豫。雖然對作來說是初體驗，但一切卻都很順利。從最初到最後既沒有困惑，也沒有畏怯。因此對方似乎以爲，作年紀雖小但性經驗卻累積很夠。儘管實際上只有在夢中跟女性做過。

作當然對她懷有好感。她是個有魅力的女性，而且聰明伶俐。雖然並沒有寄望從她得到像灰田所給的那種知性的刺激，但明朗不做作的個性，旺盛的好奇心，和她談話很快樂。性方面也活潑。他從和她的交往學到很多有關女性身體的事情。

她不太擅長做菜，但很喜歡打掃，作的公寓大廈房子不久就被她整理得煥然一新乾淨漂亮起來。窗簾、床單、枕頭套、毛巾、浴室踏腳墊，全換成新的、清潔的。灰田離開後，她為作的生活帶來不少色彩和生氣。但作會積極接近這位年紀比他大的女人尋求肉體關係，既不是因為熱情，不是因為對她有好感，甚至也不是為了排解每天的寂寞。他這樣做是為了證明自己不是同性戀者，還有自己不只是在夢中，而且能對活生生的女人的體內射精。那——作自己可能不會承認——對他是最主要的目的。

而且那目的達到了。

周末她會到作的地方來住下。就像不久前灰田所做的那樣。然後兩個人在床上花時間擁抱。也曾繼續做愛到將近黎明。他在性交之間，努力只想她和她的肉體的事。集中意識在那作業上，把想像力的開關切斷，盡量把不在那裡的一切事物——白妞和黑妞的裸體和灰田的嘴唇——趕到遙遠的地方去。她有吃避孕藥，因此他可以放心地在她體內射出精液。看來對方頗享受著和他的性行為，也很滿足的樣子。達到高潮時會發出不可思議的聲音。沒問題，我是正常的，作對自己這樣說。幸虧這樣他也不再做性夢了。

這個關係繼續維持了八個月左右，然後在彼此同意之下分手。那是他正面臨大學畢業之前。當時他進電鐵公司就職的事已經確定，在設計事務所的打工也已經結束。她一邊和作交往，一邊在故鄉的新瀉縣擁有青梅竹馬的男朋友（這件事從一開始就對他公開），四月就將和他正式結婚。她要辭掉設計事務所，搬到未婚夫工作的三条市去住。因此以後不能再和你見面了，有一天她在床上對作說。

「他是個非常好的人。」她把手放在他胸口一邊說。「我想他可能是跟我很配的對象。」

「不能再跟妳像這樣見面了我覺得非常遺憾，不過我可能應該說恭喜。」作說。

「謝謝。」她說，然後好像在書頁的角落用小字體添上注腳般，「不過或許有一天，有機會能再見到你也不一定。」附加一句。

「但願如此。」作說。但他無法適當讀取那注腳具體上意味著什麼。只忽然想到，她以未婚夫爲對象時也發出同樣的聲音嗎？然後兩個人再做一次愛。

不能再一星期和她見一次面了，很遺憾是眞的。爲了迴避那活生生的性夢，爲了沿著所謂現在這個時間制活下去，他都需要一個固定的性伴侶。話雖這麼說，但她的結婚對作來說或許反倒是正方便的事。因爲對這位年長的女朋友，除了安穩的好感和健康的肉慾之外，他實在無法再感覺到別的東西了。而且那時候，作也正要一腳踏進人生的另一個新階段。

9

木元沙羅打手機進來時，作正把書桌上堆積如山的文件一一分類，把不要的東西丟掉，抽屜裡堆滿的文具一一整理過，在消磨著時間。這是上次和沙羅見面五天後的星期四。

「現在方便說話嗎？」

「可以呀。」作說。「現在這時候，正是難得悠閒的一天。」

「太好了。」她說。「今天一下子就行了可以見面嗎？我七點以後有聚餐的約，在那之前可以空出時間。如果你能出來到銀座就更感謝了。」

作看看手錶。「我想我五點半可以到銀座。場所妳來指定好嗎？」

她提出四丁目十字路口附近一家喫茶店的名字。那家喫茶店的地點作也知道。

五點前把工作結束，走出公司，從新宿車站搭丸之內線到銀座。今天很湊巧，他就繫著上次沙羅送的藍色領帶。

喫茶店裡沙羅已經先來了，正喝著咖啡一邊等。看見作所打的領帶，她微笑起來。一笑嘴唇邊就皺起兩條可愛的小小笑紋。女服務生走過來，他也點了咖啡。喫茶店裡充滿了許多下班後約會的人。

「把你叫到這麼遠來眞抱歉。」沙羅說。

「偶爾出來到銀座也很好。」作說。「如果能順便到什麼地方一起慢慢用餐就更好了噢。」

沙羅撇一下嘴唇，歎一口氣。「如果能那樣就好了，可惜今天有應酬晚宴。必須招待法國來的貴賓到懷石料理店。心情緊張，也沒有閒情品嘗料理，我實在不擅長做這種事。」

她確實穿著比平常講究的服裝。手工精良的咖啡褐色套裝，領襟別著的胸針中心閃著小粒碎鑽炫眼的光芒。裙子短短的，看得見底下穿著和套裝同色系，附有細花紋的絲襪。

沙羅打開放在膝上的紅褐色漆皮皮包，從裡面拿出一個白色稍大的信封。信封裡放著列印出來折好的幾張紙。然後發出咔鏘一聲把皮包閉上。可能讓周圍的人回頭看的那種令人舒服的清脆聲響。

「我調查出你四個朋友的近況和住的地方了。照先前約定的那樣。」

作嚇了一跳。「可是，上次到現在才經過不到一星期呀。」

「我本來工作速度就快。而且只要知道要領，也不費多少工夫。」

「要是我就沒辦法。」

「每個人都各有擅長的領域呀。要是我就沒辦法建造什麼車站。」

「一定也沒辦法製圖。」

她微笑了。「就算活兩百年，也沒辦法。」

「那麼妳知道四個人在什麼地方了？」作問。

「某種意義上。」她說。

「某種意義上知道了。」作重複說。這裡頭帶有某種奇怪的意味。「到底是怎麼回事？」

她喝了一口咖啡，把杯子放回碟子上。然後想停一下似地，檢視一下指甲油。指甲也美麗地擦上和皮包相同的紅褐色（稍微淡一點）。他可以打賭一個月薪水，那絕對不是偶然的，作想。

「讓我照順序來。要不然可能沒辦法好好說。」沙羅說。

作點點頭。「當然。只要依妳容易說的方式說就行。」

沙羅簡單地說明了調查的方法。首先活用網路。Face Book、Google、Twitter，盡可能利用搜尋工具，追蹤到他們四個人的人生腳步。藍仔和紅仔現在的情況大致靠那些掌握到了。收集有關這兩人的資訊並不太難。或者該說，關於他們自己的資訊——大部分是和他們所從事的行業有關的資訊——都主動對世間公開。

「試想起來，眞不可思議。」沙羅說。「你不覺得嗎？我們基本上一方面活在不關心的時代，卻被這樣大量有關他人的資訊所包圍。只要想的話，就可以簡單取得那些資訊。然而雖然如此，我們對每個人其實幾乎什麼都不知道。」

「哲學性的省察，跟妳今天的漂亮穿著非常搭。」作說。

「謝謝。」沙羅說著微笑。

關於黑妞的搜尋沒那麼簡單。與紅仔和藍仔的情況不同，因爲她沒有參與需要向世間公開自己相關訊息的行業。雖然如此從愛知縣立藝術大學工藝學系有關的網站上，還是勉強搜尋到她的足跡。

愛知縣立藝術大學工藝系？她應該是進了名古屋一家私立女子大學的英語系的。不過對這件事，作刻意不插嘴。只讓問號留在腦子裡。

「雖然如此，關於她的訊息，量還是很有限。」沙羅說。「因此我試著打電話到黑妞的老家去問。假裝說是她高中時代的同班同學。因爲在編同學會雜誌，所以希望能告訴我現在的地址。她母親是個很親切的人，告訴了我很多事。」

「妳的問法一定很高明。」作說。

「或許也有關係。」沙羅謙虛地說。

女服務生走過來，準備在沙羅的杯子裡注入續杯咖啡，她舉起手拒絕。女服務生走掉後，她開口道：

「關於白妞，資訊收集一方面困難，同時也容易。雖然完全找不到她個人的資訊，但反過來以前的新聞報導則提供了必要的資訊。」

「新聞報導？」作說。

沙羅咬著嘴唇。「這件事非常微妙。所以就像我剛才說過的那樣，讓我照順序說。」

「對不起。」作道歉。

「首先我想先知道，在你知道四個人現在所在的地方之後，你有決心跟他們見面嗎？就算從現在開始所知道的事實中，也含有幾件你可能不太喜歡的，覺得不如不知道更好的那種事實。」

作點頭。「雖然我無法預料是什麼樣的事情，不過我會和那四個人見面。我已經下定決心了。」

沙羅注視了作的臉一陣子。然後說：

「關於黑妞，黑埜惠理小姐現在住在芬蘭。幾乎沒有回日本。」

「芬蘭？」

「跟芬蘭人的丈夫，和兩個幼小女兒，住在赫爾辛基。所以如果你想和她見面，好像只能到那邊去。」

作腦子裡浮現歐洲的大概地圖。然後說：「試想起來，到目前爲止並沒有好好的旅行過。帶薪休假也還留著沒用。或許去參觀考察北歐的鐵路情況也不錯。」

沙羅微笑。「我幫你寫下赫爾辛基公寓的住址和電話號碼。她爲什麼會和芬蘭男人結婚，住在赫爾辛基，那方面的事你自己去調查，或問她本人吧。」

「謝謝。知道地址和電話就夠了。」

「如果你有意願到芬蘭去的話，我想我可以幫你安排旅行的行程。」

「因爲妳是專家。」

「而且能幹，又俐落。」

「當然。」作說。

沙羅掀開下一張列印紙。「藍仔，青海悅夫，現在正在名古屋市內的LEXUS汽車經銷商當業務員。相當能幹，最近連續獲得銷售量冠軍獎。雖然還年輕，但已經擔任業務部門的主管了。」

「LEXUS，」作對自己喃喃念出那車名。

作試著想像藍仔身上穿著業務西裝在明亮的展示間，對顧客面帶微笑地說明高級轎車眞皮座椅的觸感和烤漆厚度的身影。但無法輕易浮現那形象。浮上來的，是穿著橄欖球運動衫渾身是汗，從水壺直接喝著麥茶，毫不在意地吃光，解決掉兩人份食物的藍仔的身影。

「很意外嗎？」

「覺得有點不可思議。」作說。「不過這麼說來，藍仔這個人或許適合當推銷員。基本上他的個性耿直，雖然口才不是那麼好，但卻能讓人對他有信賴感的類型。他不會耍小技巧，不過以長遠眼光來看或許這樣反而比較順利。」

「而且聽說LEXUS是値得信賴的優秀車種。」

「不過如果他是那麼優秀的推銷員的話，可能一見面就讓我也買LEXUS了。」

沙羅笑笑。「有可能。」

作想起父親，是只坐大型賓士車的。父親總是正確地每三年換乘一次同級新車。或者說，就算默不作聲車行也會每三年來一次，幫他換成全裝備最新款的車型。車子絲毫沒有一點瑕疵，經常保持光澤閃耀。父親從來沒有自己開過那車子。經常都有司機跟隨。車窗玻璃貼上深色隔熱紙，從外面看不見裡面。車輪像剛鑄造成的銀幣般，閃著耀眼光芒。車門發出可以和金庫室匹敵的堅固聲音閉起，車內簡直就是個密室。在後座一坐下來，就覺得像和紛雜的世界遠遠隔開了似的。作從小就不喜歡坐那車子。太安靜了。他所喜歡的是經常不變，有許多人熙來攘往熱鬧擁擠的車站和電車。

「他大學畢業後，一直在TOYOTA的經銷商上班，在那裡銷售成績優秀，二〇〇五年TOYOTA在日本國內創立LEXUS品牌時被拔擢重用，調到那邊去。再見COROLLA，你好LEXUS。」沙羅說。然後又再瞄一眼左手上的指甲油。「因此，你要見藍仔並不是多難的事。只要到LEXUS的展示中心去，他就在那裡。」

沙羅掀開下一頁。

「另一方面，紅仔，赤松慶的人生則走得相當波濤萬丈。他在名古屋大學經濟系以優秀成績畢業，很讓人替他高興地進了大銀行。也就是所謂的大型金融公司。但不知道爲什麼三年就辭職，轉到中型金融公司。是名古屋資本的公司，說得快一點是手法有點粗暴，傳說中的高利貸公司。令人意外的轉變，不過在那裡也只待了兩年半就辭掉，這次不知道從哪裡籌到資金，自己創業，成立了像把自我成長研討會和企業研修中心合併般的行業。他把那稱爲「Creative Business Seminar」。那現在驚人的成功，辦公室設在名古屋市內中心地段的高層大樓裡，員工人數不少。如果你想知道詳細業務內容，可以上網很容易查到。公司名稱叫

BEYOND。有點新時代的味道吧。」

「Creative Business Seminar？」

「名稱很新，但基本上和自我成長的研討會沒有什麼差別。」沙羅說。「換句話說是爲了培養企業戰士的速成簡易洗腦課程。以手冊代替教條，以保證升遷和高年收代替悟道和樂園。是實用主義的時代性新宗教。但沒有像宗教般的超越性要素，一切都具體理論化、數值化。非常乾淨，容易瞭解。因此被積極鼓舞的人也不少。但基本上，依然是方便的思考系統的催眠性注入，並沒有改變。理論和數字也只是巧妙收集符合目的的東西而已。不過公司評價目前還處於上上，許多當地企業和這家公司訂了契約。從公司網站看來，從新進員工新兵訓練營式的集體研修、在避暑地高級飯店舉行以幹部爲對象的再教育夏令營，到邀請名人參加高階職員聚餐以提升品味的充電午餐，展開範圍廣泛、嶄新而引人注目的活動計畫。至少包裝非常精美。尤其對年輕職員徹底實施符合社會常識的禮儀教育，和正確用語訓練。以我個人來說，對這些完全敬謝不敏，不過對企業來說可能很受用。這是什麼樣感覺的行業，你大概明白了吧？」

「大概明白了。」作說。「不過要開創一個事業，應該要有本錢。這資金紅仔到底從哪裡籌到的？他父親當大學教授是相當清廉的人。就我所知我想經濟上應該沒有多寬裕，而且我想他首先就不會積極去投資這種冒險性的事業。」

「這方面是個謎喔。」沙羅說。「不過那個歸那個，這位赤松君從高中時代開始，就是適合做這種導師般事情的類型嗎？」

作搖搖頭。「不，說起來是屬於安穩而客觀的學究型。頭腦轉得快，也擁有很強的理解力，一旦需要時辯才也很好。不過平常他盡量不顯示這些地方。或許這樣說不太好，不過他是會退一步研擬對策的類型。我實在很難想像他發出宏亮的聲音啓發別人、鼓舞別人的模樣。」

「人或許是會改變的。」沙羅說。

「當然。」他說。「人或許是會改變的。而且不管我們交往多麼親近，看來好像能推心置腹地坦白交談的樣子，其實重要的事情對彼此可能還是不太瞭解。」

沙羅看著作的臉一會兒。然後說：「總之兩個人現在都在名古屋市內就職。兩個人基本上都從生下來之後，一步都沒離開過這個城市。上學一直在名古屋，就業也在名古屋。簡直就像柯南．道爾的《失落的世界》那樣。嘿，名古屋是住起來這麼舒服的地方嗎？」

作對這樣的提問一時答不上來。只覺得不可思議。如果稍微情況不同的話，或許連他也同樣會走上一步也沒有離開名古屋的人生，而且對那個或許絲毫也沒感覺到任何疑問。

沙羅到這裡一度切斷話題。把列印出來的紙張摺起來收回信封，放在桌邊，喝了玻璃杯的水。然後以鄭重的聲音說：

「那麼關於剩下的一個人，白妞，白根柚木小姐，說起來很遺憾，她沒有現在的地址。」

「沒有現在的地址？」作像喃喃低語般說。

那也是很奇妙的表現法。如果說不知道現在的地址，還可以瞭解。但沒有現在的地址這說法，卻有點不自然。他想了想這是什麼意思。會不會是她失蹤了？應該不會變成無家可歸的流浪者。

「眞可憐，但她已經不在這個世界了。」沙羅說。

「不在這個世界了？」

不知道爲什麼，一瞬之間作的腦子裡，浮現白妞坐著太空梭漂泊在太空之間的光景。

沙羅說：「她在六年前去世了。所以沒有現在的地址。只有名古屋郊外的墳墓。不得不告訴你這件事，我也非常難過。」

作一時說不出話來。就像從袋子的小破洞漏出水一樣，身體的力量也往外流失著。周圍的吵雜聲往遠處後退，只剩下沙羅的聲音勉強傳到耳裡。但那也像在游泳池的水底聽到的聲音那樣，只不過是湊不成意思的遠方回聲而已。他好不容易擠出一點力氣從水底站起來，把頭伸出水面。耳朵這才總算聽得見了。聲音開始帶有幾分意思。這時沙羅對著他說：

「……她是怎麼死的，詳細情形我刻意沒有寫。因爲我想你可能以自己的做法去知道會比較好。就算要花更多的時間。」

作自動點點頭。

六年前？六年前說起來，她是三十歲。才三十歲。作試著想像到了三十歲時白妞的姿影。但沒辦法。他所能想到的，只有十六歲或十七歲時她的姿影而已。這件事讓他非常悲哀。這是怎麼回事？我連和她一起變老都辦不到。

沙羅探身越過桌子，把手輕輕放在他手上。溫暖的小手。那親密的接觸，讓作感到高興，也很感謝她，但同時也感覺像是在遙遠的地方偶然同時發生的，完全別的系統所發生的事一樣。

「很抱歉。結果變成這樣。」沙羅說。「不過，這件事是遲早必須有人告訴你的。」

「我知道。」作說。他當然知道。只是，內心要追上這個事實還需要花一點時間。這不能怪誰。

「我差不多該走了。」她看著手錶說。然後把信封交給他。「四個朋友的資料，我幫你列印在這裡。不過只寫了最低限度的事。因爲我想先去見他們當面談談，對你最重要。詳細的訊息到時候自然會明朗。」

「謝謝妳幫了我很多忙。」作說。想找適當的話說，但花了一些時間才出聲。「我想盡快有結果就和妳連絡。應該不久就有結果，我會和妳連絡。」

「我等你的消息。如果有什麼我可以幫忙的事，不用客氣就直說。」

作再次向她道謝。

兩個人走出喫茶店，在路上分手。穿著淺咖啡褐色夏季套裝的沙羅揮著手消失到人潮中去，作站在街頭眺望著。如果可能眞希望就這樣和她在一起多留一會兒。兩個人慢慢花時間多談一些。但當然她有她的生活。而且不用說，她生活的幾乎大半部分，是在他所不知道的地方度過，由和他無關的事情所成立的。

他把從沙羅那兒拿到的信封，放進上衣內袋。那裡面，有四個朋友從那以後人生的簡潔提要，整齊地摺疊著。其中一個已經不存在這裡了。她已經化爲一撮白色的灰。她的思想，她的觀點，她的感覺，她的希望和夢——這些東西全都消失掉了。不留痕跡地。留下的，只有關於她的記憶而已。烏溜溜的筆直秀髮，放在琴鍵上形狀美好的手指，瓷器般光滑、白皙而婸娜（且不可思議地具有說服力的）小腿肚，她所彈的法蘭茲·李斯特的《巡禮之年》。

她濕濕的陰毛，和硬起來的乳頭。不對，那連記憶都不是。那——不，別再去想這件事了。

現在要去哪裡好呢？作靠在街燈柱上想。手錶的針指著七點之前。天空還殘留著亮光，路邊整排櫥窗的光像要誘人般一刻刻更加燦爛。時刻還早，眼前並沒有非做不可的事情。還不想回家。不想在安靜的地方一個人獨處。想去的話可以去任何喜歡的地方。幾乎任何地方。但實際上該去哪裡？作想不到具體的地方。

這種時候可以去喝酒，他想。一般男人大概會走進什麼地方的酒店去買醉？但他的體質卻無法接受定量以上的酒精。酒類所帶給他的既不是感覺的麻痹，也不是舒服的忘卻，而是翌日早晨的頭痛而已。

那麼，該去哪裡呢？

結果，該去的地方只有一個。

他沿著大馬路走到東京車站。從八重洲口的收票口走進裡面，在山手線月台的長椅上坐下。然後眺望著幾乎每隔一分鐘就陸續駛進來吐出無數人，又慌慌張張吞進無數人後駛出去的綠色車廂的行列。這樣過了一個多小時。他在那之間，什麼都沒想，只是無心地用眼睛追逐著那光景。那眺望並沒有緩和他的心痛。但那裡頭的反覆性就像每次那樣魅惑著他，至少讓他對時間的意識麻痹了。

人們不知道從何處絡繹不絕地來到，自動排隊，依序搭上列車，被運到什麼地方去。如此多數的人實際上存在這個世界的事，首先打動了作的心。而且這個世界上存在著數量這麼多的綠色鐵路車廂的事，也同樣打動他的心。他想這眞是奇蹟。如此多的人，如此多的車廂，若無其事而有系統地被搬運著。這麼多人，各自擁有要去的場所和要回的場所這件事。

當尖峰時段的浪潮逐漸減退時，多崎作慢慢站起來，上了駛進來的一輛列車，回家。心痛還在。但同時，他有了不能不做的事。

10

五月快結束的時候，作利用周末多請了假，回名古屋老家三天。因爲父親的法事正好在那個時期，因此返鄉在各種意義上時機都正好。

父親去世後，大姊夫婦和母親一起住在那寬敞的房子裡，作以前所使用的房間，誰也沒有使用一直保留原樣，因此可以在那裡起居作息。床、書桌和書櫥，都和他高中時候一樣。書櫥裡排列著以前讀過的書。書桌抽屜裡還留著文具和筆記簿。

第一天在寺裡完成了法事和與親戚的聚餐，並和家人全都分別說過話之後，第二天開始就一身自由了。作決定第一個去訪問藍仔。星期天一般公司休息，但汽車展示中心則仍在營業。不管要見誰都沒有先預約，臨時去碰運氣看看。這是預先定好的方針。不讓對方有心理準備，當場盡可能引出坦率的反應。就算當場見不到人，或被拒絕見面，也沒辦法。到時候再想下一個方法就行了。

LEXUS的展示中心在名古屋城附近的安靜區域。寬敞的玻璃櫥窗裡，從雙門跑車到四輪驅動車，漂亮地排列著各色LEXUS新車種。一走進裡面，就聞到新輪胎與合成樹脂和眞皮的氣味所混合的新車獨特的氣味。

作走到服務台去，向坐在那裡的年輕女孩搭話。她頭髮高雅地往上盤，露出纖細白皙的脖子。桌上的花瓶裡插著粉紅和白色的大朵大麗花。

「我想見青海先生。」他說。

她以和明朗清潔的展示中心相當搭配的端莊沉穩微笑朝向他。嘴唇擦著色調自然的口紅，露出美麗的牙齒。「好的，青海先生喔。不好意思，可以請教大名嗎？」

「敝姓多崎（Tazaki）。」作說。

「Tasaki先生。請問今天有預約嗎？」

他沒有特地去糾正名字發音的微小錯誤。這樣反而方便。

「不，我沒有預約。」

「好的。請稍微等一下好嗎？」女孩按了電話的快速撥號，等了五秒鐘左右。然後說：

「青海先生，有一位叫Tasaki先生的客人來在這裡。嗯，是的。Tasaki先生。」

雖然聽不見對方說什麼，但她簡短地對答了幾次。然後最後說「好，我知道了」。

她放下聽筒，抬頭看著作說：「Tasaki先生。青海先生現在有事，一時走不開。非常抱歉，可以請您先在這裡稍微等一下嗎？他說不用十分鐘。」

訓練過的得體應對方式。敬語用法也沒有出錯。而且聽起來讓對方等候似乎眞心感到抱歉的樣子。教育訓練做得很徹底。或者這種態度是與生俱來的嗎？

「沒關係。我不趕時間。」作說。

她引導作到看來頗昂貴的黑皮沙發旁。有巨大的觀葉植物盆栽，小聲播放著安東尼奧・卡洛斯・裘賓（Antônio Carlos Jobim）的曲子。細長的玻璃茶几上排列著整排LEXUS的豪華型錄。

「您要咖啡、紅茶，還是日本茶？」

「請給我咖啡。」作說。

他看著LEXUS新型轎車的型錄時，咖啡送來了。奶油色馬克杯上附著LEXUS的商標。作向她道謝，喝了那咖啡。香醇美味。香氣新鮮，溫度也恰到好處。

穿上西裝和皮鞋來似乎是正確的選擇，作想。來買LEXUS的人平常是穿什麼樣的服裝，作也無從推測。不過如果穿Polo衫、牛仔褲、運動鞋可能會被輕視。臨出門前忽然這樣想，爲了愼重起見還是換上西裝，打了領帶來。

在等候的十五分鐘左右之間，作已經把正在銷售的LEXUS車種全部記住了。這時候他才知道，LEXUS的車子因爲沒有採用「COROLLA」或「CROWN」等名稱，因此車種只能憑號碼記憶。和賓士車和BMW一樣。或和布拉姆斯的交響曲一樣。

終於一個個子高高的男人，穿過展示間走過來。體格頗有寬度。不過以軀體之大舉止動作卻很敏捷。步幅大，有意無意之間向周圍顯示自己是以比較急的步調在空間移動著的。沒錯他就是藍仔。從遠遠看來，印象還是和以前幾乎沒變。只是身體變大了一圈而已。可能家人增加了，房子也擴建了。作把型錄放回桌上，從沙發上站起來迎接他。

「讓您久等了，很抱歉。我是青海。」

藍仔站在作的前面，輕輕低下頭。那巨大的身體被沒有一絲皺褶的西裝包著。藍色和灰色混合、質料輕薄的高級西裝。從體型看來一定是訂作的。淺灰色襯衫，深灰色領帶。無懈可擊的穿著。以學生時代的他來說是無法想像的。只有頭髮依舊是短髮。橄欖球選手的髮型。而且同樣曬得黑黑的。

還有藍仔看作的時候，臉上表情有點改變。眼裡浮現些微的困惑神色。從作的臉上他似乎讀到記憶中所擁有的什麼。但那到底是什麼則想不太起來。他臉上浮出笑意，卻依然沉默不語，等作開口說什麼。

「好久不見了。」作說。

聽到那聲音，覆蓋在藍仔臉上的淡淡疑雲般的東西豁然放晴。只有聲音沒變。

「是作啊。」他瞇細了眼睛說。

作點頭。「突然來你的工作場所打攪，很抱歉。不過我覺得這樣好像最好。」

藍仔用肩膀深深吸進一口大氣，再慢慢吐出來。然後好像在檢查作的全身般望著他。從上到下慢慢移動視線，再往上移回。

「外表變相當多喔。」他好像很佩服似地說。「如果在街上擦肩而過，一定認不出來。」

「你好像一點都沒變嘛。」

藍仔的大嘴稍微斜斜地揚起來。「哪裡。體重增加了。肚子也突出來。跑不快了。最近只有一個月打一次應酬的高爾夫而已。」

有一段片刻的沉默。

「嘿，你該不會是來這裡買車子吧？」藍仔確認般說。

「不是來買車子的。很抱歉。如果可能的話希望能兩個人談談。時間短也沒關係。」

藍仔稍微皺一下眉。該怎麼辦才好？他猶豫一下。從以前就這樣，心裡想的事情會直接反映在臉上的個性。

「今天的預定排得相當滿。必須跑一趟外面，下午還要出席一個會議。」

「只要指定你方便的時間就好。我配合你。這次我就是爲了這個而來名古屋的。」

藍仔在腦子裡重新瀏覽一遍時間表。然後瞄一眼牆上的鐘。時鐘的針指著十一點半。他用手指使勁搓搓鼻頭，然後定下心來似地說：「好吧。我十二點可以午休。如果有三十分鐘左右的話應該可以聊吧。從這裡走出去往左走一點有星巴克。你在那邊等我。」

十二點五分前藍仔出現在星巴克。

「這裡很吵。我們買個飲料出去找個安靜的地方。」藍仔說。然後爲自己買了卡布奇諾和司康餅。作買了一瓶礦泉水。然後兩個人走到附近的公園。找到空的長椅並排坐下來。

天空壟罩著一層薄薄的雲，到處都看不到藍天，但並沒有要下雨的跡象。也沒有風。綠葉生長茂盛的柳樹，枝條低低垂下快貼到地面，彷彿在深思著般文風不動。偶爾有小鳥飛來不安定地停在那枝頭，立刻又放棄地飛走了。樹枝像被擾亂的心那樣稍微搖動一下，終於又恢復平靜。

「談話中可能手機會響，請包涵。還有幾件工作上的事要處理。」藍仔說。

「沒關係。我知道你很忙。」

「手機因為很方便反而造成不方便。」藍仔說。「對了，你結婚沒有？」

「沒有。還一個人。」

「我在六年前結婚，有一個孩子。三歲的男孩。還有一個現在正在我太太肚子裡，很確實地正在長大。預定九月會生。聽說是女孩子。」

作點點頭。「人生進行得很順利。」

「姑且不提是不是順利，至少確實在往前進。換句話說，變得沒辦法往後退了。」藍仔說著笑了。「你這邊怎麼樣呢？」

「沒發生什麼壞事。」作從皮夾拿出名片，遞給藍仔。藍仔接過來，出聲念出來。

「＊＊＊鐵路股份有限公司。設施部建設課。」

「主要是在建造和維護車站的工作。」作說。

「你從以前就喜歡車站啊。」藍仔似乎很佩服地說。然後喝了一口卡布奇諾。「結果，你把喜歡的事情當成工作了。」

「因為是上班族啊，總不可能只做喜歡的工作。還有很多無聊的事。」

「這點哪裡都一樣。只要是被人雇用的，無聊事情當然很多啊。」藍仔說。然後好像想起幾件無聊事情的例子似的，輕輕搖了幾次頭。

「LEXUS賣得好嗎？」

「不錯。因爲這裡是名古屋啊。本來就是TOYOTA的大本營。就算放著不管，TOYOTA車還是賣得出去。只是，我們這次的對手不是日產或本田。目標是把目前爲止開賓士或BMW等進口高檔車的顧客階層，變成LEXUS的車主。因此TOYOTA才創立了旗艦品牌。可能需要花一些時間，不過一定會順利的。」

「我們沒有失敗的選擇。」

藍仔一瞬間表情奇怪，但立刻笑開了。「橄欖球賽比賽前的那個嗎？你倒還很記得那奇怪的事。」

「你很擅長鼓舞士氣。」

「啊，不過比賽經常輸掉。但實際上，事業倒進行得很順利。當然世間的景氣不太好，不過雖然如此，有錢人還是確實很有錢。眞不可思議啊。」

作默默點頭。藍仔繼續。

「我自己一直開著LEXUS。是很優良的車子。安靜，又不故障。試車的時候時速試開到二百公里，方向盤一點都不會不穩。煞車也很堅固。眞不簡單喏。向別人推薦自己中意的東西，是一件好事。不管口才多好，如果是自己都不認同的東西，是無法賣給別人的。」

作也同意這點。

藍仔從正面看作的臉。「嘿，我的說話方式像個汽車推銷員嗎？」

「不，我不覺得。」作說。他可以理解藍仔是老實說出自己的想法。不過那個歸那個，高中時代他沒有用這種方式說話倒是真的。

「你開車嗎？」藍仔問。

「開是會開，但沒有車子。住在東京的話，有電車、巴士和計程車大概就夠了，平常代步是用自行車。無論如何需要用車子的話，那時再以計時的方式租車。這種地方和名古屋不同。」

「說得也是，那樣比較輕鬆，也不花錢。」藍仔說。然後輕輕歎氣。「車子其實沒有也罷。那麼，怎麼樣？喜歡東京的生活嗎？」

「工作也有關係，已經住相當久了，所以對當地的生活不知不覺就習慣了。其他也沒什麼地方可去。只是這樣啊。並沒有特別喜歡。」

兩個人接下來暫時沉默下來。牽著兩隻邊境牧羊犬的中年女人通過前面。幾個慢跑的人，往城的方向跑去。

「你說有話要說？」藍仔像在對遠處的人搭話般說。

「大學二年級的暑假我回名古屋來，和你在電話中談過。」作直接切入。「當時，你說不要再見我，以後也都不要我再打電話過去。而且說那是你們四個人的共同意思。這你還記得吧？」

「當然記得。」

「我想知道那理由。」作說。

「忽然事到如今嗎？」藍仔有點吃驚般說。

「是啊。事到如今。那時候無論如何無法問這個問題。突然被那樣一說，打擊太大了，而且同時，自己也很害怕被告知，被那樣斷然拒絕的理由也有關係。覺得如果知道了，或許再也無法重新站起來。所以想在什麼都不知情之下，把一切都忘記。心想只要時間過去，內心所受的傷也會痊癒吧。」

藍仔把司康餅剝成小片放進口中。慢慢咀嚼，用卡布奇諾把那流進喉嚨深處。作則繼續說：

「然後經過了十六年。但當時的傷似乎還留在我心中。而且似乎還繼續流血。最近，發生了一些事，才留意到。這對我來說是意義相當大的事。所以特地這樣回到名古屋來見你。

太突然了，可能造成你的困擾。」

藍仔望著沉重低垂的柳樹枝條一會兒。終於開口。「那原因，難道你想不出來嗎？」

「十六年，我一直在繼續想著原因是什麼。不過到現在還想不到。」

藍仔似乎困惑地瞇細了眼睛，用手指搓搓鼻頭。那是他在深入思考什麼時的毛病。「那時候我那樣說完，你說『知道了』就那樣掛斷電話。並沒有特別抗議，也沒有深入追究事情。所以以我來說當然就解釋成，你對那個，自己也心裡有數了吧。」

「心真正深深受傷的時候，是說不出話來的。」作說。

藍仔對這點什麼也沒說，把司康餅撕成小塊，把那丟給鴿子。鴿子立即成群聚過來。看來那似乎是他習慣性在做著的動作。可能午休時間一個人常常到這裡來，和鴿子分享午餐吧。

「那麼，到底原因是什麼呢？」作問。

「你眞的什麼都不知道嗎？」

「嗯，眞的什麼都不知道。」

這時手機輕快的來電音樂響了起來。藍仔從西裝口袋拿出來，瞄一眼螢幕確認對方的名字後，面無表情地按下鍵，就那樣收回口袋。那來電音樂記得在什麼地方聽過。很久以前的熱門音樂，可能是出生前流行的曲子。聽過很多次，但想不起曲名。

「你如果有事，可以先去辦沒關係。」作說。

藍仔搖搖頭。「不，不用。不是多重要的事。等一下還來得及。」

作從塑膠寶特瓶喝一口礦泉水，滋潤喉嚨深處。「爲什麼那時候，我非被團隊放逐不可呢？」

藍仔尋思了一回。然後說：「如果你這邊完全想不到什麼原因的話，怎麼說才好呢？那也就表示，你和白妞沒有過性關係是嗎？」

作的嘴唇出現錯亂的形狀。「性關係？怎麼可能。」

「白妞說被你強暴了。」藍仔難以說出口地說。「說是被強迫發生性關係。」

作想說什麼，但話出不來。現在才剛剛喝過水，喉嚨深處卻乾得痛起來的地步。

藍仔說：「我實在無法相信，你會做出那種事情。我想另外兩個人也一樣。無論黑妞，或紅仔。不管怎麼想，你這個人就不是會勉強別人做討厭事情的人。尤其更不是會使用暴力那樣做的類型。這我很清楚。但白妞一直認真地堅持就是那樣，非常想不開。白妞說你有表面的臉和裡面的臉。有從表面的臉無法想像的裡面的臉。她既然這樣說，我們也沒話可說了。」

作一時咬著嘴唇。然後說：「是怎麼樣被我強暴的，白妞有說明嗎？」

「噢，有說明喔。相當眞實地連細節都說了。這種事如果可能我都不想聽的。實際上以我來說，聽到那件事也覺得非常難過噢。既難過，又悲傷。不，也許應該說是心受傷了比較接近。總之她變得非常激動。身體顫抖，容貌因爲激烈憤怒而變形的地步。照白妞的說法，有一個著名的外國鋼琴家的音樂會，她一個人到東京去聽，那時候你讓她住在自由之丘的大廈。她和父母說是去住飯店，可以把那住宿費省下來。雖說是男女兩人單獨過夜，但對象是你所以可以放心，但半夜被強行侵犯。雖然抵抗了，但身體卻麻痹而不聽使喚。睡前喝了一點酒，那時候可能被混了什麼藥也不一定。她這樣說。」

作搖搖頭。「住什麼住，白妞根本一次也沒來過我東京的房子啊。」

藍仔稍微聳一下寬闊的肩膀。臉上表情好像嘴裡吃到苦東西般轉向旁邊。然後說：「以我的立場，只能照那樣相信白妞所說的話。她說自己是處女。還說被那樣強迫，激烈疼痛和出血。那樣內向的白妞，我們也想不到她會有什麼樣的理由，非要特地向我們捏造那樣逼眞的謊言不可。」

作對著藍仔的側面說：「不過那個歸那個，爲什麼不先直接向我確認呢？至少可以讓我有解釋清楚的機會吧？而不是採取缺席審判般的形式。」

藍仔歎一口氣。「確實正如你說的。現在想起來喔。我們應該先冷靜下來，不管怎麼樣都應該聽聽你的說法。但那時候卻沒辦法那樣。實在不是那種氣氛。白妞非常激動、混亂。那樣下去不知道會發生什麼。所以我們不得不先安撫她，讓她的混亂鎮定下來。以我們來說並不是百分之百相信白妞的說法。老實說，並不是沒有覺得有點奇怪的地方。不過並不認爲那是完全虛構的。她既然說得那麼清楚了，其中應該含有某種程度的眞實。這樣想。」

「所以就暫且把我切掉。」

「嘿，作，我們也深受打擊，非常混亂。也很受傷。不知道該相信誰才好。在那中間黑妞首先站到白妞那邊。她接受了白妞的要求，希望和你暫時切斷關係。不是我在找藉口，不過紅仔和我可以說是被形勢所逼，只好順從那個要求。」

作歎一口氣說：「姑且不管你們相不相信我，我當然沒有強暴白妞，也沒有和她發生過性關係。也不記得有接近那個的事情。」

藍仔點了頭，但什麼也沒說。不管相信什麼，或不相信什麼，事情都已經經過太長的時間了。作這樣想。對其他三個人，和對作自己來說。

藍仔的手機來電鈴聲再響起一次。藍仔檢視過對方的名字，朝向作說：

「對不起。我可以離開一下嗎？」

「當然。」作說。

藍仔拿著手機從長椅上站起來，在稍微離開一點的地方對話。從他的舉止動作和表情可以知道是在和顧客談生意的樣子。

作突然想到，那來電音樂的曲名。是艾維斯．普里斯萊的〈拉斯維加斯萬歲！〉但那怎麼想都不覺得是LEXUS的辣腕推銷員會採用的適當來電音樂。很多事情都分別稍微缺乏一點眞實感。

藍仔終於走回來，再度在長椅上他的身旁坐下來。

「很抱歉。」他說。「事情辦完了。」

作看看手錶。約好的三十分鐘差不多快結束了。

作說：「白妞爲什麼會這樣亂講？而且爲什麼那對象非我不可？」

「誰知道，我也不清楚。」藍仔說。然後無力地搖了幾次頭。「對你很抱歉，不過那到底是怎麼回事，那時候和現在，我都完全搞不清楚。」

什麼是眞實？該相信什麼？心裡產生迷惑，那讓藍仔也感到混亂。而且他很不習慣被人弄得一團混亂。在一定的球場，順從一定的規則，和一定的成員一起行動時，他最能好好發揮眞正的價值。

「黑妞可能對這件事情知道得更詳細吧。」藍仔說。「我那時候，不知道為什麼有那樣的印象。或許有什麼沒讓我們知道的事實。你知道吧。關於這種事，同樣是女孩子之間，可以更推心置腹地坦白說。」

「黑妞現在住在芬蘭。」作說。

「我知道。她偶爾會寄明信片給我。」藍仔說。

然後兩個人又再沉默下來。三個穿制服的高中女生，一起穿過公園。短短的裙襬活潑地擺動，一邊大聲笑著一邊從兩個人坐著的長椅前通過，她們看起來還像小孩子一樣。白襪子黑色樂福便鞋，表情還很青澀。想到他們自己不久以前，也還只有那樣的年齡，覺得相當不可思議。

「嘿，作，你的外表改變相當多噢。」藍仔說。

「已經十六年沒見了。當然會變哪。」

「不，不只是歲月而已。我第一眼看到你時，簡直認不出是你喲。當然仔細看之後就知道了。怎麼說呢，變瘦了感覺精悍了。臉頰消瘦，眼神變得深沉銳利。從前比較圓潤，有溫文儒雅的風貌。」

那是因為有將近半年，對死，對消滅自己的事，拚命認眞地猛烈思考的結果，而且那些日子把自己的身心大大地改造過了，這些話作說不出口。這種事就算坦白說了，其中曾經有過的極其極端的心情恐怕連一半都傳達不了。如果那樣不如完全不說算了。作默不作聲。等對方繼續說。

藍仔說：「你在我們這個團隊中，經常扮演令人有好感的英俊角色。乾淨、清爽、儀表好、有教養、舉止彬彬有禮。能確實地打招呼，也不會說些無聊話。不抽菸、幾乎不喝酒，也不遲到。嘿，你知道嗎？我們的母親都很喜歡你喲。」

「母親？」作吃驚地說。他幾乎完全記不得他們母親的事。「而且我從以前到現在都一點也不英俊。是沒有個性又無聊的模樣啊。」

藍仔再度微微聳一下他的寬肩。「不過，至少在我們之中，就是你長得最帥。我的臉或許要說有個性是有的，但簡直像大猩猩一樣，紅仔怎麼看都像畫在畫上戴眼鏡的秀才。我想說的是，我們在那個團隊裡，都相當稱職地扮演著各自的這種角色喔。當然那是指在繼續維持的期間。」

「你是說我們在刻意扮演著那角色嗎？」

「不，可能沒有那麼清楚地意識到。不過這方面，每個人可能都多少感覺到一點吧。在團隊裡頭自己是被分配到什麼位置的。」藍仔說。「我是個粗線條的運動員，紅仔是個頭腦清晰的知識分子，白妞是楚楚可憐的玉女，黑妞是機靈的小淘氣。而你則是教養好的英俊小生。」

對這個作想了想。「我從以前就一直感覺到自己好像是，缺乏色彩和個性的空洞的人。那或許是那個團隊中我的角色也不一定。空洞的人。」

藍仔一副不可思議的表情。「我不太明白。空洞會是什麼樣的角色呢？」

「空空的容器。無色的背景。沒有特別的缺點，也沒有特別優秀的地方。或許團隊中必須要有這樣的存在。」

藍仔搖搖頭。「不，你並不是空空的啊。誰都沒有這樣想。你呀，怎麼說才好呢，你讓其他每個人的心都鎮定下來。」

「我有讓每個人的心都鎮定下來嗎？」作驚訝地反問。「像電梯裡播的音樂那樣？」

「不，不是那樣。這很難說明，不過你只要人在那裡，我們就可以很順利很自然地做我們自己，好像有這樣的地方。你雖然話說得不多，但兩隻腳很確實地踩在地上活得很實在，那給團隊帶來安靜的安定感般的東西。像船的錨一樣。你不在之後，這件事可以重新確實地感覺到。我們還是需要你這樣一個存在。可能因爲這樣，自從你不在以後，我們就忽然各自散掉了。」

作找不到話說，繼續沉默著。

「嘿，我們某種意義上，是完美的組合。就像五根手指那樣。」藍仔舉起右手，張開那粗壯的手指。「我現在還常常這樣想。我們五個人自然地互相補足各自不足的地方。各自把優秀的部分整個交出來，毫不吝惜地互相分享。這種事或許在我們的人生中再也無法發生第二次了。這是只會有一次的事。我這樣感覺。我現在有了自己的家人。而且愛著家人。當然。不過老實說，連對家人都很難擁有當時那樣純粹而自然的感覺。」

作沉默著。藍仔把空了的紙袋，在大手中揉成堅硬的球那樣，在手掌上轉了一會兒。

「嘿，作，我相信你喲。」藍仔說。「你對白妞什麼也沒做的這件事。試想起來這是理所當然的。你不可能做那種事。」

該怎麼回答才好，作正在思考之間，藍仔口袋裡來電音樂再度響起。〈拉斯維加斯萬歲！〉。藍仔檢查了對方的名字，把手機放進口袋。

「很抱歉，我差不多該回辦公室去了，不得不努力賣車。要不要一起走到展示中心？」

兩個人一時無言，並肩走在路上。

作首先開口。「嘿，你為什麼會選〈拉斯維加斯萬歲！〉當來電音樂呢？」

藍仔笑了。「你看過那部電影嗎？」

「很久以前在電視的深夜節目上看過。不過並沒有從頭到尾全部看。」

「很無聊的電影吧？」

作露出中立的笑容。

藍仔說。「三年前，我以成績優秀的推銷員，從日本被招待參加在拉斯維加斯所舉辦的全美LEXUS經銷商研討會。雖說是研討會，說得快一點是類似獎勵性的旅行。白天的會議結束後，接下來就是賭博和喝酒。在那個城市〈拉斯維加斯萬歲！〉簡直就像主題曲一般，經常播放。我賭輪盤碰巧大勝時，BGM也正好播著這個。從此以後我就把這首曲子當成我的幸運守護曲了。」

「原來如此。」

「而且這東西在生意上也很意外地管用喔。我正在說話中這音樂響起來時，上年紀的客人常常很驚訝。說你還年輕，怎麼會選這種老歌當來電音樂呢？於是結果，話題就談得很順。當然〈拉斯維加斯萬歲！〉並不是艾維斯傳說中的名曲。他還有很多更著名的暢銷曲。不過這首曲子中，卻有某種意外性，或者不可思議地能解開人心的東西喲。可以說能讓人不禁會心微笑吧。不知道爲什麼，不過總之是這樣。你去過拉斯維加斯嗎？」

「沒有。」作說。「我還一次都沒出過國。不過最近我想去一趟芬蘭。」

藍仔似乎吃了一驚。邊走著邊注視作的臉。

「啊，這樣也許很好。如果能去的話我也想去看看。和黑妞，是在她的結婚典禮中見到面談過話之後就沒再見過了。而且因爲是現在我才說，其實我很喜歡她。」藍仔說。然後朝向前方就那樣走了幾步。「不過現在的我有了一個半孩子，有忙碌的工作。也有房屋貸款。每天還不得不陪狗散步。實在不太可能到芬蘭去。如果你見到黑妞，幫我問候一聲。」

「我會幫你問候。」作說。「不過在那之前，我想去見紅仔。」

「噢。」藍仔說。然後臉上露出曖昧的表情。臉上肌肉稍微不可思議地牽動了一下。「我最近沒有跟那個傢伙見面。」

「爲什麼？」

「你知道，那個傢伙現在正在做什麼樣的工作嗎？」

「大約知道。」

「不過，這件事可能在這裡別談太多比較好。因爲在你見到他本人之前，我不想灌輸你先入爲主的想法。我能說的只有，他所做的工作我怎麼都沒辦法喜歡而已。也因爲這樣所以就不太常碰面了。很遺憾。」

作沉默不語，配合著藍仔寬闊的步幅移步前進。

「並不是對他的人性懷有疑問。只是對他所做的事情懷有疑問。這是不同的。」藍仔好像在說給自己聽似地這樣說。

「不，也不是說懷有疑問。只是不太習慣那種想法。不管怎麼樣，現在他在這個城市是個相當有知名度的人喏。以一個能幹的創業家，在電視、報紙、雜誌，各種地方露面。據某女性雜誌報導他是『最成功的三十幾歲單身男人』之一。」

「最成功的三十幾歲單身男人？」作說。

「完全意外的發展吧。」藍仔好像很佩服似地說。「那傢伙會被女性雜誌報導，眞是想像不到。」

「還有，白妞死的原因是什麼？」作改變話題。

藍仔在馬路正中央突然站住。停下動作，像雕像般站定在那裡。從後面上來的人差一點撞上他。他從正面看作的臉。

「等一下。白妞是怎麼死的，你也眞的不知道嗎？」

「不可能知道吧。到上星期爲止，我連她已經死的事情都不知道。因爲誰都沒有告訴我啊。」

「你不看報紙這東西嗎？」

「會快速瀏覽一下。不過並沒有看到有印象的報導。不知道有過什麼，大概東京的報紙上沒有報得多大吧。」

「你的家人，對這件事也什麼都不知道嗎？」

作只搖搖頭。

藍仔受到衝擊般，什麼也沒說地朝向前方，又再開始快步走起來。作也跟上去。過一會兒藍仔開口。

「白妞從音樂大學畢業後，暫時在自己家當鋼琴老師，但終於離開家搬到濱松市去，開始一個人生活。然後過了兩年左右，發現她被勒死在大廈的房間裡。因爲聯絡不上她，開始擔心而去看她的母親發現的。母親從那時候所受到的打擊，到現在還無法復原。犯人到現在還不明。」

作倒吸了一口氣，勒死？

藍仔說：「白妞死掉被發現，是在六年前的五月十二日。我們那時候幾乎已經不再來往了。所以也不太清楚她在濱松過著什麼樣的生活。連爲什麼會去濱松，都不知道。發現的時候，是死後經過三天了。誰都沒有留意到，就那樣被遺棄在廚房的地上三天。」

藍仔邊走邊繼續說：

「在名古屋所舉辦的葬禮我也去了，眼淚停不下來。感覺像我自己的身體的一部分死掉了，變成石頭了一般。但就像現在也說的那樣，我們的團隊那時候事實上已經各自散掉了。大家都長大了，分別都開始擁有不同的生活領域，那某種程度也是沒辦法的事。我們已經不是天真無邪的高中生了。不過，雖然如此，眼看著過去擁有重要意義的東西逐漸褪色，消失而去，還是會覺得悲哀。那樣生動活潑的時代，我們曾經一起度過、一起成長過來的。」

吸進空氣時，作的肺像燃燒般疼痛。說不出話來。舌頭膨脹糾結，口中有塞住般的感觸。

手機的〈拉斯維加斯萬歲！〉又再響起來，但這次藍仔沒有理會，就那樣繼續走。那不合宜的旋律暫時在他口袋裡開朗地繼續響著，終於停止。

來到LEXUS展示中心入口時，藍仔伸出大手，握住作的手。力道很強的一握。「很高興能見到你。」他一邊探視著作的眼睛一邊這樣說。筆直看對方的眼睛說話，用力握手。和從前沒有改變。

「妨礙你工作很抱歉。」作終於發出聲音。

「沒關係，這種事。下次，時間更寬裕的時候，希望能再見面慢慢談。我覺得好像有很多事情不能不說的。如果有來名古屋要事先聯絡喔。」

「我會聯絡的。不久應該會再見面。」作說。「對了，你還記得以前白妞經常彈鋼琴給我們聽的曲子嗎?李斯特的《巡禮之年》，是五、六分鐘的安靜曲子。」

藍仔稍微想了一下然後搖頭。「聽到旋律的話，也許會想到。不過說曲名就不知道了。因爲我對古典音樂沒那麼熟。那怎麼樣呢?」

「不，我只是正好想起來而已。」作說。「最後我還有一個問題。LEXUS到底是什麼意思?」

藍仔笑了。「常常被人家問到，但完全沒有意思。只是單純的造字啊。據說是紐約的廣告公司被TOYOTA所委託而命名的。感覺相當高級，彷彿有某種意義，聲音又響亮的好名字。世界眞不可思議啊。一邊有人孜孜不倦地在建造鐵路車站，一邊則有人收取高額費用捏造出華麗響亮的詞彙。」

「這一般被稱爲『產業的洗練化』。這是時代的潮流。」作說。

藍仔臉上露出燦爛的笑容。「但願彼此不要落伍啊。」

於是兩人告別了。藍仔一邊從口袋拿出手機，一邊走進展示間。

也許不會再見到藍仔了。一邊等候十字路口的紅綠燈變色作一邊想。三十分的時間，對於分開十六年後重逢的兩個老朋友來說確實可能很短。當場應該還有很多事情沒說到的。但同時對作來說，似乎也感覺到兩個人之間該談的重要事情幾乎都談過了。

然後作招了計程車到圖書館去，申請調閱六年前的報紙的微縮影。

11

第二天星期一，上午十點半作到紅仔的辦公室拜訪。那辦公室在距離LEXUS的展示中心五公里左右的地方。玻璃帷幕牆的摩登商業大樓裡，占了八樓的一半。剩下的一半是著名的德國製藥企業的辦公室。作和前一天一樣穿著深色西裝，打著沙羅送他的藍色領帶。

入口大大地裝飾著時髦的BEYOND商標。辦公室明亮、開放而清潔。會客室的牆上，掛著一張用了大量原色的大幅抽象畫。雖然不清楚意思，但並不特別難解。除此之外沒有任何像是裝飾的東西。既沒有花，也沒有花瓶。光看入口似乎無法想像，那裡是從事什麼業務的公司。

在服務台迎接他的是，頭髮漂亮地往外捲的二十出頭的女孩子。穿著淺藍色短袖洋裝，別著珍珠胸針。看來是在富裕而樂觀的家庭中，被愛惜下健康成長的女孩子。她一收到作的名片時，以整張臉微笑，以好像在推大型犬的柔軟鼻尖般的手勢輕輕按電話內線的按鍵。

稍過一會兒後方的門開了，出現一位體格結實的女人。年齡可能在四十五歲左右，穿著頗有肩寬的暗色套裝，半高粗跟黑皮鞋。容貌不可思議地看不到缺點。頭髮剪得短短的，擁有堅定的下顎，看來相當能幹的樣子。世間往往有不管讓她們做什麼，看起來都很能幹的中年女性，她也是其中之一。如果是女演員的話，也許可以飾演資深的護理長，或高級妓院女主人的角色。

她看了作所遞出的名片，露出稍微訝異的表情。東京都電鐵公司的設施部建設課代理課長，來找名古屋的「Creative Business Seminar」的董事長，到底有什麼樣的事情？而且沒有預約。但她對來訪目的並沒有多問。

「很抱歉，請問可以在這裡稍微等候一下嗎？」她露出最小限度的微笑說。並請作在椅子上坐下，又從同一扇門消失蹤影。由鍍鉻和白色皮革所設計製成的，斯堪地那維亞風格造型簡單的椅子。優美清潔而安靜，缺少溫暖。像細雨下個不停的白夜那樣。作在椅子上坐著等候。在那之間年輕女孩則用放在桌上的筆記型電腦做著某種工作。偶爾往作的方向瞄一眼，鼓勵似地微笑。

和LEXUS的服務台一樣，在名古屋常常可以看到的典型女孩。容貌端莊舉止得體。令人產生好感。頭髮經常漂亮地鬈曲。她們在某昂貴的私立女子大學法文系就讀，畢業後在當地的公司就業，從事接待或祕書的工作。在那裡上班幾年，每年和女朋友們到巴黎旅行一次順便購物。終於找到前途有望的男職員，或相親後結婚，備受祝福地辭職。然後專心教養小孩，送他們到著名的私立學校入學。作在椅子上，尋思有關她的人生。

中年祕書五分鐘左右回來後，就領作到紅仔的辦公室。她臉上所浮現的微笑，善意比之前上升了一個刻度。那是對沒有預約而老闆願意接見的對象，所包含的敬意和親切。可能不太有這種情況吧。

穿過走廊走在前面的她步幅略寬，鞋子聲音像篤實的鍛鐵匠清晨所發出的聲音般堅硬、確切。走廊上排列著幾扇不透明的厚玻璃門，從那後面完全聽不到一點說話聲或東西的聲響。和作的工作場所電話鈴聲響個不停，門經常開開關關，隨時有人大聲怒吼的情況比起來，簡直是另一個世界。

紅仔的辦公室以公司整體規模看來，卻小巧得令人感到意外。同樣有斯堪地那維亞北歐設計風格的辦公桌，小型沙發組，木製櫃子。桌上放著裝置藝術品般的不銹鋼檯燈，和麥金塔筆記型電腦。櫃子上則有B&O的音響組合，牆上同樣掛著用了大量原色的大幅抽象畫。好像是和會客室所掛的同一位畫家的作品。窗戶寬敞，朝向大馬路，但完全聽不到噪音。初夏的陽光，照在室內地上鋪著的素面地毯上。品味良好，不懈怠的光。

室內簡單而統一。沒有一件多餘的東西。每件家具和器具雖然都是昂貴的東西，但和LEXUS的展示中心積極地把那潤澤表現出來正相反，一切都設定成不顯眼的收斂。不表現出花了錢，似乎是這個辦公室的基本概念。

紅仔從桌子後站起來迎接作。和二十歲左右時比起來，他外表改變相當大。身高和以前一樣不到一百六十公分，但頭髮明顯變薄了。雖然本來髮質就細，但比那又更細了，額頭露出了，可以清楚看出頭的形狀。而且像要彌補頭髮減少的份似地，從鬢角到下顎之間留了鬍鬚。和頭髮的薄比起來，鬍鬚卻非常黑，對比十分明顯。金屬框橫向細扁的眼鏡，和他縱向長圓的臉形相當搭配。身體依舊瘦削，絲毫沒有贅肉。細條紋白底襯衫，茶色針織領帶。襯衫袖口捲到手肘的地方。長褲是奶油色棉長褲，皮鞋是咖啡色柔軟的皮製樂福鞋，沒穿襪子。顯示出休閒而自由的生活樣式。

「很抱歉一大早就突然來打攪。」作首先道歉。「我想不這樣的話，你可能不肯見我。」

「怎麼可能。」紅仔說。然後伸出手和作握手。小而柔軟的手和藍仔不同。握法也安穩。但這是帶有心意的。並不是敷衍性的握法。「你說想見面怎麼可能拒絕呢？隨時都樂意見哪。」

「工作不是很忙嗎？」

「工作確實很忙，不過這是我的公司，我上面沒有人。憑自己的裁量怎麼樣都可以通融。時間要延長要縮短也都隨我自由。當然最後必須算總帳。因爲不是神嘛，時間的總量是固定的。但如果是部分的話，怎麼樣都可以調整。」

「如果可能我想稍微談一下個人的私事。」作說。「如果你現在忙的話，我可以配合你的預定下次再來。」

「時間你可以不用擔心。難得你來看我。現在就在這裡慢慢聊吧。」

作在黑皮的兩人沙發坐下，紅仔在對面的椅子上坐下。兩人之間有一張橢圓形小桌子，上面放著看來頗重的玻璃菸灰缸。紅仔重新拿起作的名片，像在檢點細部般瞇細了眼睛注視著。

「原來如此。多崎作君如願以償地在建造車站哪？」

「很想這樣說，但很遺憾不太有機會新建車站。」作說。「因爲都市區很難拉出新的路線。我在做的工作幾乎是現有車站的改建或修建。無障礙化、廁所的多機能化、安全柵欄的設置、站內店鋪的增設、和其他公司路線相互換乘的調整……因爲車站的社會性機能在轉變中，所以該做的事也相當多。」

「不過總之職業是在做和車站有關的工作。」

「這倒沒錯。」

「結婚了嗎?」

「還一個人。」

紅仔蹺起腿,用手拂掉沾在棉長褲腳的線屑。「我結過一次婚。二十七歲的時候。不過一年半就離婚了。從此一個人。單身輕鬆比較好。也不必浪費時間。你也這樣認爲嗎?」

「嗯,也不見得這樣。(我)心想結婚也很好。單身的話時間反而剩下很多。只是遇不到想結婚的對象而已。」

他想起沙羅。如果是她的話或許會想。但作還沒很瞭解沙羅。她應該也不太瞭解作。彼此都需要再多花一點時間。

「看樣子(你)事業發展得很順利的樣子啊。」作說。然後環視了雅致的辦公室一圈。

十幾歲時,藍仔和紅仔和作互相以「你・我」稱呼。但事隔十六年再重逢時,作卻發現那樣親密稱呼法,心情上已經不習慣了。他們依舊稱作爲「你」(おまえ),稱自己爲「我」(おれ),但作卻無法輕鬆地說出口。那樣輕鬆隨意的稱呼法,對他已經變得不再自然了。

「嗯,現在工作還算順利。」紅仔說。然後乾咳一下。「你知道我們公司的工作內容嗎？」

「大概知道。是說，如果網路上所寫的內容是正確的話。」

紅仔笑了。「並沒有說謊。就是那樣。不過當然最重要的部分沒寫出來。那只有在這裡面。」紅仔用指尖咚咚地敲著自己的太陽穴。「和廚師一樣。最要緊的地方食譜上不會寫出來。」

「以企業為對象，教育、培養人才。就是這家公司業務的主要內容，（我）是這樣理解的。」

「沒錯。我們教育新進職員，再教育中堅幹部。對企業提供這種服務。配合客戶的要求設計出特別的活動計畫，有效率地專業地完成作業。對企業來說可以節省時間和勞力。」

「在職教育的委外事業。」作說。

「沒錯。一切都是從我的一個創意開始的事業。漫畫上不是常有嗎？頭上忽然浮現明亮燈泡的那個。就是那個。關於創業資金，我認識的高利貸公司的社長，看準我幫我出資。碰巧有這樣的後盾才辦到的。」

「但那樣的創意是從什麼地方出來的呢？」

紅仔笑了。「那沒什麼了不起。大學畢業後我在大銀行上過班，但工作很無聊。在上位的人其實都是些無能的傢伙。只考慮到眼前的事情，汲汲於保身，卻不往前看。如果日本頂尖的銀行是這副德性的話，我想這個國家的未來是一片漆黑了。三年之間我壓抑著自己，繼續工作，但事態並沒有好轉。甚至到了更加惡化的地步。於是我轉業到高利貸公司。那裡的社長相當賞識我。邀我要不要過去。那邊很多事情可以做得比銀行自由，工作本身很有趣喲。不過在那邊還是和上面的那些人意見不合，於是向社長道歉，兩年多一點就辭職了。」

紅仔從口袋拿出Marlboro的紅色菸盒。「可以抽嗎？」

當然可以。紅仔叼一根菸，用金色小打火機點火。瞇細眼睛慢慢吸進煙，吐出來。「我想必須戒掉才行。不過不行。菸戒掉的話工作會無法進行。有戒菸的經驗嗎？」

作有生以來從來沒抽過一根菸。

紅仔繼續說：「我好像不適合被人使用。猛一看不覺得這樣，我自己，從大學畢業到就業爲止，都沒有發現自己有這種性格。但其實是這樣。如果受到沒什麼本事的傢伙提出沒道理的命令時，立刻頭腦就會短路，發出噗哧一聲。這種人根本無法在公司上班。所以下定決心。往後只能靠自己開創什麼了喔。」

紅仔一度中斷話題。好像在回溯遙遠的記憶一般，眺望著從手上升起的紫色的煙。

「我從在公司上班中學到的另外一件事情是，世上大多數的人，從別人那兒接受命令，並順從那個去做，並沒有抗拒感。這件事。有人甚至受到命令反而覺得高興。當然會抱怨，但不是認眞的。只是習慣性地發發牢騷而已。如果叫他自己動腦筋去思考，負起責任去判斷時，他們就會感到混亂。於是我想，把這個當事業不是很好嗎？很簡單。知道嗎？」

作沉默不語。他並沒有在徵求意見。

「於是我把自己不喜歡的事、不想做的事、不希望人家做的事，想到什麼都盡量列出來看看。然後根據那清單，思考出如何有效養成『這樣做就可以順從上面的命令，系統性地去動起來的人才』的課程。雖說是思考，但從部分來看其實是從很多地方抄襲來的。我在還是新進行員的時候所接受的進修經驗，發揮了很大的作用。同時我又在裡面加上宗教狂熱，添加自我成長研討會的手法。也研究過在美國收到成效的同種事業的業務內容。讀了很多心理學的書。納粹的親衛隊、美國海軍的新兵教育手冊，有些地方也很有用。辭掉工作後的半年，我爲了創立那課程計畫而名副其實地埋頭苦幹。我從以前就很擅長集中精神在某一點上努力作業。」

「而且（你）頭腦也靈光。」

紅仔會心地一笑。「謝謝。從自己的口中很難說到那個地步。」

他再抽了一會兒菸，把灰彈在菸灰缸。然後抬起頭來看作。

「宗教狂熱和自我成長研討會的目的大體上是在歛財。因此而實施粗暴的洗腦。我們不做這種事。如果去做這樣可疑的事，就沒辦法被一流企業接受了。極端的治療手法也不行。就算一時能發揮出奇的效果，也不能持久。灌輸紀律固然重要，但課程本身必須是徹底科學性、實用性、洗練性的東西才行。必須是在社會常識範圍內的東西才行。而且那效果某種程度必須能持久才行。我們的目標並不是在製造活殭屍。而是依照公司的想法繼續行動，而且培育能認為『我是在靠自己的頭腦思考事情』的企業生產力。」

「相當諷刺的世界觀。」作說。

「或許也可以這麼說。」

「不過接受過研修訓練課程的人，不見得都乖乖願意被灌輸紀律訓練吧？」

「當然。也有不少人完全不接受我們的課程的。這種人可以分成兩類。一類是反社會性的人。以英語來說是outcast（被逐出的／被拋棄的）。這些傢伙對於採取建設性態度的人，無論如何都一概排斥。或不認同被納入團體規律的事。以這些傢伙為對象只有浪費時間。只能請他們回去。另外一類是，真正可以用自己的頭腦思考事情的人。這些人可以讓他們保持原狀。不要去隨便擺布他們比較好。任何體系中都需要有這種『選良』。如果順利，他們將來可能站在指導的立場。不過在這兩種族群的中間，有接受上面的命令照這意思行動的階層，這一層占人口的大部分。我概算大約占全體的百分之八十五。換句話說我就是以這百分之八十五爲材料展開這個事業的。」

「而且事業正如盤算順利發展。」

紅仔點頭。「是啊，目前正依照計畫成長中。最初以兩、三個人開始的小公司，現在已經擁有這樣的辦公室了。名號也被很多人廣泛知道了。」

「把自己不想做的事、不願意被命令做的事化爲數據，加以分析，以這當創業基礎。這是最初的出發點。」

紅仔點頭。「沒錯。要把自己不想做的事、不願意被命令做的事視覺化，並不是困難的事。就像把自己想做的事視覺化並不難一樣。只有負面或正面之分而已。單純只是方向性的問題。」

那個傢伙現在正在做的事情我怎麼都無法喜歡，作腦子裡浮現藍仔說的這樣的話。

「不過這裡或許也含有個人對社會復仇的意味也不一定。以一個帶有outcast傾向的菁英身分。」作說。

「或許也有這回事。」紅仔說。然後愉快地笑起來，手指啪地彈響。「好銳利的發球。多崎作君領先。」

「你（君）自己是做那課程計畫的主宰者般的事嗎？實際站在大家前面說話？」

「是啊，剛開始那些全部由自己做。因爲可以信賴的人只有我一個人。嘿，作，你能想像正在做那個的我的模樣嗎？」

「實在很難。」作老實說。

紅仔笑了。「可是不知道爲什麼，我還相當擅長呢。自己說不太好意思，不過我還滿稱職的。當然一切都是演技，不過也相當逼眞而有說服力。不過現在已經不做了。我並不是大師的料。畢竟是經營者。還有很多非做不可的事。現在正在培養指導員，實務就交給他們去做。最近反倒是演講之類的工作增加了。被邀請到企業的聚會、大學的就業研討會去演講。也受出版社的委託在寫書。」

紅仔說到這裡一度停下來，把香菸在菸灰缸按熄。

「這種行業的know-how一旦確立之後，就沒那麼難了。只要製作出豪華的說明書，排列出氣派的指南，只要在一等地段擁有時髦的辦公室就行了。齊備了高品味的家具，付高薪雇用體面能幹的工作人員。企業形象很重要。因此不惜投下資本。然後口碑也很管用。一旦獲得良好的評價，接下來只要順勢而爲就行了。不過暫時已經決定不再擴大規模。範圍只鎖定名古屋周邊的企業。因爲如果是我的眼睛所看不到的範圍，工作品質就無法負責了。」

紅仔說到這裡好像在試探般看著作的眼睛。

「嘿，你對我所做的工作大概沒什麼特別興趣吧？」

「只是覺得很不可思議而已。你（君）居然會開始做這種行業，十幾歲的時候完全沒有想像過啊。」

「我自己也無法想像。」這麼說完紅仔笑了。「我想可能會留在大學裡當老師。不過上了大學之後，才知道自己完全不適合做學問。那是個非常無聊而沉悶靜止的世界。我不想在那樣的地方結束一生。不過大學畢業進入企業後，又發現自己並不適合到公司上班。就這樣不停地嘗試錯誤。不過這樣總算才找到自己該待的地方活了下來。那麼，你怎麼樣呢？對現在的工作覺得滿意嗎？」

「並沒有滿意。但也沒有什麼不滿。」作說。

「因爲在做著和車站有關的工作？」

「是啊。如果借用你的表現方式的話，總算是在正面的這邊。」

「在工作上曾經感到迷惑嗎？」

「每天只做著眼睛看得見的東西。沒有時間迷惑。」

紅仔微笑了。「實在眞美好。很像你。」

兩人之間沉默降臨。紅仔慢慢旋轉著手中的金色打火機，但沒有點菸。可能一天抽的根數是固定的。

「有什麼事情才來這裡的吧？」

「是從前的事。」作說。

「好啊，來談談從前的事。」

「是關於白妞。」

紅仔在眼鏡深處瞇細了眼睛，伸手摸摸下顎的鬍子。「從祕書給我你的名片時開始，我就料到大概是為那件事。」

作沉默著。

「白妞真可憐。」紅仔以安靜的聲音說。「她的人生過得不太快樂。雖然人長得美，又擁有豐富的音樂才華，卻死得很慘。」

作對於把白妞的人生就這樣三言兩語概括了，不得不稍微產生反感。但其中可能有類似時間差這東西。作知道白妞的死是最近的事，紅仔則伴隨著那事實度過了六年歲月。

「事到如今可能已經沒有意義了，但以我（僕）來說還是想解開誤會。」作說。「我雖然不知道白妞說了什麼，但我並沒有強暴她。無論任何形式都沒有和她有過那種關係。」

紅仔說：「我這樣想。所謂事實這東西就像被沙掩埋的都市一般。有些情況是時間經過越久被沙子埋得越深，有些情況是隨著時間的過去沙子被吹掉，那模樣就明白地露出來了。這件事怎麼看都屬於後者。無論誤會解不解開，你本來就不是會做那種事的人。這點我知道得很清楚。」

「知道得很清楚？」作把對方的話原樣重複一遍。

「我是指，現在知道得很清楚啊。」

「因爲堆積的沙子被吹掉了？」

紅仔點頭。「就是這樣。」

「簡直好像在談歷史嘛。」

「某種意義上是在談我們的歷史。」

作望著坐在對面的老朋友的臉一會兒。但從那上面讀取不到類似感情的東西。

「就算記憶可以隱藏，歷史卻無法改變。」作想起沙羅的話，就那樣說出口。

紅仔點了幾次頭。「沒錯。就算記憶可以隱藏，歷史卻無法改變。這正是我想說的話啊。」

「但總之你們那時候，一起把我一刀砍斷了。斷得乾乾淨淨，毫不容情。」作說。

「對，沒錯。那是歷史的事實。但不是我在辯解，當時非那樣不可。白妞的話非常逼眞。那不是演技。她眞的受傷了。那裡有眞正的痛，流了眞正的血。無論是什麼形式也好，當時的氣氛完全沒有懷疑的餘地。不過在把你切斷之後，時間經過越久，我們就越搞不清楚了。」

「怎麼說？」

紅仔雙手的手指在膝上交叉，思考了五秒鐘左右。然後說：

「剛開始是很小的事。有幾件些微的，道理說不通的事。讓我們覺得咦？不過我們也沒太在意。因爲都是些無所謂的小事。不過那在日常生活中逐漸增加終於相當頻繁地出現。然後我們才想到，其中一定有什麼不妙的事。」

作默默等待話繼續下去。

「白妞可能有心病。」紅仔從桌上拿起金色打火機，一邊摸弄著一邊愼重地選擇語言。「是暫時性的東西，還是傾向性的東西，並不清楚。不過至少當時，她已經變得有點奇怪了。白妞確實擁有優越的音樂才華。可以巧妙地演奏出美好的音樂。從我們看來，那已經很了不起了。但很遺憾，那並不是她自己所要的程度的才華。在小世界就算行得通，但出到大世界就感覺力量不夠了。不管怎麼熱心練習，都無法達到自己所設定的水準。你也知道，白妞的個性認眞又內向。進了音樂大學之後，這種壓力越來越大。而且逐漸開始一點一點出現奇怪的地方。」

作點頭。但什麼也沒說。

「這是經常有的情況。」紅仔說。「雖然很可憐，但在藝術的世界經常會發生這種事情。才華這東西和容器一樣。無論多麼努力，那尺寸都不太會改變。而且超過一定量的水是裝不進去的。」

「這或許是經常有的事。」作說。「不過在東京被我用迷藥強暴之類的話，到底是從哪裡出來的呢？就算精神出問題了，這種話也未免太唐突了吧？」

紅仔點頭。「沒錯。太唐突了。所以，我們一開始，反而不可能不某種程度相信白妞的話。心想白妞總不可能捏造這種事情吧。」

作腦子裡浮現被沙埋掉的古代都市。然後想像在那小高砂丘上坐下來俯瞰那乾巴巴都市廢墟的自己的模樣。

「不過爲什麼，那對象偏偏是我呢？爲什麼非我不可呢？」

「這我也不知道。」紅仔說。「可能白妞悄悄喜歡你也不一定。所以對一個人跑去東京的你感到失望、憤怒或嫉妒也不一定。也許她自己想離開這個地方，想變自由。不管怎麼樣，到現在已經無法知道她的眞意了。我是說如果有眞意這東西的話。」

紅仔繼續旋轉著手中的金色打火機。然後說：

「我希望你瞭解一件事，你去到東京，其他四個人留在名古屋。對這個我並不打算說東道西。只是，你在新的土地上有了新的生活。另一方面我們呢，必須在名古屋這個城市相依爲命地繼續活下去。我想說的意思你懂吧？」

「把變成外人的我切掉，比切掉白妞實際。是這個意思嗎？」

紅仔沒有回答這個，歎了一個又淺又長的氣。「試想起來，我們五個人之中你可能是精神最強悍的一個。看起來雖然外表溫文儒雅，但出乎意料之外喲。留下來的我們，沒有出去外面的勇氣。害怕離開生長的土地，跟臭味相投的死黨分散。沒辦法拋開這種舒服的溫暖。就像寒冷的冬天早晨無法從溫暖的被窩起來一樣。當時給自己找了各種冠冕堂皇的理由，但現在卻知道得很清楚。」

「不過對留在這裡，不覺得後悔吧？」

「是啊，我想並不後悔。留在這個城市有很多現實上的好處，我也充分利用了。這是個地緣關係很管用的地方。例如當我的後盾的高利貸的社長，就是讀了我們高中時代參加志工活動的新聞報導，所以從一開始就徹底相信我。以我的心情來說，並不想利用我們那個活動來轉換爲自己個人的利益。但結果卻變成那樣。還有這家公司的客戶中，有不少是在大學被我父親教過的人。名古屋的產業界有類似這種堅固的網路。因爲說起來名大教授在這裡也是一個不小的名牌呀。不過這種東西，到東京去就完全不管用了。人家理都不會理你呢！你不覺得嗎？」

作沉默不語。

「我們四個人會決定留在這裡，我想也有這種現實的理由。換句話說是選擇泡在溫水裡。不過一留神時，現在還留在這個城市的只剩下我和藍仔了。白妞死了，黑妞結婚後搬到芬蘭去了。而且我和藍仔雖然近在咫尺卻已經不再見面了。爲什麼呢？因爲就算碰面也沒話說了。」

「可以買一輛LEXUS，就有話題了。」

紅仔閉上一眼。「我現在開保時捷卡雷拉4。Targa top敞篷車。六速手排檔，換檔觸感超棒。尤其換低速檔的感覺簡直是絕品。你開過車嗎？」

作搖搖頭。

「以我來說，相當中意。不打算換車。」紅仔說。

「和那是另一回事，不妨以公司的車買一輛啊。反正可以用經費報銷吧？」

「我們的客戶裡就有日產的關係企業，也有三菱的關係企業。不可能用LEXUS當公司用的車。」

有一陣短暫的沉默。

「白妞的葬禮去參加了嗎？」作問。

「有啊，去了。從來沒參加過那樣悲傷的葬禮。眞的啊。現在想起來都好淒涼。藍仔也去了。黑妞沒辦法到。因爲那時候她已經在芬蘭，正待產中。」

「白妞死的事情，爲什麼沒通知我？」

紅仔暫時什麼也沒說。只是恍惚地看著作的臉。眼睛焦點似乎無法好好對準。「不知道。」他說。「心想一定有誰會通知你的。也許藍仔——」

「不，誰也沒通知我。直到一星期前，我都不知道她死的事。」

紅仔搖搖頭。然後背過臉去眼睛看著窗外。「好像做了很糟糕的事。不是找藉口，不過我們也很混亂。搞不清楚是怎麼回事。白妞被殺的事，以爲你一定聽說了。而且你沒有來參加葬禮，還以爲大概是不方便來。」

作暫時沉默。然後說：「被殺的時候，白妞好像是住在濱松是嗎？」

「是啊，我想她是住在那邊將近兩年。一個人生活，在教孩子們彈鋼琴。應該是在山葉音樂教室上班。爲什麼特地到濱松去，詳細情形我不知道。在名古屋應該也找得到工作的。」

「白妞在那邊過著什麼樣的生活呢？」

紅仔從菸盒拿出新的香菸含在嘴上，稍微頓了一會兒才用打火機點上火。然後說：

「在她被殺的大約半年前，我曾經因爲工作到濱松去。那次打電話給白妞，邀她吃飯。那時候我們事實上已經四分五裂，幾乎沒再碰面了。只有偶爾互相聯絡的程度。但因爲在濱松的事情比預定早辦完，時間一下空出來，好久不見了想看看白妞。她看起來比預料的沉著。離開名古屋，在新的土地開始新生活看來也相當愉快的樣子。兩個人談談從前的事，一起吃飯。到市區著名的鰻魚餐廳去，喝了啤酒，相當輕鬆。她也稍微喝了一點酒。這種情況，讓我覺得有一點意外。不過該怎麼說才好呢？當時並不是沒有一點緊張。也就是說必須一面避開某種話題一面談……」

「所謂某種話題是指，也就是我的事情吧？」

紅仔表情有點爲難地點頭。「是啊。那似乎還在她心中留下疙瘩的樣子。她沒有忘記那件事。不過除了那個之外，白妞已經看不出有什麼奇怪的地方了。笑得相當多，我想談得也很開心。說的話也很正常。我想改變生活環境，對她似乎產生了意外的正面作用。只是，這種話以我來說也很不願意提，不過那個女孩已經沒有以前那麼美了。」

「沒有以前那麼美了。」作原樣重複對方的話。自己的聲音聽起來非常遙遠。

「不，這和不美有一點不同。」紅仔這樣說，稍微落入沉思。「該怎麼說才好呢？當然容貌基本上還一樣，以普通的基準來說的話，當時也還是美女沒錯。如果不認識十幾歲的白妞的話，人家看到她應該也不會留下別的特別印象。但我很清楚以前的白妞。她以前是多麼有魅力的，已經深深烙印在心裡。可是那時候在我眼前的白妞，已經不是那樣了。」

紅仔像要想起當時的情景般稍微歪著臉。

「眼前看到那樣的白妞，老實說，對我來說是相當難過的經驗。好像從前曾經在那裡的熱熱的什麼，現在已經找不到了。那樣非凡的東西，無處可去就那樣消失無蹤了。那個已經不再震動我的心了，這件事令人難過。」

香菸在菸灰缸上冒著煙。他繼續說：

「那時候白妞才剛剛滿三十。不用說還不到衰老的年齡。和我見面的時候，她穿著非常樸素的衣服。頭髮在後面盤起髮髻。幾乎沒有化妝。但這一點都沒關係。是些微的、表面的事。重要的是，白妞那時候已經失去生命力所帶來的自然光輝了。雖然她的個性是內向的，但在那中心，有和本人的意思無關的活潑動著的什麼。那光和熱會從到處的縫隙自己往外溢出來。我說的你明白吧？但我最後見到她時，那種東西已經消失了。簡直像有人跑到後面去把插頭拔掉似的。過去她那水靈靈的、光輝閃亮的外表特徵，現在看來反而成爲令人心疼的東西。不是年齡的問題。不是因爲年齡增加而變成那樣的。當我聽說白妞被人勒死時，我眞的很傷心，打心裡覺得好可憐。不管有什麼原因，都不希望是那樣的死法。但同時也不得不這樣感覺。她在肉體被殺害之前，某種意義上，生命已經被剝奪了。」

紅仔拿起菸灰缸上的香菸，深深吸一口煙，閉上眼睛。

「她在我心裡挖開一個非常深的洞，那個洞還沒塡平。」紅仔說。

沉默降臨。堅固而高密度的沉默。

「記得白妞常常彈的鋼琴曲嗎？」作問。「李斯特《巡禮之年》中的短曲子。」

紅仔稍微考慮後搖頭。「不，不記得那首曲子。我記得的只有舒曼的曲子。《兒時情景》中的名曲。〈夢幻曲〉吧。我記得她常常會彈。不過不知道李斯特的曲子。那怎麼樣呢？」

「不，沒什麼特別意思。只是剛好想起來而已。」作說。然後看看手錶。「占掉你很長的時間。差不多也該告辭了。很高興能和你這樣談。」

紅仔在椅子上沒有改變姿勢，筆直看著作的臉。那眼睛裡沒有表情。好像在注視著還沒刻上任何東西的全新石版的人那樣。「在趕時間嗎？」他問。

「完全沒有。」

「再聊一會兒好嗎？」

「好啊。我這邊時間要多少有多少。」

紅仔在口中衡量一下語言的重量一會兒。然後說：「你，已經沒那麼喜歡我了吧？」

作一瞬間失去了語言。一點是因爲完全沒預料到這種問題。另一點是因爲，自己對現在所面對的這個人，懷有喜歡或討厭這種二分性的感情，不知怎麼覺得好像不適當。

作選著用語。「什麼都說不上。可能和十幾歲時所感覺到的心情，確實不同了。不過那個——」

紅仔舉起一手，制止作的話。

「你不用那麼在意表現法。也不必去努力變喜歡。對我懷有好感的人，現在已經到處都沒有了。這也是當然的。就連我本身都不怎麼喜歡自己。不過以前，我有過幾個很棒的朋友。你也是其中之一。但在人生的某個階段，我已經失去這種東西了。就像白妞在某個時間點失去生命的光輝一樣……。但無論如何都無法回到從前了。已經打開包裝的商品不能退換。只能以現況過下去。」

他把舉起來的手放下，放在膝蓋上。並用手指以不規則的旋律敲著膝蓋。就像用摩爾斯電碼往什麼地方傳送訊息那樣。

「我父親長久擔任大學教授，因此養成教師特有的毛病。在家裡也像在教訓人那樣，採取從上面往下看的說話方式。我從小時候開始，對那個就討厭得不得了。但有一次忽然發現，自己也已經變成用那種方式說話了。」

他又在膝蓋上咚咚地繼續敲著。

「我對你做了相當過分的事，我一直這樣想。這是眞的。我，或我們，都沒有那樣做的資格和權利。因此我想什麼時候一定非好好向你道歉不可。但自己無論如何無法製造那樣的機會。」

「那件事就算了。」作說。「這樣說，是因爲事到如今已經無法時光倒流了。」

紅仔暫時在沉思著什麼。然後開口。「嘿，作，我想拜託你一件事。」

「什麼樣的事？」

「請你聽我說。讓我敞開心把祕密說出來，這是我到目前爲止沒有對任何人說過的事。這種東西也許你不想聽，不過以我來說，我想把我自己傷痛的地方大致坦白說出來。把我所背負的東西，也讓你先知道。當然我並不認爲那種事能夠彌補你所受的傷。這只是我的心情問題。以老朋友的身分幫我聽聽好嗎？」

還不知道事情會怎麼進行下去，作已經點頭。

紅仔說：「我剛才說過，上大學以前，不知道自己不適合學問的世界。然後到銀行上班之前，不知道自己不適合當上班族。對嗎？真丟臉。可能我一直疏於正面認真地看清楚自己吧。不過其實不只這樣。一直到實際結婚為止，我還不知道，自己不適合結婚。換句話說，我不適合男女之間的肉體關係這回事。我想說的事情你大概明白吧。」

作沉默不語。紅仔繼續說：

「說白了就是，我對女性無法順利擁有慾望。並不是完全沒有，不過反而跟男人比較順利。」

室內落入深沉的寂靜。完全聽不到一點聲音。本來就是安靜的房間。

「這種事情大概不是特別稀奇吧。」作為了打破沉默而說。

「是啊，可能並不稀奇。正如你所說的。不過這種事情在人生的某個時間點勉強塞給你，對當事人來說是相當難過的事。非常難過。無法以一般論來解釋。該怎麼說才好呢？就像從航行中的船上甲板，突然一個人被拋進海裡般的心情。」

作想起灰田的事。灰田的嘴在夢中——那應該是夢吧——承接了自己的射精的事。那時候作相當混亂。一個人突然被拋進海裡，確實是很貼切的表現。

「不管怎麼樣，只能盡量對自己誠實吧。」作選擇語言說。「只能盡量誠實，盡量自由，很抱歉，我能說的只有這樣。」

紅仔說：「正如你所知道的，名古屋以規模來說在日本是屈指可數的大都會，但同時也是個狹小的城市。人很多，產業很興盛，東西也很豐富，但選擇卻意外地少。像我們這種人要對自己誠實而自由地活下去，在這裡並不是那麼簡單的事……嘿，像這種事你不覺得是很大的矛盾嗎？我們在人生的過程中逐漸一點一點地發現眞正的自己。然後越發現卻越喪失自己。」

「對你來說，我想很多事情只要順利就好了。我眞的這樣想喔。」作說。他眞心這樣想。

「你不再生我的氣了嗎？」

作短短地搖頭。「我沒有生你（おまえ）的氣呀。我本來就沒有生誰的氣。」

自己朝對方以「你」（おまえ）稱呼了，作忽然發現。這到最後終於自然地脫口而出了。（譯註：日文中同樣是你的意思，但おまえ比君不客氣但比較親近。）

紅仔送作一直送到電梯前面。

「說不定沒有機會再見你了。所以最後我想只再說一個短故事。沒關係吧。」紅仔一邊走在走廊一邊說。

作點頭。

「我每次在新進員工的進修研討會上一開始就會先說這個。我首先會環視整個房間，適當選一個學員讓他站起來。然後這樣說『好吧，對你來說有一個好消息和一個壞消息。首先是壞消息。現在，要用鉗子拔掉你的手指的指甲，或腳指的指甲。很可憐很抱歉，不過這是已經決定的事。無法改變。』我從皮包裡拿出一個又大又堅固的鉗子來，讓大家看。慢慢花時間，把那個讓他看。然後說：『接下來是好消息。好消息就是，要被拔掉的是手指甲還是腳指甲，你有選擇的自由。好了，你要哪一邊？必須在十秒之內決定。如果你無法在十秒之內自己決定要哪一邊的話，手和腳，兩邊的指甲都會被拔掉。』。然後我手上還拿著鉗子，倒數計時十秒。『我選腳。』大約數到第八秒時，那傢伙說了。『好啊，決定腳。現在開始讓他幫你拔掉腳指甲。不過在那之前，想請教你一個問題。爲什麼不是選手而是選腳呢？』我這樣問。對方這樣說：『不知道。我想哪邊大概都一樣痛吧。但因爲不得不選其中的一邊，所以沒辦法就選了腳而已。』我朝他溫和地拍手，然後說『歡迎來到眞正的人生』。Welcome to real life。」

作什麼也沒說地注視了瘦削的老朋友的臉一會兒。

「我們都各自握有自由。」紅仔說。然後眯細一眼微笑。「那是這個故事的重點。」

電梯的銀色門無聲地開了，兩個人在那裡告別。

12

作回到東京住的地方，是在和紅仔見面那天的晚上七點。從旅行袋裡拿出行李，把穿過的衣服放進洗衣機，沖過澡把汗洗掉。然後打電話到沙羅的手機。因爲是語音信箱，所以留言告知剛剛已經從名古屋回來，請在方便的時候聯絡。

到十一點多還沒睡地等著，但電話沒打來。第二天，星期二的午休時間她打來時，作正在公司的餐廳吃中飯。

「怎麼樣，名古屋的事情辦得順利嗎？」沙羅問。

他離開座位，到走廊安靜的地方去。然後把星期天和星期一，直接到LEXUS的展示中心和到紅仔的辦公室訪問的事，在那裡見到兩個人也談過的事，簡單地報告。

「我想能跟兩個人談過是好事。託這個福很多事情都逐漸明朗了。」作說。

「那眞好。」沙羅說。「沒有白跑一趟。」

「如果妳方便的話，我想在什麼地方見個面慢慢談這件事。」

「請等一下，我看看行事曆。」

經過十五秒左右，是她查預定表的時間。在那之間作眺望著窗外廣闊的新宿街頭。天空被厚厚的雲所覆蓋，好像馬上就要下雨的樣子。

「後天晚上的話有空。你的行程呢？」

「後天晚上可以呀。一起吃飯吧。」作說。不必一一看手冊。幾乎每天晚上，他的行事曆都是空白的。

兩個人決定了見面的地方，結束對話。關掉手機之後，作發現心裡還留著異物感。食物還有一部分沒有好好消化——這種感觸。這是和沙羅談話之前所沒有的感觸。沒錯。不過那意味著什麼嗎？或者意味著本來就有什麼？沒辦法適當辨別。

他在腦子裡試著盡量正確地重現和沙羅交談的對話。談話內容、她聲音給人的印象、談話進行速度和頓挫的狀況……想不起有什麼和平常不同的地方。他把手機放回口袋，回到餐桌準備繼續吃中飯。但那時已經不再有食慾了。

＊

那天下午和第二天，作在一個公司新進員工擔任助手的陪同下，到幾個需要新設電梯的車站去視察。看總公司所保管的車站圖，和現場的實況是否一致，讓助手幫忙測量，一一確認。圖面和現況之間竟出乎意料之外地出現了一些移位和誤差。這些可以舉出幾個發生的原因，但總之在開始施工之前，預先準備連細部都可以信賴的圖是不可或缺的。如果開始施工之後，才發現有很大的移位和誤差的話，會無法挽救。就像戰鬥部隊依靠錯誤百出的地圖，想登陸某個島一樣。

那些作業全部完成之後，和站長面對面交談，檢討因爲改建將伴隨產生的種種問題。因爲設置電梯連帶車站的形狀會改變，形狀改變的話乘客的流動動線也會不同。那改變必須在結構上妥善吸收。當然乘客的安全性是最優先的考慮事項，但同時也不得不確保車站人員業務上所必要的動線。整體考慮這些要素再決定改建計畫，並轉移到實際的設計圖上，這是作的任務。雖然是很辛苦的工作，但也是事關人命的重要工作。作很有耐性地一一完成。明白掌握了問題點，列出檢查表來，仔細核對表列項目，一一解決問題，是他本來就擅長的作業。另一方面，對缺乏經驗的年輕職員則實地教導他們工作順序。那位姓坂本的剛從早稻田理工學部畢業的青年非常沉默寡言，臉長長的，板著臉從來不苟言笑，但悟性強學得快，相當順從聽話。測量的工作也手法俐落。作想這個男人或許可以成材。

他和一個特別快車停車站的站長檢討改建工程的細節一小時左右。到了午休時間於是請他們代爲叫了便當，一起在站長室吃。然後邊喝茶邊閒聊。站長待人親切是個體格略胖的中年男人，告訴他很多有關車站的各種逸聞。作很喜歡到各個工作現場，聽他們談這種話。話題終於轉到遺失物上來。列車上和車站裡到底有多少被遺忘的東西，其中又有多麼不可思議的東西，奇怪的東西之類的。有遺骨、假髮、義肢、長篇小說的原稿（稍微讀了一下但很無聊）、放在箱子裡包裝得漂漂亮亮卻染上血的襯衫、活毒蛇、一疊四十張左右全部拍女性性器的彩色照片、很大的氣派木魚……。

「其中也有令人難以處理掉的東西。」他說。「我認識的一個站長說，工作人員送來的遺失物是一個裝了死掉胎兒的旅行袋。幸虧我還有那種經驗。不過以前我當站長的一個車站，有人送來泡在福馬林裡的兩根手指。」

「那也相當可怕喔。」作說。

「是啊，是很可怕。在漂亮的布袋裡，放著一個小的像裝美乃滋的瓶子般的東西，兩根小小的手指，浮在液體中。看起來是從根部被切下的小孩的手指。當然打電話報警了。因爲可能是和某件犯罪有關的東西呀。警察立刻趕來了，把那帶走。」

站長喝了茶。

「然後過了大約一星期，和來拿手指的同一個警察又來了。然後和在洗手間發現那個的車站職員，再一次詳細詢問那時候的情形。我也在場聽了。根據那警察的說法，瓶子裡的手指，並不是小孩的。經過實驗室檢驗的結果，知道那是成人的手指。會顯得小，是因為那是第六根手指。警察說，偶爾也有天生擁有六根手指的人。多半因為父母不喜歡畸形兒，因此在嬰兒期就被切斷。但其中也有長大成人後還保持六根手指的。據說那就是這種，成人後還留下的第六根手指被手術切下，泡在福馬林裡保存著的。推測那手指的主人，是二十五歲左右到三十五歲左右的男人，但被切除後經過多少歲月，則不得而知。至於那是經過什麼樣的情況會被遺忘，或捨棄在車站的洗手間的，則很難想像。不過據說似乎沒有犯罪的可能。結果那手指就繼續交給警察保管了。也沒有乘客提出手指遺失在哪裡請求尋找的申請。很可能還收藏在警察的倉庫裡。」

「眞不可思議的事啊。」作說。「到成人爲止還特地留著的第六根手指，爲什麼忽然要切除呢？」

「是啊，充滿了謎。後來我的興趣被引出來了，試著對有關六根手指的事情做了一些調查。這被稱爲多指症，名人之中也有不少這種多指症的人。不知道是眞是假，有人證明說豐臣秀吉有兩根大拇指。其他也有很多例子。有著名的鋼琴家，也有作家、畫家、棒球選手。

小說《沉默的羔羊》中的人物華克特博士就有六根手指。六根手指決不是特異的例子，事實上這遺傳因子還是優性（又稱顯性）遺傳。因人種而有差別，以全世界來看似乎大約五百人中就有一人是擁有六根手指被生下來的。只是那大部分就像剛才也說過的那樣，在手指的機能安定下來的一歲以前，就在父母的意思下被切除了。因此我們實際上幾乎沒有機會看到這種情況。我自己在那手指的遺失物出現之前，連聽都沒聽過有六根手指的事。」

作說：「不過眞不可思議。如果說六根手指是優性遺傳的話，爲什麼沒有更多人變成六根手指呢？」

站長也歪著頭。「是啊，爲什麼呢？這種困難的事情，我也搞不清楚。」

一起吃飯的坂本這時開口了。簡直像把塞在洞窟入口的沉重岩石搬開那樣戰戰兢兢地。「以晚輩的身分似乎太冒昧了，不過可以讓我插一下嘴嗎？」

「沒關係。」作驚訝地說。因爲阪本完全不是會主動在人前發表意見的青年。「什麼話都可以說。」

「因爲『優性』這說法聽起來好聽的關係，世間很多人往往產生誤解，其實一種傾向並不會因爲說是優性遺傳，就在世間無限制地廣泛傳播開來。」坂本說。「被稱爲奇病的疾患中，遺傳因子也有不少是優性遺傳的，但那樣的疾患會成爲廣泛的一般性嗎？沒有這回事。

多半的情況，幸虧僅止於一定數量，停留在奇病的範圍內。因為所謂優性遺傳，畢竟只不過是傾向表現的要素之一而已。其他還有，例如適者生存和自然淘汰等要素。這只不過是我的推測而已，但六根手指，對人類來說數目未免太多了吧。結果，用五根手指來作業，可以說是必要也足夠了，而且我想是效率最好的。因此就算被當成優性遺傳，但在現實世界裡，六根手指卻可能停留在壓倒性少數。也就是說淘汰法則超越優性遺傳了。」

一口氣說到這裡，坂本又再度退回沉默中。

「原來如此。」作說。「我覺得這好像跟世界的計算單位，從十二進法演變到十進法，大致統一的過程相通。」

「這麼一說，看來那似乎和六根手指與五根手指的數目相呼應也不一定。」坂本說。

「不過為什麼，你對這種事這麼清楚呢？」作問坂本。

「我在大學修過遺傳學的課程。因為我個人對這種事情有興趣。」坂本整張臉脹紅起來地說。

站長愉快地笑了。「進了鐵路公司，遺傳學的課還是能派上用場啊。學問總之還是該先下功夫學起來。真的。」

作對站長說：「不過我覺得如果有六根手指，鋼琴家應該會如獲至寶吧。」

「這個，倒不見得。」站長說。「根據擁有六根手指的鋼琴家說，多餘的手指反而妨礙。確實如現在坂本先生說的那樣，六根手指平均自由地動作這作業，對人來說可能有點負擔過重了。或者該說，五根正好。」

「擁有六根手指的好處，某方面應該有吧？」作問。

站長說：「我試著查過資料上記載，在中世紀的歐洲，有一種傳說就是擁有六根手指的人，會被視為魔法師或魔女被燒死。也有一種說法在十字軍時代的某一個國家，擁有六根手指的人全都被殺了。不知道是真是假。此外據說在婆羅洲天生有六根手指的小孩會自動被視為咒術師。這種也許不能稱為好處吧。」

「咒術師？」作說。

「只是在婆羅洲的說法。」

這時午休結束，話也說完了。作向站長謝過便當的招待就站起來，和坂本一起回總公司。

回到總公司在設計圖上一面記下幾個必要事項，一面忽然想起一件事。從前，聽灰田談到他父親的事。在大分山中的溫泉旅館長期逗留的爵士鋼琴師，在演奏開始之前放在鋼琴上的布袋——說不定裡面裝的，就是泡在福馬林中他的第六根左右手指吧？他因為某種原因，在成人之後手術切除了那個，放進瓶子裡帶著到處走。而且在演奏前一定把那放在鋼琴上。像護身符一般。

當然那只不過是作的隨意想像。沒有任何根據。而且那件事——如果真的發生過——距離現在也超過四十年了。可是越想就越覺得，那是填補灰田聽說的故事空白的有效片段。他一手拿著鉛筆坐在製圖桌前，不斷尋思這件事，直到黃昏來臨。

第二天，作在廣尾和沙羅見面。兩個人在住宅區的深處走進一家小法國餐廳。（沙羅知道東京的許多地方，隱密的巷子裡有許多這種小餐廳。）用餐之間作談到在名古屋和兩個老朋友見面的經過和談話內容。作簡略過但過程還是相當長，沙羅很有興趣地仔細傾聽。有些地方還讓他停下來，插入問題。

「白妞小姐對其他所有的人說，在你東京的家過夜時，喝了你給她喝的放了什麼藥的飲料，被你強暴了是嗎？」

「是的。」

「她在其他所有的人面前，非常逼真地描述那細節。一個原來個性非常內向、經常避開性的話題的人，居然這樣說。」

「藍仔這樣說。」

「而且她說你有兩張臉。」

「她說『有從表面的臉無法想像的黑暗的裡面的臉』。」

沙羅表情爲難地沉思了一會兒。

「嘿，關於這點你有沒有想到什麼？例如你跟她之間，曾經有什麼產生過特別親密感的瞬間嗎？」

作搖搖頭。「沒有。我想一次都沒有。因爲我經常在注意著，希望不要發生這種事情。」

「經常在注意著？」

「就是努力不去意識到她是一個異性的事情。所以盡量避免製造兩個人獨處的機會。」

沙羅暫時瞇細了眼睛，歪著頭。「你覺得你們團隊其他的人也同樣這樣注意著嗎？也就是說男孩子們對女孩子們，女孩子們對男孩子們，不要去意識到對方是異性的事。」

「其他人當時怎麼想，當然我沒辦法連大家的內心都知道。不過就像前面也說過的那樣，不要在團隊裡把男女關係帶進來，是我們的默契。這一點很清楚。」

「不過你不覺得這件事還是很不自然嗎？那種年齡的男女親密交際，經常在一起的話，對彼此會逐漸產生性的關心，不是當然的發展嗎？」

「交女朋友，通常是希望一對一的約會，我也有過這種心情。當然對做愛也有興趣。和一般人一樣啊。也有過在團隊之外交女朋友的選擇機會。不過對當時的我，那五個人的團隊擁有比其他任何事物都更重要的意義。幾乎無法想像離開那裡去做別的什麼事。」

「因為那裡有非常難得的調和？」

作點頭。「在那裡時，會有自己好像變成某種不可或缺的一部分似的感覺。那是在其他任何地方都無法獲得的特殊感覺。」

沙羅說：「所以你們不得不把對性的關心，推到某個地方去。為了保持五個人的調和不亂。為了讓那完美的圓沒有缺口。」

「事後回顧起來，或許確實有不自然的要素存在。但當時，卻覺得那是比什麼都自然的事。我們才十幾歲，一切的一切都是第一次的初體驗。實在沒辦法以客觀的眼光看透自己所處的狀況。」

「換句話說，在某種意義上你們是被關在那圈圈的完美性中了。不能這樣想嗎？」

對這點作試著思考一下。「在某種意義上也許是那樣。不過我們是很高興地被關在那裡的。對那件事我到現在都不後悔。」

「非常有趣。」沙羅說。

紅仔在濱松和被殺半年前的白妞見面談話的事，也引起沙羅的注意。

「那件事讓我想起高中的同班同學，不過情況有一點不同。她長得很美，身材好，家裡有錢，是所謂的歸國子女，會講英語和法語，成績也在最高階級。她做什麼都引人注目。大家都很寵愛她，她也成爲低年級學生崇拜的對象。因爲是私立女子學校，所以這種事情相當不得了喔。」

作點頭。

「大學進了聖心，中途就到法國的大學去留學了兩年。回國後經過兩年，偶然有機會見到她，不過那時候她的模樣，久別後再見，我說不出話來，她，怎麼說才好呢，看起來顏色變淡了。好像長時間在強烈的陽光下曝曬後，整體色調完全褪色了那樣。表面上和以前幾乎沒變。依然是美女，身材也一樣好……。只是，看起來比以前淡了。會不禁想拿起電視的遙控器，把色彩調深幾個刻度的地步。那是非常奇怪的體驗。人只不過幾年不見，竟然就會眼看著變得那麼淡。」

她用過餐，等甜點目錄送來。

「我和她並沒有特別熟，不過因為有共同的朋友，所以後來偶爾也在一些地方碰過面。每次碰面，她的色調就一點一點逐漸變得更淡。而且從某個時間點開始在誰的眼裡看來，她都已經不再特別美麗，也不再特別有魅力了。頭腦好像有點變差。說話變無聊，意見也變平凡無奇了。她在二十七歲時結婚，丈夫是某政府機構的菁英官員，看起來就是很淺薄無聊的男人。但她本人卻無法理解自己已經不再是美女、不再有魅力、不再吸引人的眼光了，還和以前一樣舉止動作像個女王。從旁邊看著她那模樣，心裡覺得相當沉重。」

甜點目錄送來，沙羅接過來仔細研究。決定之後把目錄闔上，放在桌上。

「朋友們逐漸離開她。因為看著她那模樣，很心疼。不，正確說與其說心痛，不如說看到她會感覺害怕。女的朋友或多或少都害怕。自己身為女人，怕已經過了最美麗的時期了，會不會自己也沒發現，還不太能接受，舉止動作還像以前一樣，讓大家在背後偷笑，被大家疏遠呢。她的情況，高峰比別人來得早。只是這樣而已。她的所有資質都在十幾歲時，像春天的庭園那樣誇耀著滿園春色，但過去之後卻急速凋零。」

白髮侍者走過來，沙羅點了檸檬舒芙蕾。她能甜點不缺地吃著，還繼續保持美好體型，讓作不得不感到佩服。

「白妞的情況，應該可以從黑妞那裡聽到更詳細的事情吧。」沙羅說。「例如那五個人的組合雖然是調和的完美共同體，但一定還有只有同樣是女孩子間才會談到的話。就像藍仔所說的那樣。而且那種話，是不會傳出女孩子的世界之外的。我們可能很愛講話。但某種祕密卻會守得很嚴。尤其是關於男人們的事。」

她朝著站在遠處的侍者看了一會兒。看來好像後悔點了檸檬舒芙蕾似的。也許可以改成其他的什麼。不過又改變心意，把視線轉回正面對著作。

「三個男孩子之間，沒有攤開來談過這種話嗎？」

「沒有談過這種話的記憶。」作說。

「那麼你們都談些什麼呢？」沙羅問。

當時我們到底談了什麼？作試著想了一會兒。但完全想不起內容來。應該是敞開心相當熱烈地談了很長的話啊……。

「想不起來了。」作說。

「真奇怪。」沙羅說。然後微笑。

「到下個月，現在正在做的工作就會告一段落。」作說。「如果有了眉目頭緒，我想到芬蘭去一趟。已經和上面報備過了，我想請假本身應該沒問題。」

「日期如果能確定的話，我想我也可以幫你擬定旅行的行程計畫。訂機票、預約旅館之類的。」

「謝謝。」作說。

她拿起玻璃杯，喝了一口水。然後用手指抹一下杯緣。

「妳高中時代是什麼樣子？」作問。

「我是不太起眼的女生。參加過手球社。既不漂亮，成績也不怎麼出色，不值得誇耀。」

「不是謙虛嗎？」

她笑著搖搖頭。「謙虛也許是高尚的美德，不過和我不搭配。非常坦白地說，我是個完全不起眼的女孩。我想我不太適合學校這種體系。既沒有被老師喜歡過，也沒有被低年級生崇拜過。男朋友更是連個影子都沒有。頑固的青春痘令我煩惱。我擁有全部『Wham!（轟合唱團）』的CD。穿著母親幫我買的不起眼的白色棉內衣。不過這樣的我也有幾個好朋友。大概兩個吧。雖然沒有好到像你們五人組那樣緊密的共同體的程度。卻也是可以敞開心說真話的親密朋友。所以雖然不是很亮眼的十幾歲的歲月，不過每天也總算是平安無事地度過了。」

「和那些朋友現在還見面嗎？」

她點頭。「嗯，我們現在還是好朋友。兩個都結婚了，也有小孩，所以並不能那麼常見，不過偶爾會一起吃個飯，不停地連續聊個三小時。聊各種事，怎麼說呢，相當沒遮攔地。」

侍者把檸檬舒芙蕾和義式濃縮咖啡送到桌上來。她熱心地吃著。選擇檸檬舒芙蕾似乎選對了。作交替地望著她那模樣和從義式濃縮咖啡所冒出的熱氣。

「你現在，有朋友嗎？」沙羅問。

「現在，我想並沒有可以稱得上是朋友的對象。」

只有名古屋時代的四個人，對作來說可以稱得上是朋友。在那之後雖然期間短，不過灰田成為接近那個的存在。此外就沒有別人了。

「沒有朋友不寂寞嗎？」

「嗯，不知道。」作說。「不過就算有，我想恐怕也不會沒遮攔地敞開來談話吧。」

沙羅笑了。「這種事情女人某種程度是需要的。當然能敞開心來沒遮攔地談話，只是所謂朋友這機能的一部分而已。」

「當然。」

「那個歸那個，要不要嘗一口舒芙蕾？非常美味喲。」

「不，妳可以吃到最後一口為止。」

沙羅把剩下的舒芙蕾珍惜地吃完，放下叉子，用餐巾仔細地擦擦嘴角，然後考慮了一下。終於抬起臉來，越過桌子筆直地看著作。

「嘿，現在可以去你家嗎？」

「當然。」作說。然後舉起手，請侍者拿帳單來。

「手球社？」作說。

「我不想談那個。」沙羅說。

兩個人在作的房間互相擁抱。能再一次擁抱沙羅，而她能再一次給他這個機會，作覺得很開心。兩個人在沙發上愛撫彼此的身體，然後到床上去。她在薄荷綠的洋裝底下，穿著黑色蕾絲的小內衣。

「這也是媽媽買的嗎？」作問。

「傻瓜。」沙羅說著笑了。「當然是自己買的。」

「青春痘也都沒了啊。」

「那當然。」

她伸出手，溫柔地握著作變硬的陰莖。

但稍過一會兒，想插入她的裡面時，那十分足夠的硬度卻消失了。這對作來說是有生以來第一次的經驗。這讓他感到困惑、混亂。周遭的一切變得奇怪地靜下來。耳朵深處靜悄悄的，聽得見乾乾的心臟鼓動聲。

「別在意這種事。」沙羅一面撫摸著他的背一面說。「這樣一直抱著我。就行了。不用多想什麼。」

「眞搞不懂。」作說。「這些日子還一直都在想抱妳呢。」

「說不定，因爲太期待了吧。不過你能這麼認眞地想我，我眞的很高興。」

兩個人後來還在床上赤裸地擁抱，花時間繼續愛撫，但作並沒有恢復足夠的硬度。終於到了她要回去的時間。兩人默默穿上衣服，作送她到車站。邊走著，並爲事情沒能順利而道歉。

「那種事情怎麼樣都無所謂呀，眞的。所以你不用在意。」沙羅溫柔地說。並握了他的手。她的手小而溫暖。

不能不說個什麼，然而話卻浮不上來。他就那樣確認著沙羅的手的感觸。

「你可能很困惑吧。」沙羅說。「回去名古屋，和以前的老朋友久別重逢，談了很多話，各種事情一下子明朗化了，因此心情可能被攪得很亂。恐怕比你自己所感覺到的更激烈。」

確實可能很混亂。長久關閉的門被打開了，過去一直背過眼不去看的許多事實，一下子都吹進心裡來了。完全沒預料到的事實。那些在他心裡還沒找到適當的順序和位置。

沙羅說：「你心裡有什麼卡在那裡還沒理清楚，所以本來自然的流動被堵住了。我有一點這種感覺。」

作思考了一下她所說的事。「我心裡的疑問，這次到名古屋去並沒有完全弄明白。是這個意思嗎？」

「是啊。我覺得。只不過是我的感觸而已。」沙羅說。然後一臉認真地思考一下，再補充似地說：「這次由於弄清楚了幾件事實，或許反倒讓留下的空白部分擁有更大的意義了也不一定。」

作歎了一口氣。「我是不是打開了不該打開的蓋子呢？」

「或許暫時是這樣。」她說。「可能會有一段時間的搖晃餘震。不過至少你已經朝向解決之路，向前踏出一步了。這比什麼都重要。就這樣繼續前進的話，我想一定可以找到可以填滿空白的那片正確的拼圖斷片。」

「不過那可能要花很長時間。」

沙羅緊緊握住作的手。力量出乎意料的強。

「嘿，不用急呀。可以慢慢花時間。我最想知道的事是，從現在開始你到底有沒有心要和我長久交往下去？」

「當然有。我想和妳長久在一起。」

「眞的嗎？」

「我沒說謊。」作斷然地說。

「那沒關係。還有時間，我會等。而且我也有幾件必須先解決的事。」

「必須先解決的事？」

沙羅沒回答，只露出謎樣的微笑。然後說：

「你最好盡早到芬蘭去見黑妞。而且坦白地把心裡的話說開。她應該會告訴你什麼重要的事。非常重要的事。我有這種預感。」

從車站一個人走回家之間，作一直被一些漫無邊際的想法所囚禁。時間之流彷彿在某個地方被分成左右兩支了似的，有這種奇怪的感覺。他想一想白妞的事、想一想灰田的事、想一想沙羅的事。過去和現在，記憶和感情，並行而等價地流著。

我這個人心裡或許潛藏著某種扭曲的東西、歪斜的東西，作想。就像白妞所說的那樣，我或許擁有從表面的臉孔所無法想像的裡面的臉孔。就像經常處在陰暗中的月球背面那樣。我可能連自己都沒發現，或許在某個別的地方、別的時間性中，真的強暴了白妞，深深地傷了她的心。卑鄙地、暴力地。而且那樣的黑暗內側有一天終究會凌駕表面，並整個將那吞噬也不一定。在紅燈前想穿過步道，被緊急煞車的計程車司機臭罵了一頓。

回到房間換上睡衣，在床上躺下時，時鐘指著將近十二點。而到了這個時候作卻發現，簡直像忽然想起來了似地，勃起回來了。那是像石頭般堅硬而不動搖的完美勃起。能變這麼硬，連自己都不相信的地步。真諷刺。他在黑暗中歎了一口又深又長的氣。然後下了床打開房間的燈，從櫥子裡拿出Cutty Sark（順風威士忌）的酒瓶，倒一點在小玻璃杯裡。然後翻開書頁。一點過後忽然下起雨來。偶爾像暴風雨般颳起一陣強風，大粒的雨點橫打在窗玻璃上。

就在這個房間的這張床上，我強暴了白妞，事情是這樣，作忽然想起。在酒裡混進了藥，讓身體麻痹，把衣服剝掉，強迫侵犯。她還是處女。當場有激烈的疼痛，有出血。而且以那次為界，很多事情就變掉了。那是離現在十六年前的事。

一邊聽著敲打窗戶的雨聲，一邊尋思著這種想法之間，開始感覺整個房間好像變成和平常不同的異質空間了似的。好像房間本身擁有一個想法似的。身在那裡，到底什麼是眞實的什麼不是眞實的，他逐漸變得無法判斷了。在一個眞實的面向裡，他連白妞的手都沒碰過。但在另一個眞實中，他卻卑鄙地侵犯了她。自己現在到底是進入哪一個面向裡呢？作越想越搞不清楚了。

結果，到兩點半都沒辦法入睡。

13

周末，作到健身房的游泳池去。健身房離他所住的大廈騎自行車約十分鐘。他自由式的速度是一定的，一千五百公尺大約游三十二分到三十三分鐘。如果有人游得更快，他就靠邊讓對方超過。跟別人比賽速度並不適合作的個性。那天也和平常一樣，找到和自己速度相似的游泳者，在同一個水道游。一個瘦瘦的年輕男人。穿著黑色比賽用泳褲、戴黑色泳帽和蛙鏡。

游泳可以讓身體囤積的疲勞緩和下來，緊張的肌肉放鬆下來。一進入水中，心情就會變得比在任何地方都安穩。由於每周兩天分別各游約半小時，他的身體和精神就能保持穩定的平衡。此外水中也是個適合思考事情的場所。那就像一種禪般的東西。一旦搭上運動的節奏之後，頭腦裡思考就可以不受束縛地自由飄動。就像把狗放到原野中去一般。

「游泳是僅次於在天空飛翔的愉快事情。」他有一次曾經向沙羅這樣說明。

「你在天空飛過嗎？」沙羅問。

「還沒有。」作說。

他那天早晨，一邊游泳大致都在想著沙羅的事。腦子裡浮現她的臉，浮現她的身體，想到無法順利和她合為一體的事。並想起她所說過的幾件事。「你心裡可能有什麼卡在那裡還沒理清楚，所以本來自然的流動被堵住了。」她說。

或許是這樣，作想。

多崎作的人生一帆風順，一路走來沒有特別的問題。很多人都這樣認為。從著名的工科大學畢業。順利進入電鐵公司，就專門職位。工作表現在公司內獲得安定的好評。也深得上司信賴。經濟上沒有不安。父親去世時，繼承了整筆金額的遺產。在離都心近、設施方便的良好住宅區擁有一房的大廈住宅。而且沒有貸款。幾乎不喝酒，不抽菸，也沒有需要花錢的興趣。倒不如說，實際上幾乎不花錢。並沒有特別節約，也沒有過著禁慾的生活。只是單純地想不到花錢的途徑。既不需要車子，少數幾套西裝也覺得夠了。常常會買書和ＣＤ，那也花不了多少錢。用餐與其外食不如自己下廚，床單也自己洗、甚至自己燙。

大體上沉默寡言，不太擅長交際應酬，但也並非過著孤立的生活。平常某種程度可以配合周圍的人行動。不會積極外出去找女人，不過到目前為止也並不缺少交際對象。單身，長相也不錯，態度謙虛，服裝清潔。因此總有人會主動自然地接近他。或周圍的人也會幫他介紹單身女性（沙羅也是這樣認識的對象之一）。

三十六歲，猛一看優雅地享受著單身生活。身體健康，沒有贅肉，從來不會生病。是沒有挫折的人生，普通人可能會這樣想。母親和姊姊們也這樣想。「你的情況，是一個人生活太輕鬆了，所以不太會想結婚。」她們對作說。而且終於再也不提相親的事了。同事們也都這樣想。

確實多崎作以往的人生，向來什麼都不缺，要什麼有什麼。從來沒有經驗過想要的東西得不到的難過感覺。但另一方面，記憶所及也從來沒有嘗過一次，眞正想要的東西辛辛苦苦才得到的喜悅滋味。高中一年級時所遇到的四個朋友，可能是他這輩子所得到的之中最有價值的東西。但那與其說是憑自己的意思所選擇的，不如說是像天賜的恩典般自然送到他跟前來的東西。而且老早以前——也在和他的意志無關的地方——就失去了。或被拿走了。

沙羅是他所渴求的少數東西之一。雖然還不到擁有毫不動搖的確信地步，不過他的心卻相當強烈地被這位大他兩歲的女人所吸引。每次見到她，那種感覺就變得更強。而且現在他還考慮到爲了得到她寧可犧牲很多東西都沒關係。擁有如此鮮活的感情，對他來說是很稀奇的事。雖然如此——爲什麼呢？——到了關鍵時刻卻進行得不順利。出現了什麼妨礙了那流勢。「可以慢慢花時間。我會等。」沙羅說。不過事情不可能那麼簡單。人每天都在繼續移動，每天都在改變立場。接下來會發生什麼事，誰也不知道。

作無意間一邊在思考著那樣的事，一邊在二十五公尺的游泳池裡以呼吸不喘的步調來回游著。輕輕抬起半邊臉短短吸進一口氣，在水中慢慢吐出。這規則的循環隨著距離的拉長，逐漸變成自動化了。單程需要的划水次數也變完全相同。他任身體隨節奏動著，只要算轉身的次數就行了。

游在同一水道，作終於發現他前面那個男人的腳底似乎曾經見過。那和灰田的腳底一模一樣。他不禁倒吸一口氣，呼吸節奏因而亂掉。水從鼻子吸進去，一邊游著一邊讓呼吸再度安定下來，花了一點時間。肋骨的胸腔裡，心臟咚咚地發出堅硬快速的聲音。

沒錯。是灰田的腳底，作想。大小和形狀，簡潔而確實地踢出的方式完全相同。那在水中所濺起的氣泡形狀也相同。和腳的動作一樣，氣泡也小而柔和，很放鬆。他在大學的游泳池，跟在灰田後面經常一邊游一邊看著他的腳底。就像在夜晚的道路上開車的人，眼睛不離開前面車子的尾燈那樣。那形狀鮮明地刻進他的記憶裡。

作中斷游泳，從水中起來，坐在出發台等游泳的人游回來。

但他卻不是灰田。因爲戴著帽子和蛙鏡，容貌看不清楚，但仔細看以灰田來說身高太長，肩膀的肌肉太壯。頭的形狀也完全不同。而且年齡也太輕。可能還是大學生吧。灰田現在應該已經快三十五了。

但知道不是之後，作心臟的鼓動還不太能收斂下來。他坐在池畔的塑膠椅上，一直繼續眺望著陌生游泳者的游泳姿勢。俐落而優美的泳姿。動作的形，整體和灰田很相似。幾乎可以說一模一樣的地步。既不濺起水花，也不發出多餘的聲音。手肘優美圓滑地抬到空中，從拇指安靜入水。決不急躁。保持向心性的安靜是這種游法的基本主題。但無論游法多麼相似，他都不是灰田。男人終於不游了從水裡上來，摘下黑色蛙鏡和帽子，一邊用毛巾來回擦著短髮一邊走掉。和灰田的氣氛完全不同，是個臉型有稜有角的男人。

作不再多游了，走到更衣室去沖澡。然後騎自行車回家，邊吃著簡單的早餐邊想。灰田可能也是卡在我心裡的事物之一。

到芬蘭旅行的休假沒什麼問題順利請好了。他的帶薪假過去一直沒用到，就像屋簷下結凍的雪一般積得很厚。雖然上司一臉驚訝地問「芬蘭？」不過他說明高中時代的朋友住在那裡所以想去看看。而且覺得以後也不太有機會去芬蘭。

「芬蘭到底有什麼?」上司問。

「西貝流士、阿基·郭利斯馬基（Aki Kaurismaki）的電影、Marimekko的設計、Nokia、慕敏（Mummin）。」作把想得起來的都排出來。

上司搖搖頭。對每一種都沒興趣的樣子。

作打電話給沙羅，配合成田到赫爾辛基直航班機的預定，決定了具體日程。兩星期後從東京出發在赫爾辛基住四夜後，回東京。

「要和黑妞小姐聯絡後再去嗎?」沙羅問。

「不，就像上次在名古屋也做過的那樣，我想不先預告直接去見面。」

「芬蘭比名古屋要遠得多。來回也很花時間。說不定你去了一看，卻遇到黑妞小姐三天前正好到馬約卡島去度暑假了之類的事情呢。」

「如果那樣就那樣也沒辦法。我就悠閒地在芬蘭觀光一番然後回來。」

「如果你那樣想的話，當然可以呀。」沙羅說。「不過特地去到那麼遠了，不順便經過其他地方嗎?塔林或聖彼德堡都近在眼前了。」

「不，只要芬蘭就好了。」作說。「從東京到赫爾辛基，在那裡住四夜就回東京。」

「你有護照吧?當然。」

「剛進公司時應公司要求，有更新成隨時可以使用的狀態。說是因爲可能什麼時候需要到國外出差。不過，到現在還是全新的喔。」

「在赫爾辛基市內用英語大致上就夠用了，到外地去怎麼樣就不清楚了。赫爾辛基有我們公司的小辦公室。像出差辦公室般的地方。我會事先和他們聯絡轉達關於你的事，所以如果有什麼不知道的事情，可以去那裡看看。有一位名叫歐爾嘉的芬蘭女孩，我想她還滿能幫忙的。」

「謝謝。」作道了謝。

「我從後天起要到倫敦去出差。飛機票和赫爾辛基的飯店預約一拿到，詳細資料我會傳mail給你。也會附上我們公司赫爾辛基辦公室的地址和電話號碼。」

「知道了。」

「嘿，你眞的要不先預約就去赫爾辛基見她嗎？千里迢迢地越過北極圈。」

「脫離常軌嗎？」

她笑了。「要是我的話，我會想用『大膽』的說法。」

「不過我覺得那樣好像會有好結果的樣子。這只不過是像第六感般的東西而已。」

「那麼，祝你好運。」沙羅說。「嘿，在那之前要見一面嗎？我星期一會從倫敦回來。」

「不。」作說。「當然想見妳。不過我覺得還是先去芬蘭比較好的樣子。」

「這也是像第六感般的東西嗎?」

「是啊。像第六感般的東西。」

「你本來就是那種第六感很靈的類型嗎?」

「不，我想並不是。因為到目前為止幾乎從來沒有跟著感覺決定行動過。就像沒有跟著感覺去建造車站一樣。本來那是不是能稱為第六感，我都不太清楚。只是忽然這樣感覺到而已。」

「不過總之這次，你感覺到這樣比較好對嗎?不管那是第六感也好，或什麼也好。」

作說:「上次我到游泳池游泳時，一邊游一邊想到各種事情。妳的事啦，赫爾辛基的事。怎麼說才好呢，就像追溯著直覺似的。」

「一邊游泳?」

「游泳的時候事情可以想得比較清楚。」

沙羅好像很佩服地稍微沉默一下。「像鮭魚那樣?」

「鮭魚的情況我不太清楚。」

「鮭魚會做很長的旅行。跟隨著特別的什麼。」沙羅說。「你看過《星際大戰》嗎?」

「小時候看過。」

「跟著原力走吧。」她說。「希望你不要輸給鮭魚。」

「謝謝。我從赫爾辛基回來後會和妳連絡。」

「我等你。」

然後掛斷電話。

*

但在搭乘往赫爾辛基的飛機之前幾天，作卻忽然很偶然地看到沙羅的身影。只是沙羅並不知道這件事。

他那天傍晚，爲了給黑妞買禮物而走到青山去。想給她買個小飾品，給小孩買個日本的繪本。適合買那種東西的店，在從青山通稍微往裡走的地方。花了一小時左右買完東西後，想休息一下，就走進面臨表參道有大片玻璃窗的咖啡廳。在窗邊的座位坐下，點了咖啡和鮪魚沙拉三明治，眺望著被夕陽染紅的街景。從他眼前經過的人，很多都是男女情侶。他們看來都一副很幸福的模樣。大家都朝向某個特別的地方，某個正在迎接快樂事情的場所，移動著腳步。人們的那種身影讓他的心更寧靜、穩定。就像無風的冬夜，冰凍的樹木般靜悄的心境。但其中幾乎不含有痛。長久的歲月之間，可以不感覺到特別的痛就過去，作已經習慣了那樣的心象。

雖然如此，作依然不得不想到，如果沙羅能在這裡和他在一起就好了。但沒辦法。是作自己拒絕見她的。那是他所要求的事。是他讓自己赤裸的枝幹冰凍起來的。在這清爽的夏日黃昏。

這是正確的事嗎？

作沒有確實的信心。那「直覺」到底值得信賴嗎？那其實根本就不是直覺也不是什麼，只是沒根據的自以爲是而已吧？「跟著原力走吧。」沙羅說。

作暫時想了一會兒，跟隨本能也好直覺也好，在黑暗的海裡長途旅行的那些鮭魚。

就在這時候，沙羅的身影進入作的視野。她穿著和上次見面時同一件薄荷綠色短袖洋裝，淺茶色半跟鞋，從青山通朝神宮前走下和緩的坡道。作倒吸一口氣，不禁臉都歪了。因爲他難以相信那是現實的風景。數秒之間，她的姿影感覺像是在自己孤立的心中所形成的精巧幻影一般。但毫無懷疑餘地，那就是活生生、現實的沙羅。作反射性地從椅子上站起來，險些撞翻了餐桌。咖啡灑出碟子上。但他立刻又讓站起來的腰身坐了回去。

她的身旁有一個中年男人。體格結實中等身材的男人，穿著深色調西裝上衣、藍襯衫、深藍色帶有小點點的領帶。整理得滿漂亮的頭髮，混有一些白髮。可能五十出頭吧。下顎有點尖，但長相感覺不錯。表情中，可以看出擁有那個年代的某種男人所養成的俐落而安靜的餘裕。兩人親密地牽著手走在路上。作嘴巴微微張開，眼睛透過玻璃窗追逐著兩人的身影。簡直像中途失去正在成形中的語言的人那樣。他們正從作的眼前慢慢走過，但沙羅的眼睛完全沒有朝向他的方向。她正專心地和那個男人談話，周圍的事物似乎完全沒有進入她的眼裡。男人短短地說了什麼，沙羅張開嘴巴笑了。可以清楚看到齒列的地步。

然後兩個人被吞進薄暮中的人潮裡去。作朝著他們消失的方向，透過玻璃長久凝視著那痕跡。一邊微微期待著沙羅會不會轉回來。說不定她忽然發覺作的身影在那裡，爲了說明事情的原由而轉回來。但她就那樣消失無蹤了。只有各種容貌、各種穿著的人陸續地從前面通過而去而已。

他重新坐回椅子上，喝了一口冰水。之後只留下靜悄悄的哀愁。胸部左側，像被尖銳的刀刃割著般撕裂的痛。還有流出溫熱的血的感觸。那大概是血吧。很久沒有感覺到這種痛了。可能是從大學二年級的夏天，被四個親密朋友割捨了以來吧。他閉上眼睛，就像讓身體浮在水裡那樣，暫時漂在那痛的世界裡。有痛的時候還好。他試著這樣想。眞正糟糕的是連痛都感覺不到的情況。

各種聲音混合在一起，在耳朵深處化爲唧唧的尖銳雜音。那是唯有在無比深沉的沉默中才聽得見的特殊雜音。不是從外界傳來的東西。是從他自己的內臟器官內側所生出來的聲音。任何人都懷著那種固有的音活著。但實際上幾乎沒有機會聽到那個。

睜開眼睛時，感覺到世界的形狀似乎已經多少改變了。塑膠餐桌、白色簡單的咖啡杯、剩下一半的三明治、他左手腕上戴著的老式自動上鏈的TAG Heuer手錶（父親的紀念遺物）、讀到一半的晚報、沿街成排的路樹、亮度逐漸增加的對街商店櫥窗。一切看來都顯得逐漸稍微歪歪地斜著。那輪廓含糊不清，沒有被賦予正確的立體感。縮尺也是錯誤的。他深呼吸了幾次，心情逐漸鎮定下來。

他所感覺到的心痛不是嫉妒所帶來的東西。作知道嫉妒是什麼樣的東西。在夢中只有一次曾經活生生地體驗過。當時的感觸現在還留在體內。也知道那是多麼令人喘不過氣，多麼絕望無助的事。但現在所感覺到的，不是那種苦。他所感到的只是單純的悲哀。就像一個人孤伶伶被留在深深的黑暗縱穴底下那樣的悲哀。但結果那只不過是單純的悲哀而已。那裡有的只不過是單純的物理上的痛而已。這反倒讓作覺得慶幸。

讓他最痛苦的，不是沙羅和別的男人手牽著手走在路上的事。不是她現在或許將和那個男人發生性關係的可能性。當然想像到她會在某個地方脫下衣服，跟別的男人上床的情況，對作來說是很難過的事。要把那情景從腦子裡趕走必須非常努力才行。但沙羅是個三十八歲的獨立自主的女性，單身而自由。她有她的人生。就像作有作的人生一樣。她有權利和喜歡的對象到喜歡的地方去，做喜歡的事情。

作感覺深受打擊的，是沙羅那時候臉上的表情，好像眞的從內心感到喜悅的這件事。她和那個男人一邊說話，整張臉大大地笑開著。她和作在一起的時候，臉從來沒有露出過那樣開懷放鬆的表情。一次都沒有。她讓作看到的無論在任何場合，經常都是冷靜的有節制的表情。這件事比什麼都嚴厲而悲切地撕裂作的心。

他回到房間後，開始做去芬蘭的準備。總之讓手動著，就可以不去想事情。雖然如此，並沒有多少行李要整理。幾天份換穿衣服、盥洗用具包、飛機上要讀的幾本書、泳衣和蛙鏡（這是到任何地方他都會放在旅行袋的）、摺傘，這種程度。全部收進帶上飛機的肩袋裡。連相機都沒帶。相片可能會有用處？但他所要見的是活生生的人，親口的語言。

完成旅行準備後，拿出好久沒聽的李斯特《巡禮之年》的唱片。貝爾曼所演奏的三張一組的ＬＰ。十五年前灰田留下的。他幾乎是只爲了聽這唱片，而還留著那唱機的。把第一張放在轉盤上，唱針落在第二面。

第一年的《瑞士》。他在沙發上坐下來，閉起眼睛，側耳傾聽著音樂。〈鄉愁〉是那曲集的第八號曲子，但唱片則在第二面的一開頭。他多半的情況是從這首曲子開始，聽到第二年《義大利》的第四曲〈佩托拉克十四行詩第47首〉。唱片這一面到這裡結束，唱針自動抬起。

〈鄉愁〉。安靜而憂鬱的曲子，逐漸為包著他的心的不定型哀愁，一點一點地賦予輪廓。就像為潛伏在空中的透明生物表面，附著一層無數的細細花粉，讓那整體的形狀逐漸安靜地浮現眼前那樣。這次那終於採取了沙羅的形狀。穿著薄荷綠短袖洋裝的沙羅。

胸部的疼痛再度甦醒過來。不是激烈的痛。只是激烈的痛的記憶。

沒辦法啊，作對自己說。只是本來就空的東西，再度變空了而已。能向誰抱怨，向誰訴說苦情呢？大家都跑來他這裡，確認他有多空，確認完畢之後又消失無蹤。留下來的是空的，或變得更空的多崎作，再度一個人被留下。不是只有這麼回事嗎？

雖然如此人們有時也會留下些許的紀念品。灰田留下的，就是這《巡禮之年》的盒裝唱片。他或許是故意把那留在作的房間裡的。決不是單純的遺忘了。而且作很愛那音樂。那音樂和灰田聯繫著，也和白妞聯繫著。換句話說，那是把已經各自分散的三個人聯繫在一起的血脈。雖然是細得虛幻無常的血脈，那上面還流著紅色生鮮的血。音樂的力量讓那成爲可能。他每次聽那音樂時，尤其是在聽著〈鄉愁〉這首曲子時，就會鮮明地憶起這兩個人的事。有時也能感覺到他們現在還在自己身邊，悄悄地呼吸著似的。

他們兩人，都在某個時間點從作的人生離去了。連原因都沒說，完全唐突地。不，不能說是離去。應該說是把他割捨了、遺棄了更接近。那不用說，傷了作的心，那傷痕現在還留著。不過結果，在眞正的意義上，受傷的，或被損壞的，與其說是多崎作，或許反而是那兩個人吧。作到了最近開始這樣想。

我可能是一個沒有內容的空洞的人，作想。但正因爲是這樣缺少內容，所以就算是暫時的也好，也有人能在這裡找到停留的地方。就像夜晚活動的孤獨的鳥，在某個無人的屋簷下，尋找白天安全的休息場所那樣。那些鳥可能喜歡那空洞、陰暗而安靜的空間。那麼，作或許反倒應該爲自己的空虛感到高興。

〈佩脫拉克十四行詩第47號〉的最後一個音消失到空中，唱片播完了，唱針自動抬起，唱臂水平地移動著回到唱臂架。然後他再一次把唱針落在同一面一開頭的地方。唱針安靜地沿著唱片的溝紋追蹤下去，貝爾曼反覆地演奏著。無比纖細、優美。

連續聽了兩次那一面之後，作換了睡衣在床上躺下。然後把枕邊的燈關掉，重新感謝自己心中所懷著的只是深深的悲哀，而不是沉重的嫉妒的枷鎖。那東西無疑是會奪走他的睡眠的。

睡意終於造訪，把他包了起來。雖然只有幾秒鐘，但他全身都感覺得到那令人懷念的柔軟。那也是那一夜，作所感謝的少數事物之一。

睡眠中，他聽到夜鳥的聲音。

14

在赫爾辛基的機場降落後，首先到匯兌處去把日圓現金換成歐元，找到處理行動電話的地方，買了操作盡量簡單的預付式手機。辦完這個，就背著一個肩袋一身輕便地走向計程車乘車處。坐進舊型賓士車，告訴司機市內的飯店名稱。

離開機場進入高速公路，眺望著窗外掠過的深綠色樹林，芬蘭語寫的廣告看板，雖然是第一次的海外旅行，卻不太有來到外國的眞實感。只是移動所需的時間稍微長一點而已，心情上和到名古屋沒有多大差別。只是皮夾裡的鈔票種類變了而已。服裝還穿著棉長褲、黑色Polo衫、運動鞋、淺茶色棉上衣，和平常一樣的模樣。換洗衣服也只帶最低限度的而已。如果不夠可以在當地買。

「從哪裡來的？」從臉頰到下顎長了密密鬍鬚的中年司機，看著鏡子裡他的臉一面用英語問。

「日本。」作回答。

「從這麼遠來行李倒很少噢。」

「因爲我不喜歡沉重的行李。」

司機笑了。「誰都不喜歡沉重的行李呀。不過一留神時總是沉重的行李。這就是人生。C'est la vie（法語：這就是人生）」。然後又再快樂地笑。

作也陪著笑一下。

「你，是做什麼工作的？」司機問。

「我在建造鐵路車站。」

「工程師嗎？」

「是。」

「到芬蘭來造鐵路車站嗎？」

「不，我來度假探訪朋友。」

「那很好。」司機說。「休假和朋友，是人生中最美好的兩件東西。」

芬蘭人是不是都像這樣，喜歡對人生發出聰明的警語，或者這種傾向只是這位司機一個人的。可能的話作希望是後者。

三十分鐘左右之後，計程車到達赫爾辛基市內的飯店門口時，該給多少小費，或本來就不用給，發現自己沒有事先查旅遊指南（試想起來，他對這個國家什麼都沒有預先調查過）。因此他根據計程表所顯示的金額加一成稍少當小費多付了。因爲司機一臉高興的表情，給他空白紙的收據，心想這樣應該沒錯吧。就算搞錯了，也可以確定沒有讓對方不愉快。

沙羅幫他選的是市中心區建築風格古老的飯店。英俊的金髮服務生爲他帶路，古典的電梯會搖晃，來到四樓的房間。擺設有古老家具和大張的床，褪色的壁紙上還有細緻的松葉般的花紋。浴缸附有舊式貓腳，窗戶是上下開閉的。窗簾是厚厚的垂簾，和薄薄的蕾絲紗簾。散發著令人懷念的氣味。從窗戶可以俯視中央有綠色市區電車駛過的寬闊道路。似乎可以住得安穩的房間。雖然沒有咖啡機和液晶電視，但那種東西反正用不上。

「謝謝。這個房間就可以。」作向服務生說。並給他兩枚一歐元硬幣當小費。服務生微笑一下，便像聰明的貓般悄悄走出房間。

沖過澡換過衣服時已經黃昏了。但窗外還像中午般明亮。天空清晰地浮著白色的半月。看來像用舊了的浮石般。有人把那丟到空中，不知爲什麼就那樣留在那裡了。

下到門廳，到客服櫃台去，向在那裡的紅髮女人要了一份市區免費地圖。並說出沙羅的旅行社當地辦公室的地址，她用原子筆爲他做了記號。那辦公室就在離飯店三個街區的地方。依照女接待員的建議，買了可以搭市內巴士、地下鐵和路面電車的共用票卡。她告知如何搭乘，還給了路線圖。她大概超過四十五歲，眼睛淺綠色，非常親切。和年紀大的女人說話時，作心情可以像平常那樣保持自然的鎮定。這種事在世界任何地方似乎都不會改變。

在門廳角落安靜的地方，用在機場買的手機，往黑妞住的市內公寓打電話。電話設定成答錄機。低沉的男人聲音用芬蘭語傳達訊息約二十秒左右。最後有信號音，這裡似乎可以錄留言。作就那樣什麼也沒說地掛斷電話。稍微停一下再試著撥一次同樣的號碼，但只有同樣的事情而已。答錄機的聲音大概是她丈夫的。內容當然聽不懂，但那聲音裡有一種明快而積極的印象。沒有不滿，過著有餘裕生活的健康男人的聲音。

作掛斷手機，把那收進口袋。並深呼吸一次。有一種不太妙的預感。黑妞現在可能不在那公寓裡。她有丈夫和兩個幼小的孩子。現在已經七月了。正如沙羅所說的那樣，說不定去度暑假全家一起到馬約卡島去玩了。

時鐘指著六點半。沙羅告訴他的旅行社辦公室應該已經關門了。但試試看也沒損失。再從口袋裡拿出手機，試著按了那辦公室的電話號碼。出乎意料之外辦公室還有人。

女人的聲音用芬蘭語說了什麼。

「請問歐爾嘉小姐在嗎?」作用英語問。

「我就是歐爾嘉。」那個女人以沒有特別腔調的漂亮英語說。

作報了自己的姓名。說是沙羅介紹的。

「是的,多崎先生,我聽沙羅提過您的事。」歐爾嘉說。

他說明了情況。來見朋友,但她家電話是答錄狀態,他聽不懂那芬蘭語。

「多崎先生,現在在飯店嗎?」

是的,作說。

「我正要關辦公室的門。再三十分鐘後我會過去那邊。可以在門廳見面嗎?」

歐爾嘉穿著窄管牛仔褲長袖白色T恤衫,是個金髮女子。大約二十五歲到三十歲之間。身高一百七十公分左右,臉圓圓的,氣色很好。有一種生長在富裕農家,在農場和個性溫馴而饒舌的鵝群一起長大的印象。頭髮綁在後面,肩膀背著黑色漆皮肩包。像郵差般姿勢良好,從飯店門口大步走了進來。

兩人握過手,在門廳正中央的大沙發並排坐下。

沙羅訪問過幾次赫爾辛基,每次都跟歐爾嘉一起工作。除了是工作上的夥伴之外,她個人對沙羅似乎也懷有好感。
「有一陣子沒見了，沙羅還好嗎？」她問。
她很好。不過工作好像很忙，經常搭飛機飛來飛去，作回答。
「她在電話上說，您是她個人的親密朋友。」
作微笑。個人的親密朋友，他在腦子裡重複。
「只要我能辦到的，非常樂意幫忙。請不要客氣地說。」歐爾嘉微笑著，窺探他的眼睛般說。
「謝謝。」自己是不是適合當沙羅的男朋友，有點像在被審定般的跡象。他想，但願好歹能達到合格的分數。
「來聽聽看那答錄機的訊息吧。」歐爾嘉說。
作拿出手機，按了黑妞公寓的號碼。在那之間歐爾嘉從包包中拿出便條紙和金色細原子筆，放在膝上。聽得見回答聲後，他把電話遞給歐爾嘉。歐爾嘉以認眞的表情傾聽著那訊息，把必要的情報快速記在紙上。然後掛斷電話。看來像是很有要領的能幹女人。和沙羅應該會談得來。
「答錄機的聲音好像是她先生的。」歐爾嘉說。「他們一家上星期五離開赫爾辛基的公寓，到夏屋去了。要到八月中才會回來。留下那夏屋的電話號碼。」

「那裡遠嗎？」

她搖搖頭。「我不知道在哪裡。從留言的訊息所知道的，只有是在芬蘭國內，還有電話號碼而已。我想大概可以打電話問出地方吧。」

「如果能幫我問的話太感謝了，不過想拜託妳一件事。」作說。「在電話上希望不要說出我的名字。因爲如果可能，我想不預告而直接拜訪。」

歐爾嘉的臉上浮起淡淡的好奇神色。

作說明：「她是我高中時代很親的朋友，已經很久沒見了。我想她也沒有預料到，我會到這裡來見她。我想突然去敲她家的門，讓她驚奇一下。」

「surprise。」她說。然後在膝上，兩邊的手掌朝天花板張開。「那一定會很開心囉。」

「如果對方也很開心就好了。」

歐爾嘉說：「她以前是你的女朋友嗎？」

作搖搖頭。「不是，不是這樣。我們是同屬於一個朋友團隊的。只是這樣而已。不過我們非常親密。」

她輕輕歪著頭。「高中時代的朋友說起來是很難得的。我也有一個高中時代的朋友。現在還常常見面聊天。」

作點頭。

「而且你的那個朋友還和芬蘭的男人結婚，到這裡來。你和她很久沒有見面了。是這樣嗎？」

「已經十六年沒見了。」

歐爾嘉用食指摩擦了幾次太陽穴。「我明白了。不說你的名字，想辦法打聽出地方。我來想個好辦法。可以告訴我她的名字嗎？」

作在便條紙上寫出黑妞的名字。

「你們的高中，在日本的什麼城市？」

名古屋，作說。

歐爾嘉再度拿起作的手機，按了答錄機上留言中所留下的號碼。在響了幾聲後對方接聽了。她用芬蘭語很殷勤地和對方交談。她說明了什麼，對方針對那提出問題，她又再簡短地說了什麼。惠理的名字出現了幾次。對話一來一往了幾次，對方終於同意的樣子。歐爾嘉拿起原子筆，在便條紙上寫了什麼。然後客氣地向對方道了謝，切斷電話。

「順利說好了。」歐爾嘉說。

「太好了。」

「他們是姓哈泰寧的一家。她先生的名字叫愛德華。在赫爾辛基西北方一個叫赫曼林納的城郊，有一棟湖畔夏屋，他們在那裡過夏天。當然惠理小姐和孩子們也一起。」

「我的名字沒說出來，怎麼還打聽到這麼多事情？」

歐爾嘉淘氣地微笑著。「我說了一個小謊。假裝是飛達快遞的送貨員。有惠理小姐從日本名古屋來的包裹要送。請問該轉送到哪裡？雖然是她先生來接的，不過這樣一說，就很輕易地告訴我轉寄的地方了。這就是地址。」

她這麼說了，就把便條紙遞給他。然後站起來走到客服櫃台去，要到了芬蘭南部的簡單地圖。她攤開地圖，用原子筆在赫曼林納加上記號。

「這裡是赫曼林納。他們的夏屋的正確位置，用google來查查看吧。今天辦公室已經關閉了，明天我幫你列印出來。」

「到赫曼林納要花多少時間？」

「這個嘛，以距離來說大約一百公里，從這裡開車稍微寬鬆地算大約一個半小時吧。高速公路一直線可以到那裡。到那個城市也可以搭火車去，但從車站到他們家去還是需要車子。」

「我會租車。」

「赫曼林納是個美麗的湖畔城市，那兒還有西貝流士出生的老家，多崎先生一定有比那更重要的事情吧。明天，您方便的時間可以到我的辦公室來嗎？辦公室從九點就開門。在辦公室附近有租車公司的營業處，我會先幫你安排讓你立刻就可以租車。」

「幸虧有妳在旁邊，眞是幫助很大。」作表示感謝。

「沙羅的好朋友，也是我的朋友。」歐爾嘉眨一隻眼睛說。「如果能見到惠理小姐就好了，而且如果能順利讓她感到驚喜就更好了。」

「是啊。因爲就像是爲了這個而來到這裡的似的。」

歐爾嘉有點猶豫，但還是鼓起勇氣問他。「這不關我的事，不過你會千里迢迢特地來見她，一定有什麼重要的事吧？」

「對我來說可能是重要的事。」作說。「但對她來說可能沒那麼重要。我好像是爲了確認那個而來的。」

「事情好像有點不簡單的樣子。」

「以我的英語能力要說明那情況可能太難了。」

歐爾嘉笑一笑。「我們的人生中，有用任何語言都太難說明的情況。」

作點點頭。思考人生警語，可能還是芬蘭人的共通特性。這或許和漫長的冬天有關係。不過確實和她所說的那樣。那是和語言沒有關係的問題。或許。

她從沙發站起來，作也站起來和她握了手。

「那麼明天早上我等您。也許會有時差，而且天空到很晚都一直亮著，所以不習慣的人可能會睡不著。慎重起見可以預先請他們做晨間電話喚醒服務。」

作說我會這樣做。歐爾嘉背起肩包，再大步穿過門廳，從門口出去。臉朝向前面一次也沒回頭。

作把她所給的便條紙摺起來，收進皮夾。地圖放進口袋。然後走出飯店，在街上漫無目的地散步。

至少這樣一來知道惠理住的地方了。她在這裡。和丈夫和兩個幼兒在一起。接下來就要看她是不是歡迎作了。就算是搭了飛機，穿越北極圈來見她的，她也許會拒絕見作。那是非常有可能的事。根據藍仔所說的，在強暴事件中首先站在白妞那邊，要求和作切斷關係的就是黑妞。他無法想像，白妞被人殺害，團隊解散之後，她對作到底懷著什麼樣的感情。那或許非常冷。總之只能到那裡去實際確認看看了。

時鐘顯示已經過了八點，但正如歐爾嘉說的那樣，天空還完全沒有要暗下來的跡象。

很多商店還開著，人們也像白天那樣在明亮的路上漫步著。在餐廳喝著啤酒或葡萄酒，談笑著。走在鋪著卵石的老街時，不知從哪裡飄來烤魚的香味。很像日本定食店在烤鯖魚的香味。作感覺肚子餓了，好像聞著香氣尋找來源般，走進狹小的巷子看看，但找不到特定的來源。在路上來回走著之間，香氣就逐漸變淡而消失了。

爲吃的東想西想太麻煩了，因此他走到一家眼睛看見的披薩店，就在戶外的桌子座位坐下，點了冰茶和瑪格麗特披薩。耳邊好像聽得見沙羅的笑聲似的。搭飛機特地去到芬蘭，吃了瑪格麗特披薩然後回來了喔，她說著覺得很好笑吧。不過披薩出乎意料之外的好吃。好像是眞正的炭窯烤出來的，薄薄脆脆、焦焦香香的。

那不做作的披薩店的客人有一家老小、有年輕情侶，幾乎客滿。也有成群的學生團體。手上都拿著啤酒或葡萄酒杯。很多人不客氣地抽著菸。環視一圈，一個人在邊喝冰茶邊默默吃著披薩的，只有作而已。人們正大聲熱鬧地交談著，聽得見的語言都是（大概是）芬蘭語。在餐桌坐著的好像全都是本地人，看不到像是觀光客的身影。他到這時才終於想到，自己是遠遠離開日本，身在外國的事實。無論在哪裡，用餐的時候他經常都是一個人。所以對這種狀況並沒有特別在意。不過在這裡他不只是一個人而已。而是雙重意義上的一個人。他是異鄉人，周圍的人們又全都用作所不瞭解的語言交談著。

那和在日本他所經常感覺到的又是不同類的孤立感。感覺還不錯，作想。在雙重意義上是一個人這件事，或許和孤立的雙重否定相關聯。換句話說異鄉人的他在這裡孤立著這件事，是完全合理的。在這裡絲毫不奇怪。這樣一想心情就安定下來了。自己正處於正確的場所。他舉起手招呼服務生，點了一杯紅葡萄酒。

葡萄酒杯送來不久之後，穿著舊背心戴著巴拿馬帽彈手風琴的老人，帶著耳朵尖尖的狗來了。他以熟練的手法，簡直像在繫馬般將狗的繩子繫在街燈柱上，倚靠著站在那裡，開始演奏起北歐民謠風的音樂。老經驗的熟練演奏。也有人和著音樂唱起歌來。有人點歌，艾維斯·普里斯萊的〈Don't Be Cruel〉也用芬蘭語唱了。瘦瘦的黑狗坐在那裡，眼睛也不看周圍，好像在回顧什麼似地一直凝視著空中的一點。耳朵動也沒動一下。

「我們的人生中，有用任何語言都太難說明的情況。」歐爾嘉說。

確實說得沒錯。作一邊喝著葡萄酒一邊想。不是對別人說明而已。連對自己說明，都太難了。如果要勉強說明的話某個地方就會出現謊言。無論如何到了明天，很多事情應該比現在明白。只要等待就好了。就算沒有變得比較明白，也沒關係。沒辦法嘛。缺乏色彩的多崎作，就以缺乏色彩的樣子活下去吧。並不會給誰添麻煩。

他想到沙羅。她的薄荷綠洋裝，明朗的笑聲，還有和她手牽手走在一起的中年男人的事。不過那些思緒，並沒有把他帶到什麼地方。人的心是夜鳥。那會安靜等待什麼，等時候來臨才一直線飛向那裡。

他閉上眼睛，傾聽著手風琴的音色。那單調的旋律穿過人們吵雜的說話聲傳過來。簡直就像快被海潮聲湮滅的霧笛一般。

作只喝了一半葡萄酒，就把鈔票和零錢適度放在桌上離開座位。在彈手風琴的人前面所放的帽子裡放進歐元硬幣，也學大家那樣，走過時用手摸一下被繫在街燈柱的狗的頭。雖然如此狗竟然裝成像擺飾物那樣，動也不動一下。然後他慢慢朝著飯店走。中途經過書報攤，買了礦泉水和芬蘭南部更詳細的地圖。

設在大馬路中央的公園裡，有整排石製棋桌，人們帶著棋子來享受下棋的樂趣。全體都是男的，其中很多是高齡者。和披薩店裡的人不同，他們始終是沉默的。旁觀的人也都保持沉默。深思熟慮是需要深深沉默的。路上走的人多半牽著狗。那些狗也都很沉默。走在路上，偶爾烤魚的香味、烤肉的香味隨風飄來。已經接近夜晚九點了，花店門還開著，店裡排著各色各樣夏季的花朵。就像忘記有夜晚這回事似的。

作在飯店請櫃檯明天早晨七點電話叫醒他。然後忽然想起來試問看看。「這附近有游泳池嗎？」

職員稍微皺起眉頭，想了一想，然後客氣地搖搖頭。簡直就像為國家歷史的不當道歉那樣。「很抱歉，這附近沒有游泳池。」

他回到房間，把窗戶厚厚的窗簾拉緊密合，遮住戶外的光線之後，脫掉衣服在床上躺下。雖然如此光線還是像無法簡單消除的古老記憶般，不知從哪裡溜進來。仰望著房間裡微暗的天花板時，覺得即將去訪問黑妞的自己，不是在名古屋，而居然像這樣在赫爾辛基眞是奇怪。北歐夜晚的獨特明亮，帶給他的心不可思議的顫動。身體雖然要求睡眠，頭腦卻暫時要求覺醒。

然後想到白妞的事。已經很久沒有夢到她了。從前經常夢見她出現。多半是性夢，他在她裡面激烈地射精。然後醒來，在洗手台洗著被精液弄髒的褲子時，經常陷入複雜的情緒中。罪惡感和強烈的思慕難分難解地糾纏在一起的奇怪感情。那可能是，現實和超現實悄悄混合，在昏暗的無人知曉的地方才能產生的特殊感情。他很不可思議地懷念起那感情來。不管什麼樣的夢都好，心情會變怎樣都沒關係。但願能再夢見一次白妞出現的夢。

睡眠終於來訪，但並沒有夢。

15

七點時喚醒電話打進來了，因而醒過來。感覺相當長而深的睡眠，整個身體舒服地麻痹著。沖過澡，刮過鬍子，到刷完牙爲止那麻痹還留著。天空沒有空隙地被薄薄的雲寵罩著，但看不出要下雨的跡象。作換上衣服，到飯店的餐廳去吃了自助式簡單早餐。

九點過後去走訪歐爾嘉的辦公室。坡道中途的一間雅致辦公室，除了她之外只有一個眼睛像魚、身材高高的男人。那個男人正對著電話說明著什麼。牆上貼著芬蘭各地色彩鮮明的海報。歐爾嘉交給作幾張列印出來的地圖。從赫曼林納的街上往湖濱走一段的地方有一個小村，那裡就有哈泰寧一家的夏屋。她在那地方打上一個X記號。湖像運河般，細長蜿蜒著無止境地延伸出去。可能在幾萬年前，由移動的冰河深深削成的吧。

「路我想大概很容易找到。」歐爾嘉說。「芬蘭和東京或紐約不一樣。交通量不大，只要沿著道路標誌走，而且只要不撞到麋鹿，應該就可以到那裡。」

作向她道謝。

「車子已經預約好了。才跑二千公里的Volkswagen Golf。租金很省還有打折。」

「謝謝。太棒了。」

「祝你一切順利。因爲你特地來到芬蘭哪。」歐爾嘉嫣然微笑地說。「如果遇到什麼困難的話就打電話給我。」

我會，作說。

「要小心麋鹿喔。牠們是很笨的動物。速度不要開太快。」

兩個人再度握手後告別。

在租車店的辦公室租了還嶄新的Golf車，請櫃檯小姐爲他說明從赫爾辛基市中心往高速公路該走的路線。雖然有小小的需要注意的地方，不過並不是太難走的路線。而且一旦上了高速公路，以後就簡單了。

作一邊聽著FM收音機音樂，一邊以時速一百左右在高速公路上往西前進。大多的車子都超過他，但他並不介意。一來因爲好久沒握車子方向盤了，再說方向盤又在左邊。而且以他來說希望在哈泰寧一家用過中餐之後，到達他們家。時間還很充裕。不必急。專門播放古典音樂的電臺正播放著輕快而華麗的小喇叭協奏曲。

道路兩側大體上都是森林。整片國土有被豐饒潤澤的綠色所覆蓋的印象。樹大多是白樺木，其中也混雜有松樹、雲杉、槭樹。松樹是樹幹直立的赤松，白樺的枝幹大大地下垂。都是在日本所看不到的品種。中間偶爾也看得見闊葉樹。擁有巨大翅膀的鳥，一邊探尋著地上的獵物一邊乘著風慢慢在空中翱翔。看得見錯落的農家屋頂。農家一一沿著大片和緩的丘陵圈起木柵，也看得見放牧的家畜。割下的牧草，用機器捲成巨大的圓形乾草捆。

十二點前到達赫曼林納街上。作把車子停進停車場，在街上隨便走了十五分鐘左右。然後在面臨中心廣場的餐廳坐下來喝了咖啡，吃了一個牛角麵包。雖然牛角麵包太甜了，但咖啡則又濃又香。赫曼林納的天空也和赫爾辛基一樣，整體被淡淡的烏雲籠罩著。看不見太陽的蹤影。只見天空正上方一帶染有橘紅色輪廓而已。吹過廣場的風有幾分寒意。他在Polo襯衫上加穿了一件薄毛衣。

在赫曼林納幾乎看不見觀光客的影子。只有抱著購物袋穿著日常衣服的人們來來往往而已。市中心的路上，商店所排列出來的商品與其以觀光客爲對象，不如以當地人或在別墅生活的人日常必需的食品、雜貨爲主。夾著廣場的正面有一間大教堂。擁有綠色圓頂造型胖嘟嘟的教堂。成群黑色的鳥像海邊的湧浪般，一波波忙碌地從這片屋頂換飛到那片屋頂。白色海鷗以不懈怠的眼睛一邊探看著周遭，一邊慢慢走在廣場的石砌步道上。

廣場附近排列著幾輛賣青菜和水果的車子，他在那裡買了一袋櫻桃，坐在長椅上吃。吃著櫻桃時，兩個十歲或十一歲的女孩子走過來，在稍微離開的地方一直注視著他。可能到這個地方來的東方人不太多吧。一個高高瘦瘦膚色白皙，一個被太陽曬得臉頰長了雀斑。兩個人頭髮都綁著辮子。作朝兩個人微笑。

兩個人像謹慎的海鷗般，稍微朝他走近一點。

「中國人？」高個子的用英語問。

「是日本人。」作說。「雖然很接近，但有一點不同。」

兩個人不太明白的樣子。

「你們是俄國人嗎？」作問。

兩個人搖了幾次頭。

「芬蘭人。」

長雀斑的一本正經地說。

「就和那一樣。」作說。「很接近，但有一點不一樣。」

兩個人點頭。

「你在這裡做什麼？」長雀斑的問。好像在試英語文法結構般。可能在學校有學英語，想和外國人試說看看。

「我來看朋友。」作說。

「從日本到這裡要花幾小時？」高個子的問。

「搭飛機大約十一小時。」作說。「在那之間用餐兩次，看了一部電影。」

「什麼電影？」

「《Die Hard 12》。」

這樣少女似乎滿足了。兩個人手牽著手，搖晃著裙襬跑著穿過廣場離開了。就像被風吹走的乾草球般。沒有對人生的省察和警語。作鬆了一口氣繼續吃櫻桃。

作來到哈泰寧一家的夏屋時是一點半。要找到他們住的房子，並沒有像歐爾嘉預言的那麼簡單。因爲那裡並沒有可以稱爲道路的東西。要不是遇見一位親切的老人，說不定永遠也找不到那房子。

他把車子停在路邊，一手拿著google的地圖正不知如何是好時，一個騎腳踏車的小個子老人看到他的模樣，靠近來。戴著舊鴨舌帽，穿著長筒膠鞋。耳朵旁長出許多白髮，眼睛紅紅地充血。好像正在對什麼非常生氣似的。作把地圖給老人看，說自己正在找哈泰寧先生的夏屋。

「就在這附近。我帶你去。」老人起先用德語，然後用英語這樣說。把看來頗沉重的黑色腳踏車就那樣靠在旁邊的樹上，不由分說就自己主動坐進Golf的副駕駛席。然後伸出老樹頭般粗粗的手指往前一指，告知該走的路。沿著湖邊，有一條穿過樹林的未鋪裝的路。與其說是道路，不如說只是車輪輾過的痕跡所形成的泥地走道。兩道車轍之間茂盛地長滿了綠草。順著往前進時，道路終於一分為二。分歧點上，用油漆寫的幾個名牌釘在樹幹上，右側之一寫著Haatainen。

從右側的路往前開一會兒，終於來到一個開闊的地方。白樺樹幹之間可以看得見湖。有一個小凸堤，繫著一艘芥末色的塑膠小船。釣魚用簡單小船。樹林圍繞下有一棟雅致的木造房屋，屋頂突出四方形磚造的煙囪。木屋旁邊停著一輛赫爾辛基號碼牌的白色法國雷諾廂型車。

「那就是哈泰寧家。」老人以沉重的聲音告知。然後就像現在開始要走進大風雪中的人那樣，把帽子重新戴好，在地面呸地吐一口痰。扔石子般硬的痰。

作道過謝後說：「我送您到停腳踏車的地方吧。我已經知道路了。」

「不，沒有必要。我走回去。」老人生氣似地說。他想大概是這意思。那是作所聽不懂的語言，以聲音來說不像芬蘭語。而且也沒讓作有伸出手握手的時間，很快就下了車，開始大步走了。也沒回頭看一下。好像已經告知死者往冥界的路的死神那樣。

作讓Golf車子就那樣停在路邊的夏草中，眺望著老人的背影。然後下了車深深吸進一大口氣。感覺空氣比赫爾辛基更清淨。像剛做好的空氣似的。和緩的風搖動著白樺樹葉，小船碰到凸堤發出輕微的喀搭喀搭的聲音不時傳過來。鳥不知在什麼地方啼著。清澈簡潔的啼聲。

作看看手錶。已經過了午餐時間了吧？猶豫了一下，也想不到其他可做的事，於是決定訪問哈泰寧一家看看。他踏過綠色的夏草，朝木屋筆直走過去。在陽臺睡午覺的狗站起來，看著他這邊。一隻咖啡色長毛小狗。吠了幾聲。並沒有用繩子繫著，但因爲不是威嚇的吠法，因此他就那樣繼續前進。

可能聽到狗的聲音吧。在他快走到門口之前，門開了，一個男人探出臉來。從臉頰到下顎留了濃密金色鬍子的男人。大約四十五歲左右吧。個子不太高。肩膀像大尺寸衣架般筆直往橫向伸出，脖子長長的。頭髮也是濃密的金髮，看來像毛纏在一起的刷子那樣。耳朵從那裡往橫向突出。穿著格子短袖襯衫，工作用牛仔褲。他左手還放在門把上，看著走近前來的作的模樣。然後呼叫狗的名字，制止狗的吠聲。

「哈囉。」作說。

「こんにちは。」男人用日語說。

「こんにちは。」作也用日語打招呼回應。「這是哈泰寧先生府上嗎？」

「是的。我是哈泰寧。」男人用流暢的日語說。「我叫愛德華．哈泰寧。」

作走到陽臺階梯伸出手來。男人也伸出手，兩人握了手。

「我叫多崎作。」作說。

「說到作，是製作東西的作嗎？」

「是的。就是那個作。」

男人微笑著。「我也在製作東西。」

「那太好了，」作說。「我也製作東西。」

狗走過來，用頭摩蹭著男人的腳。然後好像附帶贈送般也在作的腳上同樣地摩蹭著。那可能是歡迎的儀式吧。作伸手摸摸狗的頭。

「多崎作先生製作什麼東西呢？」

「我在建造鐵路的車站。」作說。

「哦。您知道嗎？芬蘭最先鋪鐵路的就是赫爾辛基和這赫曼林納之間。因此，這裡的人都以車站爲榮。和西貝流士的出生地一樣。您來到正確的地方了。」

「是嗎？這我倒不知道。那麼，愛德華兄您是製作什麼東西的呢？」

「我在做陶。」愛德華說。「比起車站是非常小的東西。請吧，請進裡面來，多崎先生。」

「打攪您了吧？」

「完全沒有。」愛德華說。然後攤開雙手。「這裡歡迎任何人。尤其是創作什麼的人，就是我的同伴。特別歡迎。」

木屋裡沒有任何人。桌上放著一個咖啡杯，一本翻開書頁的芬蘭語平裝書而已。他似乎一個人在一面看書，一面喝著餐後咖啡的樣子。他請作在椅子上坐，自己也在對面坐下。書夾上書籤闔上，推到旁邊。

「來一杯咖啡好嗎？」

「好的。」作說。

愛德華走到咖啡機旁，把冒著熱氣的咖啡注入馬克杯，放在作的前面。

「需要糖和奶精嗎？」

「不，黑的就行了。」作說。

奶油色的馬克杯是手做的。把手歪著，造型很不可思議。但很好拿，手觸摸起來有親密的感覺。好像只有家人之間才通的溫馨笑話。

「那個杯子是我大女兒做的。」愛德華微笑地說。「當然實際上是由我放進窯裡燒的。」他的眼睛是溫柔的淺灰色，那跟頭髮和鬍子的深金色十分搭配。作對這個男人開始擁有極自然的好感。與其都會生活，他似乎屬於和森林與湖泊更搭配的類型。

「多崎先生一定是有事來找惠理的吧？」愛德華問。

「是的，我是來見惠理小姐的。」作說。「惠理小姐現在在這裡嗎？」

愛德華點點頭。「惠理在這裡。現在跟女兒出去做餐後散步。大概是在湖邊走著。那裡有非常好的散步道。跟平常一樣狗早一步先回來。因此她們應該也快回來了。」

「您的日語說得非常好。」作說。

「我在日本住了五年。在岐阜和名古屋。在那裡學日本的陶藝。不學日語的話什麼都做不成。」

「在那裡和惠理小姐認識的嗎？」

愛德華以明朗的聲音笑著。「是的。一轉眼之間就戀愛了。八年前在名古屋舉行結婚典禮，然後兩個人回到芬蘭來。現在在這裡做陶。回到芬蘭有一陣子在北歐餐具的Arabia公司上班當設計師，但無論如何都想自己一個人工作，就在兩年前開始當起自由業者。每星期兩次，也在赫爾辛基的大學教課。」

「夏天經常到這裡過嗎？」

「是的，從七月初到八月中在這裡生活。這附近有一個和朋友共用的小工作室。上午從一大早開始在那邊工作，經常回家吃中餐。然後下午主要是在這裡和家人一起度過。散散步、讀讀書。有時也會全家一起去釣魚。」

「這裡是個很美麗的地方喔。」

愛德華很高興地微笑著。「謝謝。這一帶非常安靜，工作也能順利進行。我們過的是簡單的生活。孩子們也喜歡這裡。可以跟大自然融爲一體。充分接觸大自然。」

房間的一面白色油漆牆上，從地板到接近天花板之間釘了木製棚架，上面排放著像是他所燒製的陶器。除此之外房間裡幾乎沒有稱得上裝飾的東西。牆上掛著沒有裝飾感的圓形時鐘，堅固的古老木櫃上方，放著小型音響組合和一堆CD而已。

「那架子上排出的作品有三成左右，是惠理所作的。」愛德華說。聲音中可以聽出引以爲榮的意味。「該怎麼說呢，她有自然的才華。是與生俱來的。會從作品中流露出來。赫爾辛基的幾家店裡擺有她的作品。有些店裡，甚至比我的作品更受歡迎。」

作有點驚訝。因爲從來沒聽過黑妞也對陶藝感興趣。

「我不知道她也在做陶。」作說。

「惠理在過了二十歲前後開始對陶藝產生興趣，從一般大學畢業之後，重新再進愛知藝術大學的工藝科。我們是在那裡相遇的。」

「是這樣啊。我幾乎只知道十幾歲的她。」

「是高中時代的朋友嗎？」

「是的。」

「多崎作先生。」愛德華重新念出他的名字，瞇細了眼睛，追溯著記憶。「這麼說來，我聽惠理談到過你的事。在名古屋，有感情非常好的五個夥伴中的一個。對嗎？」

「是的，沒錯。我們是屬於一個團隊的。」

「我們在名古屋的婚禮，那個團隊的成員有三個人來。紅仔、白妞和藍仔。是這樣吧？一些色彩豐富的人。」

「沒錯。」作說。「但很遺憾，我沒有能夠出席你們的婚禮。」

「可是現在這樣來見面。」他說。浮起溫暖的笑容。臉頰的鬍髭像柴火的親密火焰般在臉上晃著。「多崎先生，是旅行到芬蘭來的嗎？」

「是的。」作說。如果要說眞話，就說來話長，必須添加很多說明。「因爲旅行到赫爾辛基，如果可能希望看一看好久不見的惠理，所以就來到這裡了。沒有能夠事先聯繫，很抱歉。但願別給你們添麻煩。」

「那裡，那裡，一點也不麻煩。非常歡迎。這麼遠來一趟不容易，歡迎您來。碰巧我一個人留在家裡眞幸運。惠理一定也很開心。」

但願她開心，作想。

「作品可以拜見一下嗎？」作指著排在壁架上的陶器作品，問愛德華。

「當然。可以自由地用手摸。我的作品和惠理的作品到處都混在一起了，不過因爲印象相當不同，所以不用說明應該很容易就知道是誰的。」

作走到牆邊，看著一件件排在那裡的陶器。大半是盤子、碗和杯子等，實際餐桌上能用的餐具。此外也有幾件花器和壺等。

正如愛德華所說的那樣，他的作品和惠理的作品差別一目了然。光滑的質地、粉彩色的是丈夫的作品。色澤有些地方變深變淺，畫出風或水流動般微妙的陰影。沒有一件是附上花紋的。顏色的移動變化本身就那樣成爲紋路。那發色可能需要高度技術，就算對陶藝完全外行的作也可以輕易想像到。排除多餘裝飾的設計和光滑而高尚的觸感是他作品的特色。基本上雖然具有北歐風格，不過那削落般的簡潔中，則明顯看得出受到日本陶器的影響。拿起來出乎意料之外的輕，觸感很舒服。連細部都細心地設想周到。無論如何都是一流職人才能辦到的親手作品。在大量生產的大公司，可能無法發揮這樣的才華。

相較之下惠理的作品風格就簡單多了。以技術上的觀點來看，遠不及丈夫作品的嚴密、精妙。整體上肉厚、邊緣所描出的曲線也微妙地歪斜著，看不到洗練的鮮明的美。但她的作品中，有讓看的人的心不可思議地放鬆的溫暖味道。些許不整齊的地方，還有粗粗的觸感，帶給我們像手拿著自然素材的布時那樣，像坐在簷廊眺望著天上的流雲時那樣，安靜、沉穩。

她的作品的特色和丈夫的作品相反，有花紋。每件作品，就像被風吹到聚集一處的樹葉那樣，有些是各自散開的，有些是聚在一起的，描繪著細細的花紋。由於花紋聚散方式的不同，整體印象有些寂寞、有些華麗。那精妙令人想起古老和服的碎花小紋。作想看清楚那每個花紋模樣一一都在表現什麼？眼睛湊近去看，但無法確定形象的意義。眞不可思議的圖形。稍微隔開一點距離眺望時，只見紛紛散落地面的樹葉而已。匿名的動物們在人沒留意之間，不發出聲音地悄悄踩踏過去的樹葉。

色彩對她的作品來說，和丈夫的作品不同，只是背景而已。要如何襯托、如何浮現花紋是那色彩被賦與的任務。色彩非常淡、非常沉默，卻有效地負起花紋背景的任務。

作把愛德華的餐具和惠理的餐具輪流拿起來比較看看。這對夫婦在實際生活上，一定也巧妙地取得平衡地相處。有令人這樣想的舒服對比。雖然風格各異，但分別都試著接納對方所擁有的味道。

「做丈夫的這樣誇獎妻子的作品，也許不太妥當。」愛德華一邊看著作的樣子一邊說。「日語是怎麼說的呢，偏袒——對嗎？」

作只微笑而已什麼都沒說。

「不過我並不是因爲夫妻的關係而已，而是眞的喜歡惠理的作品。世間可能有很多人能做出更高明、更漂亮的陶器。不過她所作的東西裡，沒有狹小。能讓人感覺到心的寬闊。但願我能表達得更好。」

「您所說的事情我非常瞭解。」作說。

「那種東西，一定是天賦的東西喔。」他指著天花板。「Gift。而且她從今以後，一定還會變得更高明、更上手。惠理的進步空間還有很多。」

外面狗吠了起來。一種相當親密、特別的吠法。

口。

「惠理和我兩個女兒好像已經回來了。」愛德華臉朝著那邊說。然後站起來，走向門口。

作把手上拿著的惠理的陶器小心地放回架子上，站在原地，等她出現在門口。

16

第一眼看見作的臉時，黑妞似乎完全無法理解，那裡到底發生了什麼事情。她臉上原來浮現的表情一瞬間消失，變成空白。把戴著的太陽眼鏡往額頭上推，什麼也沒說，只注視著作。和女兒們午餐後散步回到家，丈夫身旁卻站著一個像是日本人的男人。臉不記得見過。

她牽著小女兒的手。大約三歲左右。旁邊還有一個稍微大一點的女孩子。比妹妹大兩三歲。兩人穿著同樣花紋的洋裝、同樣的塑膠涼鞋。門一直敞開著，狗在外面熱鬧地吠著。愛德華頭伸出外面，短短地叱責狗。狗立刻停止再吠。伏在陽臺的地板上。女兒們也學母親，閉著嘴只看著作的臉。

黑妞的整體印象，和十六年前最後見到時沒有多少改變。只是豐滿的少女時代的面貌後退了，那痕跡被率直而雄辯的輪廓所蓋過。堅強的個性從以前就是她的味道，筆直而沒有陰影的眼睛，現在則給人內省的印象。那瞳孔到目前為止想必目擊過許多留在心中的風景。嘴唇緊緊閉著，臉頰和額頭都曬得很健康。漆黑而豐厚的頭髮直溜地落到肩膀，前髮用夾子固定以免遮住額頭。乳房似乎比以前更大了。她穿著藍色素面棉質洋裝，披一件奶油色披肩。鞋子是白色的網球鞋。

黑妞朝向丈夫像在要求說明。但愛德華什麼也沒說。只是稍微搖搖頭而已。她再看一次作。然後輕輕咬嘴唇。

作現在眼前所見到的，是走過和他所走過完全不同類人生的，一個女性健康的肉體。那重量不得不讓作深深感覺到。所謂十六年的歲月到底擁有多少重量，置身在她眼前，似乎才終於可以理解了。世間擁有唯有透過女性的姿影才能傳達的那類事物。

看著作的黑妞的臉極輕微地歪了一下。嘴唇漾起波紋般的動搖，然後往一邊撇。小小的酒窩出現在右側臉頰。但那正確說並不是酒窩。是為了裝滿開朗的苦澀的小小低窪。那表情作記得很清楚。口中要說出某種諷刺之前，必定會浮現在她臉上的表情。但她並不是要說諷刺的話。只是單純地，想從遙遠的地方拉近一個假設。

「作？」她終於把那假設化為語言。

作點頭。

她首先做的事，是把小女兒拉近身邊。簡直像要保護孩子免於某種威脅似的。女兒依然抬頭看著作的臉，身體緊緊貼著母親的腿。大女兒在稍微離開的地方站著不動。愛德華走到大女兒身旁，溫柔地撫摸她的頭髮。這孩子的頭髮是深濃的金髮。妹妹則是黑髮。

五個人沒說話，暫時保持那姿勢。愛德華摸著金髮女兒的頭髮，黑妞抱著黑髮女兒的肩膀，隔著桌子作一個人站著。就像採取那樣構圖的畫中姿勢般。而那構圖的中心是黑妞。她，或她的肉體，是收在那畫框中情景的核心。

她最先動起來。首先放開小女兒，把推到額頭上的太陽眼鏡摘下，放在桌上。然後拿起丈夫喝著的馬克杯，喝了一口杯裡剩下的冷咖啡。很難喝般皺起臉。好像不太瞭解自己喝了什麼似的。

「我幫妳泡咖啡好嗎？」丈夫用日語問妻子。

「麻煩你。」黑妞沒看他那邊地說。然後在餐桌的椅子上坐下。

愛德華再走到咖啡機的地方去，按下按鈕重新加熱。姊妹也學母親，在擺在窗邊的木製長椅上並肩坐下。然後兩個人只看著作的臉。

「眞的是作嗎？」黑妞小聲說。

「眞的啊。」作說。

她瞇細了眼睛，筆直凝視著他的臉。

話。

「妳的表情好像在看著幽靈一樣。」作說。打算當笑話說的，但自己聽起來都不像笑

「看起來外表變了好多。」黑妞以乾乾的聲音說。

「很久沒見的人見了都這麼說。」

「瘦了好多，變得好像……大人的樣子。」

「那大概是因爲我已經變成大人了啊。」作說。

「大概是吧。」黑妞說。

「妳幾乎沒變。」

她輕輕搖搖頭，但什麼也沒說。

丈夫把咖啡端過來，放在桌上。小一點的馬克杯，像是她自己燒製的作品。她在杯子裡放一匙砂糖，用小湯匙攪拌，慎重地喝了一口那冒著熱氣的咖啡。

「我帶這兩個孩子上街去。」愛德華以明朗的聲音說。「差不多該買食品，也不能不給車子加油了。」

黑妞朝向那邊點點頭。「說得也是。麻煩你了。」她說。

「想要甚麼東西嗎？」

她默默搖搖頭。

愛德華把皮夾放進口袋，拿起掛在牆上的車鑰匙，朝兩個女兒用芬蘭語說了什麼。女兒們一臉開心的樣子，立刻從長椅上站起來。「霜淇淋。」聽得見這樣說。大概約好了去買東西要順便買霜淇淋給她們。

三個人上了雷諾的廂型車，作和黑妞站在陽臺眺望著。愛德華打開後座的門吹一聲短促的口哨，狗就高興地衝過去跳上載貨台。愛德華從駕駛座探出臉來揮揮手，然後白色廂型車就消失到樹林深處去了。兩個人還暫時看著車子消失的一帶。

「你是開那輛Golf來的嗎？」黑妞問。並指著停在稍微離開的地方那輛藍色小型車。

「是啊。從赫爾辛基。」

「爲什麼會到赫爾辛基來？」

「來看妳呀。」

黑妞瞇細了眼睛，像在判讀難解的圖形般一直注視著作的臉。「爲了來看我，只有爲了這個，而特地來到赫爾辛基嗎？」

「就是這樣啊。」

「十六年間完全毫無音訊之後？」她似乎很驚訝地說。

「老實說，是被我的女朋友說的。差不多該見一見妳比較好吧。」

黑妞的嘴又撇起熟悉的曲線。她的聲音裡混雜有輕微的戲謔意味。

「原來如此。你的女朋友對你說，差不多該見一見我比較好吧。於是你就從成田搭飛機千里迢迢來到赫爾辛基。也不預約，也不確定實際上能不能見到。」

作默不吭聲。小船還在繼續發出碰撞凸堤的喀搭喀搭聲。雖然風是靜止的，也看不出有什麼浪。

「我想如果事先聯絡，說不定妳不肯見我。」

「怎麼可能。」黑妞很驚訝似地說。「我們不是朋友嗎？」

「以前是朋友。但，現在怎麼樣不太清楚。」

她一邊望著從樹叢間看得見的湖，一邊無聲地歎一口氣。「他們到街上去要兩個小時才回來。在那之間我們來談談很多事情吧。」

兩個人走進屋裡，隔桌坐下。她把固定頭髮的夾子拿下。讓前髮落在額頭前。這樣一來更接近以前的黑妞。

「有一件事要拜託你。」黑妞說。「請不要再叫我黑妞。希望你叫我惠理。也不要把柚木叫成白妞。因為如果可能，我們不想再被那樣叫了。」

「那種稱呼法已經結束了嗎？」

她點點頭。

「我還一樣保留作沒關係嗎？」

「你一直都是作啊。」說著惠理安靜地笑了。「那樣沒關係。製作東西的作君。沒有色彩的多崎作君。」

「五月間我到名古屋去，連續見了藍仔和紅仔。」作說。「藍仔和紅仔的稱呼法可以就那樣保留嗎？」

「沒關係。只有我和柚子（柚木）希望改回原來的名字。」

「我跟他們兩人分別見了面，談過話。不過沒談多久。」

「兩個人都好嗎？」

「看起來都很好。」作說。「工作也很順利的樣子。」

「在令人懷念的名古屋城裡，藍仔正穩穩地賣著LEXUS車，紅仔則穩穩地培養著企業戰士。」

「就是啊。」

「那麼，你怎麼樣呢？無恙地活著？」

「勉強無恙地活著。」作說。「在東京的電鐵公司上班，做著製作車站的工作。」

「這件事前一陣子風聞過。說是多崎作君在東京孜孜不倦地在製作著鐵路車站。」惠理說。「而且有一個聰明的女朋友。」

「現在是這樣。」

「這麼說來，還單身囉？」

「是啊。」

「你經常都以自己的步調活著。」

作沉默不語。

「在名古屋見到兩個人，談了什麼？」惠理問。

「談了我們之間所發生的事。」作說。「關於十六年前所發生的事，關於這十六年間所發生的事。」

「和那兩個人見面談話，會不會也是，你那位女朋友建議你這樣做的呢？」

作點頭。「她說，我不能不把很多事情先解決。回溯過去。要不然……我會無法從那裡解放出來。」

「她感覺到你心裡一定有什麼問題。」

「她有那種感覺。」

「而且認為那什麼，有可能會妨礙她和你的關係。」

「可能。」作說。

惠理用雙手的手掌抱杯子般拿著，確認著那溫度。然後再喝了一口咖啡。

「她幾歲？」

「比我大兩歲。」

惠理點點頭。「原來如此。你確實可能跟年紀比你大的女人交往會比較順利喔。」

「也許。」作說。

兩個人沉默了片刻。「我們都懷著各種事情活著。」惠理終於說了。「一件事情，和其他幾件事情聯繫著。想要解決一件時，無論如何都有別的東西黏著過來。或許沒有那麼容易得到解放。無論是對你，或對我。」

「當然可能無法簡單地得到解放。不過總不能因此就讓問題一直曖昧不明地繼續拖下去，這樣可能不是好事。」作說。「記憶可以加上蓋子。歷史卻不能隱藏。這是我的女朋友說的。」

惠理站起來走到窗邊，把窗戶往上提著打開。然後再回到餐桌來。風搖擺著窗簾，小船喀搭喀搭的聲音不規則地傳來。她用手指撥開前髮，雙手放在餐桌上看著作的臉。然後說：

「或許其中也有已經完全緊緊地硬化，無法再打開的蓋子。」

「不用勉強去打開。我並沒有要求到那樣的地步。但至少想親眼看一看那到底是甚麼樣的蓋子。」

惠理看著放在桌上的自己的雙手。那比他記憶中要更大肉更厚。手指長長的，指甲短短的。他腦子裡浮現那手指正在轉著轆轤的樣子。

「妳說，我的外表改變相當多。」作說。「我自己也覺得確實變了。十六年前被那個團隊放逐之後，我有一段時間，有五個月左右，只想著死的事情活著。眞的認眞地只想著那個。除了那個之外，幾乎完全沒辦法想。雖然我不想誇張，不過我覺得眞的是走到生死交關的邊緣了。走到那極端邊緣的地方，往裡面窺探，眼睛無法從那裡轉開。不過總算能再退回原來的世界。那時候眞的死掉也不奇怪。現在想起來，當時頭腦可能有問題。可能是神經衰弱或憂鬱症，病名不太清楚。不過可以確定，那時候我的頭腦並不正常。雖然如此我並不混亂。頭腦無比清楚。靜悄悄的沒有一點雜音。現在回想起來都是非常不可思議的狀態。」

作一邊注視著惠理沉默的雙手一邊繼續說：

「那五個月過去之後，我的臉就變成和以前相當不同了。體型也變得連以前的衣服都幾乎沒辦法穿的地步。看鏡子時，覺得自己好像被放進不是自己的別人的容器裡似的。當然或許只是碰巧遇到人生那樣的時期而已。或許只是遇到我的頭腦該失去正常的時期，遇到我的容貌我的體型該產生巨大變化的時期而已。不過那導火線，則是我被那個團隊割捨掉的事實。那個事件把我大大地改造過了。」

惠理什麼也沒說地聽他講。

作繼續下去。「該怎麼說才好呢？簡直就像從航行中的船的甲板上突然一個人被拋出夜晚的海裡那種感覺。」

說到這裡，作才想起那是前幾天紅仔說出口的表現法。他停了一下再繼續。

「是被誰推下去的，或是自己任意掉落的，這方面的詳細情況並不清楚。但總之船繼續前進，我在黑暗的冷水中，眼看著甲板上的燈光逐漸遠去。船上的任何人，乘客或船員，都不知道我落海的事。周圍也沒有可以抓住的東西。當時的恐怖感到現在還在。我從來沒有過這種經驗，對於自己的存在忽然被否定，一個人被拋進海裡的恐怖。可能因為這樣，我變得無法跟人深交。自己和別人之間經常保持一定的距離。」

他的雙手在餐桌上左右分開，顯示三十公分左右的寬度。

「當然這可能是我天生的性質。跟別人之間會本能地設定緩衝的空間——可能我本來內在就有這種傾向。但高中時代，和你們在一起的時候從來沒有考慮過那種空間的事。至少在我的記憶中。雖然那感覺已經是很久以前的事了。」

惠理把雙手的手掌貼著臉頰，像在洗臉般慢慢摩擦著。「你想知道十六年前發生了什麼事，所有的事實對嗎？」

「我想知道。」作說。「不過我想最先必須明白聲明，我沒有對白妞，也就是對柚子，作出任何不對的事這個事實。」

「這我當然知道。」她說。並停止摩擦臉。「你不可能做什麼強暴柚子的事。這是太清楚的事啊。」

「不過妳一開始，就相信她說的。跟藍仔和紅仔一樣。」

惠理搖搖頭。「不是，這種事情我從一開始就沒有相信。藍仔和紅仔怎麼想我不知道。不過我不相信。不是嗎？你不可能做出那種事的。」

「那麼，爲什麼……？」

「爲什麼我沒有站出來替你辯護嗎？爲什麼相信柚子說的話而把你從團隊趕出去。是嗎？」

作點頭。

「那是因爲我必須保護柚子啊。」惠理說。「而且爲了那個，無論如何都必須把你切除。一方面袒護你，另一方面保護柚子，在現實上不可能。對我來說只能百分之百接受一方，百分之百捨棄一方。」

「她在精神上，問題已經那麼嚴重了嗎？」

「沒錯，精神上的問題已經那麼嚴重了。明白說，已經到了逼不得已的地步了。必須有誰來全面保護那孩子才行，那個誰則除了我沒有別人。」

「這種事應該可以向我說明的。」

她慢慢搖幾次頭。「那時候老實說，實在沒有餘裕說明。『嘿，作，很抱歉暫時先請你假裝強暴了柚子好嗎？現在不能不這樣，柚子也變得有點怪怪的，這個場面必須收拾一下才行。事後會好好處理的，所以請你忍耐一下。這樣說吧，兩年左右。』這種話我實在說不出口。很抱歉，只能請你一個人自己去想辦法了。是那樣緊迫的情況。而且更嚴重的是，柚子被強暴的事情並不是假的。」

作吃驚地看著惠理的臉。「被誰？」

惠理再搖一次頭。「不知道對方是誰。不過對柚子來說是違背她的意思的，可能她也盡力掙扎過，跟誰發生了性關係確實是眞的。因爲還懷孕了。而且她主張強暴她的是你。非常清楚地說，對方是多崎作。還把當時的狀況詳細得令人洩氣地描述出來。所以我們不得不接受她的說法。就算內心深處知道，你不可能做那種事。」

「她懷孕了？」

「嗯，那件事不會錯喔。我跟她一起到婦產科去。當然不是去她父親那裡，而是去遠一點的地方。」

作歎了一口氣。「然後呢？」

「發生了各種事，在夏天的末尾流產了。那樣就完了。不過那並不是想像的懷孕。她是**眞的**懷孕，**眞的**流產了。這點我可以保證。」

「所謂流產是指……」

「對，她本來想生下孩子，自己一個人扶養的。完全沒有打算墮胎。不管有什麼理由，孩子既然是活的就不能抹殺。這你也知道吧？她以前，對自己的父親進行墮胎手術曾經採取非常批判的態度。我們常常爲這件事起爭執。」

「她懷孕和流產的事，其他的人知道嗎？」

「我知道。柚子的姊姊也知道。她是嘴巴很緊的人。而且各種費用也幫我們籌好了。不過除此以外沒有人知道。連她的雙親都不知道，紅仔和藍仔也不知道。那一直是只有三個人知道的堅固祕密。到了現在，尤其是對你，我想把那明白說開來已經沒關係了。」

「而且柚子主張那個對方是我。」

「斷然地。」惠理說。

作瞇細眼睛暫時看著她手上的咖啡杯。「不過爲什麼會變那樣呢？爲什麼那對方非要是我不可呢？我完全想不到任何關係。」

「我也不知道爲什麼。」惠理說。「可以想到各種原因，每一個都不吻合。沒辦法適度說明。不過有一個可以想的理由，大概是因爲我喜歡你吧。那或許是一個導火線。」

作驚訝地看看惠理的臉。「妳喜歡過我嗎？」

「你不知道嗎？」

「當然。完全不知道。」

惠理輕輕抿一下嘴唇。「到現在了我才明說，其實我一直都很喜歡你。以一個異性強烈被你吸引。說得乾脆一點，是對你懷有愛戀的心。當然這種事情說不出口，只能深深藏在心中。藍仔和紅仔應該都沒有發現。但柚子當然知道。因爲同樣是女孩子間，這種事情首先就瞞不住。」

「我就完全沒有發現。」作說。

「那是因爲你是傻瓜啊。」惠理以食指指尖壓著太陽穴說。「我們在一起那麼長的時間，而且我一點一點對你發出信號，如果你稍微有一點頭腦的話，應該很容易發現的。」

作試著想一想關於那信號。但想不起任何事來。

「放學後，常常請你教我數學。」惠理說。「那樣的時候心情會覺得非常幸福。」

「不過微積分的原理妳完全無法理解。」作說。然後忽然想起惠理有時會臉紅起來。

「正如妳說的那樣。我頭腦轉得比別人遲鈍。」

惠理浮現小小的微笑說：「對這種事情喔。何況你的心已經被柚子吸引了。」

作想說甚麼，惠理阻止他。「不必找藉口了。不只有你，任何人的心都被柚子吸引了。這是當然的啊。她非常漂亮又清秀。像迪士尼版的白雪公主那樣。但我卻不是。只要和柚子在一起，我經常就被分配到像森林裡的小矮人七個人份的角色那樣。也沒辦法啊。我和柚子是從國中時代的好朋友。對這種地位只能好好順應下去。」

「也就是說，柚子在嫉妒我嗎？因爲妳對我懷有異性的好感。」

惠理搖搖頭。「那可能成爲潛在原因之一程度的事。我不太瞭解這種精神分析性的種種。不過不管怎麼說，柚子自己卻認爲那是眞正在自己身上發生的事，到最後都相信。在東京的你家，被你強行奪走處女。那是對她來說成爲眞實的最終版本。而且那到最後都沒有動搖。那妄想是從哪裡出來的，爲什麼要那樣變造，我到現在都無法理解。我想可能誰都無法解釋清楚。不過，某種夢，也許比眞正的現實更眞實而堅固喔。她做了那樣的夢。可能是這樣。雖然對你來說很委屈。」

「她有沒有對我懷有異性的關心？」

「那倒沒有。」惠理簡潔地說。「柚子對誰都沒有懷過異性的關心。」

作皺起眉頭。「也就是說她是同性戀？」

惠理又搖搖頭。「不，跟那又不一樣。她完全沒有那種感覺。不會錯。只是柚子從以前一貫就對性的事情懷有非常強烈的厭惡感。或許不如說是恐懼感。我也不知道那種東西是從哪裡生出來的。因爲我們大多的事情都會非常坦白地交談，唯有對性的事情幾乎沒有談過。說起來，我對這方面的事算是比較開放的，柚子則一遇到這種事就會立刻改變話題。」

「那麼流產後，柚子怎麼樣了呢？」作問。

「首先向大學送出休學申請。因爲實在處於無法見人的狀態。以健康上有問題，爲理由。變得一直關在家裡，完全不外出了。而且後來又得了嚴重的厭食症。吃的東西幾乎都吐出來，而且留下的東西還用浣腸去通出來。我想如果那樣繼續下去的話一定命都會送掉。不過讓她去看專門的諮詢師之後，總算脫離厭食症了。大概花了半年時間吧。有一段時期眞的非常嚴重，體重大大地掉到四十公斤以下。那時候看起來簡直就像幽靈一樣喔。不過相當努力地恢復到臨界線爲止。我也每天都去看她，盡可能和她講話鼓勵她。這樣才只休學了一年，總算熬到又能回大學復學的地步。」

「爲什麼會得厭食症呢？」

「事情很簡單。她想讓生理停止啊。」惠理說。「因爲體重如果極端減輕的話，生理就會停掉。她希望那樣。再也不想再懷孕了，而且大概想停止當女性吧。她想如果可能的話最好連子宮也拿掉。」

「相當嚴重的事情。」作說。

「對。事情非常嚴重。所以我只好把你割捨掉。我覺得眞是委屈作君你了，而且我很清楚自己對你做了很殘酷的舉動。而且我，不能再和你見面了是比什麼都難過的事。我沒騙你。感覺身體像被撕裂著那樣。就像剛才說過的那樣，因爲我喜歡你呀。」

惠理稍微停頓一下，像在整理情緒般，一直注視著桌上自己的手。然後又再繼續說：

「不過，以我來說首先必須讓柚子恢復正常才行。在那個時間點，那是對我來說的最優先事項。那孩子正面臨可能失去生命的嚴重問題，需要我幫忙。只能讓你一個人想辦法在暗夜的海裡自己游上岸。而且我想如果是你的話應該可以辦到。你具有那樣的強度。」

兩人暫時沒有開口。被風搖著的樹葉，在窗外發出微小波浪般的聲音。

作開口說：「柚子總算從厭食症復原，大學畢業了。然後呢？」

「每星期還繼續到諮詢師那裡去一次，首先恢復到可以過接近平常的生活了。至少看起來不再像幽靈一樣。不過那時候，柚子已經變成不是以前的她了。」

惠理在這裡歇息一下，選著用語。然後再開始說：

「她跟以前不同了。很多東西都從心裡紛紛掉落，緊跟著對外面世界的興趣也急速後退。對音樂也完全失去興趣。從旁邊看著她那樣子也很難過。只是，唯有對教小孩音樂，還和以前一樣喜歡。只有那熱情沒有消失。自己的精神狀態相當惡劣的時候，身體虛弱得快站不起來的時候，還每星期到那教會的學校去一次，繼續教對音樂有興趣的孩子們彈鋼琴。這種服務活動她還一個人繼續在一點一點努力不懈地做。我想可能正因爲有這股幹勁的關係，才總算能從最底層恢復過來。如果沒有那個的話，柚子可能眞的會撐不下去。」

惠理回過頭看向窗外，眺望著樹林上方的天空，然後再轉向正面，看作的臉。天空依然覆蓋著薄薄的雲層。

「不過那一陣子柚子對我，已經不像從前那樣無條件地親密相待了。」惠理說。「她說非常感謝我。對我爲她費盡全力的事。而且我想她是眞心感謝的。不過在那同時，她也失去了對我的興趣。就像剛才也說過的那樣，柚子幾乎失去了對所有事物的興趣。我也包含在那『幾乎所有事物』之中。要承認這件事對我實在很難過。我們是多年來彼此獨一無二的親密好友，因爲我一直非常珍惜她。但那是眞實的。當時我對她來說，已經不再是不可或缺的存在了。」

惠理暫時看著桌上的哪裡也不是的虛空中的一點。然後說：

「柚子已經不再是白雪公主了。或許對繼續當白雪公主已經累了。而我也對當七矮人覺得有點累了。」

惠理幾乎無意識地拿起咖啡杯，又把它放回桌上。

「無論如何那時候，那美好的團隊——我是說缺了你的四人團隊——已經不能像從前那樣順利運作了。大家都畢業了，各自被日常生活追趕著。理所當然的，我們已經不再是高中生了。而且把你割捨掉，不用說對我們全體而言都成爲內心的傷。而且那傷絕不淺。」

作閉著嘴，傾聽她的話。

「你雖然不在了，但你經常都在那裡。」惠理說。

再度有一段短暫的沉默。

「惠理，我想多知道一些妳的事情。」作說。「首先想知道，是什麼把妳帶到這裡來的？」

惠理瞇細了眼睛，稍微歪一下頭。「老實說，從十幾歲的末尾到二十幾歲的開始，我的生活一直是隨著柚子轉，被柚子擺布似的。忽然環視周圍時，已經變成快要失去所謂自我這東西的狀態了。我本來想可能的話將來就業要找文字的工作。因爲從以前就喜歡寫文章。我想試著寫小說或詩之類的東西。你知道這件事吧？」

作點頭。她經常到哪裡都抱著厚厚的筆記本，一有什麼就在上面寫下來。

「不過上了大學之後，就完全失去那種餘裕了。光是一邊照顧柚子，一邊做完上課的課題就已經費盡全力了。大學時代雖然交過兩個左右的男朋友，但都不順利。而且說起來爲了照顧柚子已經忙不過來，實在不太有時間約會。總之做什麼都不順利。忽然站定下來看看周圍，我到底在這裡做什麼？我這樣想。已經看不見人生的目標之類的東西。很多事情都只在空轉，對自己快失去自信了。當然柚子可能很難過，我也相當不好過。」

惠理好像在看遠方的風景般瞇細了眼睛。

「在那樣的時候，學校的朋友邀我到陶藝教室去，抱著半玩耍的心情去看看。卻發現那正是我長久以來在尋找的東西。轉著轆轤時，心情會變得對自己可以非常誠實。意識只要集中在製作形狀這一件事上，可以完全忘記其他發生的各種事情。從那一天開始，我就迷上做陶了。還在上大學時只能當興趣做，但我無論如何非常想眞正往這條路走下去，大學畢業後一年之間，我一邊打工一邊學，再重新考進藝術大學的工藝科。再見小說，你好陶藝。在那裡努力學習製作之間，認識了正在留學的愛德華。然後經過這個那個之後和他結婚，來到這裡。眞不可思議啊。如果那時候沒有被朋友邀去陶藝教室的話，我一定會過著和現在完全不同的人生吧。」

「妳好像很有才華。」作說。指著架子上排出的陶器。「我雖然不太懂陶器，不過眼睛看著、手摸著時，可以感覺到很強烈的類似心境的東西。」

惠理微笑了。「我不太瞭解才華這東西。不過我的作品在這裡賣得很好。雖然賺不了多少錢，不過自己所做的東西，能以某種形式被其他人所需要，也是相當美好的事噢。」

「這個我懂。」作說。「因爲我也是製作東西的人哪。雖然製作的東西相當不同。」

「車站和盤子的差別可大了。」

「不過兩種對我們的生活都是必要的東西。」

「當然。」惠理說。然後稍微停頓一下想著什麼事情。她的嘴角的笑意逐漸淡化。「我喜歡這裡。將來可能會埋骨在這片土地上。」

「不再回日本了？」

「我有芬蘭國籍，最近也相當會說芬蘭語了。冬天雖然很長，但那樣可以讀很多書。以後說不定自己會想寫點什麼。孩子們已經習慣這片土地，也有了朋友。愛德華人非常好。他的家人對我也很好，工作也上軌道了。」

「而且這裡需要妳。」

惠理抬起頭，注視著作的眼睛。

「我決心埋骨在這個國家，是在聽到柚子被人殺害的消息時。藍仔在電話上通知我那件事。那時候大女兒在我肚子裡，所以沒辦法去參加葬禮。那對我來說是極其難過的事。心好像真的要撕裂了一般。柚子在某個地方被誰殘酷地殺害了，燒成灰，這件事。已經再也看不到她的這件事。於是那時候我這樣決心。如果生下來的是女孩子的話，就取名為柚子吧。而且不再回日本了。」

「妳女兒叫柚子啊。」

「柚子．黑埜．哈泰寧。」她說。「至少在那名字的聲響中，她的一部分還繼續活著。」

「不過為什麼柚子會一個人到濱松去呢？」

「柚子搬到濱松，是在我一搬到芬蘭之後的事。原因我並不清楚。我們雖然有定期書信來往，但她完全沒有說明原委。只寫道因爲工作的關係搬到濱松而已。要工作的話名古屋應該要多少有多少，她到一個陌生的地方去一個人開始生活等於是自殺行爲。」

柚子在濱松市內的公寓大廈自己的房間，被人用衣服的帶子似的東西勒脖子殺死。作從報紙的微縮影和舊雜誌上讀到。也試著用網頁搜尋過。

那不是竊盜的犯行。放有現金的錢包，還留在眼睛看得見的地方。也沒有受到暴行的形跡。房間裡整理得很好，也沒有抵抗的樣子。同一樓的住戶沒聽到可疑的聲音。菸灰缸裡有幾根薄荷菸的菸蒂，但那是柚子所抽的（作不由得皺起眉頭。她有抽菸嗎？）。犯行的推定時刻是從夜晚的十時到午夜之間，那一夜從傍晚開始到黎明，一直下著以五月來說算冷的雨。她的屍體被發現是在那三天後的傍晚。三天之間，她就以那姿勢，躺在廚房的塑膠地磚上。

殺人的動機到最後依然不明。有人在深夜侵入房間，不發出聲音地把她勒死，什麼也沒偷什麼也沒做，就那樣離去。房間是自動鎖，門上附有鏈子。是她從內側把鎖打開的，還是犯人擁有備份鑰匙，這點也不清楚。她在那公寓的房間一個人生活。根據工作場所的同事和附近鄰居的說法，她似乎沒有特別親近的交往對象。除了有時候姊姊和母親會從名古屋來看她之外，經常都是一個人。服裝很樸素，是一個給人印象沉默而乖巧的女孩。工作很熱心，在學生之間評語也很好，但離開職場之後和誰都不來往。

爲什麼她非要被勒死不可呢？誰都無法想像。而且在無法確定犯人的情況下，警察的搜查也就虎頭蛇尾不了了之。關於那事件的報導也漸漸變小，終於消失。是個寂寞而悲哀的事件。就像一夜下到天明的冷雨那樣。

「那孩子被惡靈附身了。」惠理以透露祕密般地低聲說。「在她背後若即若離地緊跟著，一邊往她脖子後面吹出冷氣，一邊一點一點地逼近她。只能這樣想，否則很多事情都無法解釋。關於你的事是這樣，厭食症的事是這樣，濱松的事也是。我並不想把這種事說出來。因爲一旦說出口，好像那個就會變成實際存在的東西了。所以到目前爲止我一直把這藏在我一個人心裡。打算一直到死都沉默到底。不過現在在這裡就乾脆把它說出來了。因爲以後，我們可能不會再見了。你可能對那件事有必要好好知道才行。那是惡靈。或接近惡靈的什麼。而且柚子始終擺脫不了那東西。」

惠理深深歎了一口氣，注視著放在桌上自己的雙手。那雙手連眼睛都看得出正激烈地顫抖。作的視線從那手移開，往搖擺的窗簾之間望向窗外。屋裡沉默的降臨令人窒息，充滿深深的哀愁。那無言的傷感，彷彿刮削著地表，形成深湖的古代冰河那樣，沉重、孤獨。

「妳記得李斯特的《巡禮之年》嗎？裡面有柚子經常彈的曲子。」一會兒之後，爲了打破沉默，作問道。

「〈Le mal du pays〉。當然記得很清楚。」惠理說。「我現在也常常聽。你要不要聽聽看？」

作點頭。

惠理站起來，走到書櫃的小音響裝置前，從整疊CD中拿出一張，放在播放機的片盤上。《巡禮之年》從喇叭傳出來。用單手輕輕彈出單音的簡單主題。兩人再度隔桌坐下，默默傾聽著那旋律。

在芬蘭的湖畔聽那音樂的聲響，和在東京公寓大廈的一個房間裡所聽到的趣味有幾分相異。但無論在哪裡聽，雖然有CD和老唱片的不同，音樂本身則依然不變地優美。作腦子裡浮現柚子在自己家客廳面對鋼琴，演奏那曲子的光景。她的身體傾向鍵盤，閉上眼睛，嘴唇微微張開，正探尋著未成聲音的語言。那樣的時候她離開了自己的身體。她在某個別的地方。

終於那曲子結束，有一段短暫的停頓。進入下一首曲子。〈日內瓦的鐘聲〉。惠理用遙控器把音量降低。

「這和我平常在家聽的演奏，印象有點不同。」作說。

「你聽的是誰的演奏？」
「貝爾曼。」
惠理搖搖頭。「我還沒聽過他的演奏。」
「他的演奏可能稍微耽美一點。這個演奏非常精采，不過與其說是李斯特的音樂，倒有點像貝多芬鋼琴奏鳴曲的格調。」
惠理微笑了。「因為是阿爾弗雷德．布倫德爾（Alfred Brendel）演奏的，所以可能不能說耽美。不過我很喜歡。可能因為從以前就一直聽這個演奏，所以耳朵已經習慣了。」
「柚子這首曲子彈得非常美。帶著感情。」
「是啊。要是讓她彈這種長度的曲子，她非常擅長。要是大曲子的話，很遺憾有時彈到中途力量就用盡了。不過每個人各有自己的味道。她的生命在這種閃閃發光的曲子裡現在還鮮活地留著。」
柚子在學校教幾個孩子彈鋼琴的時候，作和藍仔大概都在小操場上和男孩子們踢足球。分成兩隊，彼此往對方的球門（大多以紙箱湊合）踢進去。作一邊傳球，一邊有意無意地聽著從窗戶傳來的鋼琴音階練習。
逝去的光陰化為尖銳的長籤，貫穿他的心臟。無聲的銀色疼痛降臨，變成令脊柱凍結的冰柱。那痛一直以相同的強度留在那裡。他停止呼吸，緊緊閉上眼睛默默忍受疼痛。布倫德爾端正的演奏繼續著。曲集從《第一年：瑞士》移到《第二年：義大利》。

那時候他終於能夠接受一切了。在靈魂的最底部多崎作理解了。人心和人心不只是因調和而結合的。反倒是以傷和傷而深深結合。以痛和痛，以脆弱和脆弱，互相聯繫的。沒有不包含悲痛吶喊的平靜，沒有地面未流過血的赦免。沒有不歷經痛切喪失的包容。這是眞正的調和的根底所擁有的東西。

「嘿，作，她眞的繼續活在各種地方喔。」惠理從桌子對面，用沙啞的聲音擠出來般說。「我可以感覺到那個。在我們周圍的一切聲響中、光線中、形狀中、而且所有的……」

然後惠理用雙手掩住臉。話再也出不來。作並不知道，她是不是在哭。如果在哭，也是完全不出聲的哭。

在藍仔和作踢著足球時，爲了阻止想妨礙柚子的鋼琴課程的幾個孩子的胡鬧，惠理和紅仔什麼都做，總之會做一些引起他們興趣的事。爲他們讀書、陪他們遊戲、或到外頭唱歌。但往往這些嘗試都無法奏效。孩子們依然不厭其煩地去妨礙鋼琴課。因爲無論做其他什麼，都沒有做這個有趣多了。在一邊旁觀他們兩人的辛苦奮鬥模樣倒是非常快樂。

作幾乎下意識地站起來，繞到桌子對面，默默地把手放在惠理肩上。她還用雙手緊緊掩住臉。摸她的手時，可以知道她的身體竟然在輕微顫抖。眼睛看不見的顫抖。

「嘿，作。」惠理的聲音從雙手的指縫間漏出來。「我想拜託你一件事。」

「沒問題。」作說。

「如果方便，可以抱我嗎？」

作讓惠理從椅子上站起來，從正面抱她。一對豐滿的乳房像某種證據般緊緊貼在他的胸前。背上可以感覺到她雙手溫暖的厚度。柔軟濡濕的臉頰碰觸到他的脖子。

「我想我不會再回日本了。」惠理悄聲低語。她溫暖濕熱的氣息呼在他耳邊。「因爲看到什麼一定都會想起柚子。而且我們——」

作什麼也沒說，只緊緊抱著惠理的身體。

兩個人站在那裡互相擁抱的身影，從敞開的窗戶應該看得見。說不定有人從外面經過。說不定愛德華他們現在正要回來。不過那些事情都無所謂。誰要怎麼想都沒關係。他和惠理現在在這裡一定要盡情擁抱。肌膚要貼得緊緊的，非要把惡靈的長長影子驅逐趕盡不可。可能就是爲了這個自己才會來到這裡的。

漫長的時間——有多長的時間呢——兩個人身體緊緊貼著。窗戶的白色簾子被從湖面吹來的風不規則地繼續搖擺著，她的臉頰繼續濡濕，布倫德爾繼續彈《第二年．義大利》的曲集。

〈佩脫拉克十四行詩第47號〉，然後〈佩脫拉克十四行詩第104號〉。這些曲子的細節作都記得。甚至到會哼的地步。作到目前為止才第一次想到，他自己是多麼深刻地用耳朵和用心去傾聽這音樂的。

兩個人一句話都沒有再說。語言在此時此刻已經沒有力量。就像不再動的舞者們那樣，他們只是靜靜地互相擁抱著，委身於時間之流中。那是過去和現在，而且可能未來也多少混進來的時間。兩人身體之間沒有空隙，她溫暖的氣息規則地以一定間隔呼向他的脖子。作閉著眼睛，讓身體沉浸在音樂的聲響中，側耳傾聽惠理心臟刻著的聲音。那聲音和繫在凸堤的小船喀搭喀搭響的聲音重疊。

17

兩個人再度隔桌坐下，互相說出各自心中的話。那很多都是長久之間從來沒有化爲語言過的事情，一直收藏在靈魂深處的東西。他們掀開心的蓋子，打開記憶的門扉，盡可能原原本本地道出心情，安靜地傾聽對方的言語。

惠理說：

「結果我把柚子留下自己就走掉了。我在想辦法逃開她。想遠離附在她身上的東西，不管那是什麼，我只想盡量遠離。所以會著迷於陶藝，和愛德華結婚，甚至到芬蘭來。當然這些對我來說都是順其自然的。並不是在意圖之下所做的喔。不過，也不是沒有如果這樣的話，就不用再照顧柚子的心情。我比誰都喜歡她，長久以來甚至覺得像自己的分身似的。所以無論如何總想幫助她。不過另一方面，我心底也很累。爲了繼續照顧她，眞是搞得筋疲力盡。無論我多努力都阻止不了，她一天天從現實中後退下去，這讓我眞的非常難過。如果我就那樣留在名古屋的話，可能連我都會變成怪怪的了。不過這只是藉口吧？」

「妳只是誠實地說出自己的心情而已。和藉口不同。」

惠理咬著嘴唇一會兒。「不過我拋棄了她的事實並沒有改變。而且柚子一個人去濱松，被那樣殘忍地殺害了。嘿，她的脖子眞的非常纖細美麗。你記得嗎？像漂亮的鳥那樣，只要稍微用力就會立刻折斷似的脖子。如果我還在日本的話，可能就不會發生這麼殘忍的事了。我不會讓她一個人去陌生的城市。」

「或許是這樣。不過就算那時候沒發生，可能甚麼時候在別的地方，也會發生類似的事情。妳並不是柚子的保護者。不可能二十四小時陪著她。妳有妳的人生。能做的事情很有限。」

惠理搖搖頭。「我也這樣對自己說喔。好幾次。不過那卻毫無幫助。因爲我有一部分，是爲了保護自己而遠離柚子的，這是不爭的事實。那和結果她是否得救又是另一回事，是我自己的心要怎麼擺平的問題。而且在那過程中，我連你都失去了。爲了優先處理柚子的問題，而不得不把無罪的多崎作君割捨掉。只爲了這邊的方便，我卻深深地傷害了你。何況我那麼喜歡你……」

作沉默不語。

「不過，不只那樣。」惠理說。

「不只那樣？」

「嗯，老實說，我把你割捨掉，不只是爲了柚子著想。那只不過是表面的理由而已。我那樣做，其實是因爲膽小。自己沒有身爲女人的自信。無論自己多麼喜歡你，卻知道你可能不會理我。你的心是向著柚子的吧。所以才能那樣毫不容情地把你割捨掉。也就是說，爲了斬斷自己對你不捨的心情。如果我稍微有一點自信和勇氣，不要有那無聊的自尊的話，不管有什麼原因，我想都不會那麼冷酷地把你割捨掉。不過那時候的我頭腦不知怎麼了。我覺得眞是做了很壞的事情。我打心裡向你道歉。」

暫時有一段沉默。

「應該早一點像這樣向你道歉才行的。」惠理說。「這點我很清楚。不過怎麼都沒辦法做到。因爲我覺得自己很羞恥。」

「我的事情妳可以不用再介意了。」作說。「我總算度過了那最危險的時期。一個人也游出那暗夜的大海了。我們分別都盡了力，分別在不同的人生裡活下來。而且以長遠的眼光來看，就算當時做了不同的判斷，選擇了不同的行動，就算有若干誤差，我們結果還是可能落到和現在相同的地方。我這樣覺得。」

惠理咬著嘴唇，暫時一個人思考。然後說：「嘿，可以只告訴我一件事嗎？」

「什麼都可以。」

「假定，當時如果我鼓起勇氣坦白說出我喜歡你的話，你會把我當女朋友嗎？」

「忽然面對面被妳這樣一說，我可能沒辦法相信吧。」作說。

「爲什麼？」

「因爲我從來沒想過，有人會喜歡我，想當我的女朋友。」

「你很溫柔，冷靜又安靜，從那時候開始就確實擁有自己的生活方式。而且很英俊。」

作搖搖頭。「我的臉長得很無聊。我從來沒有喜歡過自己的臉。」

惠理微笑起來。「也許是吧。也許事實上你的臉很無聊，而我的頭腦可能有問題。不過至少對一個十六歲的愚蠢少女來說，你已經夠英俊了喔。我想如果能有像你這樣的男朋友的話該有多美好啊。」

「我也沒有類似個性的東西。」

「只要是活著誰都有個性。只是有從表面上容易看出來的人，和不容易看出來的人而已喲。」惠理瞇細了眼睛，筆直看著作的臉。「那麼，答案是什麼呢？你會把我當女朋友嗎？」

「當然。」作說。「我非常喜歡妳。和被柚子強烈吸引的不同意義上，被妳強烈吸引。如果妳當時能明白表達心意的話，我想我當然會把妳當成女朋友。而且我們應該能順利交往下去。」

兩個人應該會成爲親密的情侶，應該也能擁有豐富的性關係。作這樣想。作和惠理之間能夠分享的東西應該很多。個性猛一看相當不同（作話少而內向，惠理擅長社交，大體上比較饒舌），兩個人分別想用自己的手製作出有形的東西、有意義的東西。但能夠心心相印的期間，也許無法持續太久，他覺得。隨著時間的經過，惠理所追求的東西和他所追求的東西之間，想必不可避免地將會產生差距。兩個人都才十幾歲。兩個人個別的目標都會逐漸成長下去，他們所前進的道路終於來到分歧點，左右分開了。可能沒有爭吵，也沒有互相傷害的事情，自然地安穩地分開。而且結果，作在東京繼續建造鐵路車站，惠理和愛德華結婚，而終於來到芬蘭，不是嗎？

發生這種事情也不奇怪。可能性非常高。而且那樣的經驗對兩個人的人生來說，絕不是負面的。就算已經不是戀人關係了，兩個人以後應該還是可以當好朋友。但那並沒有實際發生。實際上兩人身上發生的是完全不同的事情。現在那個事實意義比什麼都重大。

「就算是謊言，你能這麼說我眞高興。」惠理說。

「不是謊言。」作說。「這種事情我不會隨便說。我想我和妳，兩個人應該可以一起度過一段美好的時光。沒有能夠在一起眞遺憾。我眞心這樣想。」

惠理微笑。那微笑中並沒有諷刺的神色。

他想起有時會夢見柚子出現的性夢的事。惠理也出現在裡面。她們經常兩個人在一起。但他在夢中射精的，經常是在柚子的裡面。一次都沒有在惠理的裡面射精過。那或許含有什麼意思。但這種事卻不能對惠理說。無論多麼誠實地想說出內心的話，還是有不可以說出口的事情。

想到那樣的夢時，柚子主張被他強暴（也主張結果懷了他的孩子），作無法斷言那完全是捏造的、自己完全沒有想過的事情。就算只是夢中的行爲，卻不得不覺得自己或許也有某種責任。不，不只是強暴的事而已。她被殺的事也是。在那五月的雨夜，或許自己裡面的什麼，在自己都沒發覺之下去到濱松，在那裡把她那像鳥般纖細美麗的脖子絞緊了也不一定。

他眼前浮現自己正在敲著柚子公寓的門，說「幫我開門好嗎？我有話要跟妳說」的光景。他穿著黑色濡濕的雨衣，飄著黑夜沉重的雨的氣味。

「作？」柚子說。

「我有一件不得不跟妳說的事情。非常重要的事。我爲了這個特地到濱松來。不花時間。希望妳開門。」他說。並朝關閉的門繼續說：「沒有聯絡就突然跑來，很抱歉。不過如果事先聯絡的話，妳一定從一開始就不肯見我。」

柚子猶豫了一會兒後，默默拉開門鍊。他右手握緊口袋裡的繩子。

作不禁歪一下頭。爲什麼非要去想像那樣無聊的事情不可呢？爲什麼我非要勒柚子的脖子不可呢？

當然沒有任何非要這樣做不可的理由。作從來沒有想過，要殺誰這種事。但只不過是象徵性地，或許他曾經想殺柚子也不一定。自己心中到底潛藏著什麼樣的濃密黑暗，作本人也無法推測。他只知道，柚子心中想必一定也有柚子自己內在的濃密黑暗。而且那黑暗在某個地方，在地下更深的地方，和作自身的黑暗相通也不一定。而且他絞緊柚子的脖子，或許是因爲她要求那樣的也不一定。他在連結的黑暗中耳朵聽到了那要求也不一定。

「你在想柚子的事嗎？」

作說：「我到目前爲止，一直想成自己是犧牲者。一直繼續想著自己無緣無故被殘酷對待了。因此心裡深深受到傷害，那傷使得我的人生的本來動向受到損害。老實說，我也曾經恨過你們四個人。爲什麼只有我一個人非要遇到這麼慘的遭遇不可呢？不過其實可能不是這樣。我不只是犧牲者，同時可能在自己也不知情之間傷害了周圍的人也不一定。而且在順勢之下也傷害了自己也不一定。」

惠理什麼也沒說，一直注視著作的臉。

「而且我可能殺了柚子。」作老實說。「那一夜，敲她房門的可能是我。」

「某種意義上。」惠理說。

作點頭。

「某種意義上，我也殺了柚子。」惠理說。然後臉轉向旁邊。「那一夜，敲她房門的可能是我。」

作看著她漂亮的日曬過的側臉。那稍微往上翹的鼻子的形狀，他從以前就喜歡。

「我們各自背負著這樣的想法。」惠理說。

風似乎一時停止了。窗戶的白色簾子動也不動一下。也聽不見小船喀搭喀搭的聲音。只有鳥啼聲傳進耳裡。演奏著從來沒聽過的不可思議旋律的鳥。

她暫時側耳傾聽著那鳥的啼聲，手拿起髮夾，把前髮重新夾上去。並用指尖輕輕按著額頭。「你對紅仔所做的工作怎麼想？」她問。簡直像把秤陀移開了似的，時間之流稍微減輕了一點。

「不知道。」作說。「他所活著的世界，離我所活著的世界實在太遠了。無法簡單判斷善惡。」

「我不太喜歡紅仔所做的事。這是眞的。不過並不能因爲這樣，就把他切割掉。因爲他也是過去對我來說最好的朋友之一。而且現在也還是好朋友之一。就算七、八年沒見了也一樣噢。」

她再撩起一次前髮。然後說：

「紅仔呀，每年捐出相當高額的款項給那天主教的福利機構。爲了維持那個學習活動。那裡的人都非常感謝他的行爲。因爲那個機構的資金營運很困難。不過沒有人知道他捐款的事。因爲他強烈希望保持匿名援助者的身分。知道這件事的，除了當事者之外可能只有我。我因爲一點事情，偶然知道的。嘿，作，他絕對不是個壞人。你要知道這點。他只是裝成壞人的模樣而已喲。不知道爲什麼，不過大概不這樣不行吧。」

作點點頭。

「藍仔也一樣。」惠理說。「那個傢伙也還繼續保持著純眞的心。這點我也很清楚。只是要在這個現實世界活下去是很辛苦的。而且兩個人都在那裡，各自獲得超越一般人的成就。他們也盡量努力，盡到責任了。嘿，作，我們過去所做的事情絕對沒有白費喲。我們以一個團隊團結一體的事。我這樣想。就算那只繼續了有限的幾年而已。」

惠理再度用雙手掩住臉。沉默了一陣子。然後抬起臉，繼續說：

「我們是這樣活下來了。我和你。而且活下來的人，有活下來的人非完成不可的責任和任務。那就是，盡可能就這樣好好的在這裡繼續活下去。儘管各種事情都只能不完美。」

「我能做的，頂多是繼續建造車站而已。」

「那樣就好。你只要繼續建造車站就好。你一定能建造出完善、安全、讓大家能舒舒服服使用的車站。」

「我希望盡可能建造出那樣的東西。」作說。「其實是不可以的，不過我每次都會在自己負責工程的車站某部分，寫下自己的名字。在半乾的水泥上用釘子寫下自己的名字。多崎作。在從外表看不見的地方。」

惠理笑了。「你不在了以後，你的美麗車站還會留下來。就像我在盤子背面放進自己的名字那樣喔。」

作抬起頭來看惠理。「可以談談我的女朋友嗎？」

「當然。」惠理說。然後嘴角浮現迷人的笑容。「我也非常想聽你那聰明而比你大的女朋友的事。」

作談到沙羅。從第一次遇見她時心就不可思議地被吸引，第三次約會就有了性關係。她想知道名古屋的五人團隊，和那始末。而且最後一次見她時，不知道爲什麼他沒辦法充分發揮性的能力。無法進入她裡面。他鼓起勇氣連這個也老實說了。而且沙羅還強烈地建議作前往名古屋和芬蘭。她說如果不這樣的話，他心裡所抱著的問題可能無法解決。作想他是愛沙羅的。感覺和她結婚也好。對一個人懷有這麼強烈的感情，這可能是第一次。不過她好像另外有一個年紀大的戀人。沙羅和那個男人一起走在路上時，看起來非常快樂的樣子。自己可能沒辦法讓她感覺那麼幸福。

惠理很認眞地傾聽著他的話。在那之間一句話都沒插嘴。然後最後才這樣說：

「嘿，作。你應該得到她喔。不管怎麼樣。我覺得。如果你現在放開她的話，從今以後你可能誰也得不到喔。」

「可是我沒有自信。」

「爲什麼？」

「因爲我可能沒有所謂自己這東西。既沒有什麼個性，也沒有鮮明的色彩。我這邊拿不出任何東西來。這是我從很久以前就有的問題。我一直覺得自己像個空空的容器一樣。以容器來說或許某種程度有形狀，但裡面卻完全沒有可以稱得上內容的東西。無論如何都不覺得是和她相配的人。時間經過越久，沙羅知道我越多之後，可能會很失望。然後也許會離我而去。」

「作，你應該更有自信和勇氣喲。因爲我都喜歡過你呀。有一段時間還想把自己獻給你都可以呢。我還想如果你有要求的話我什麼都願意幫你做。一個滿腔熱血的女孩子，認眞地這樣想過。你有這樣的價值。完全不是什麼空空的。」

「妳能這樣說我很高興。」作說。「我眞的這樣覺得。可是，我不知道現在的情況怎麼樣。我已經三十六歲了。開始認眞思考自己這東西時，就像以前一樣，不，比以前更不知道該怎麼辦。沒辦法下決心該怎麼做才好。因爲有生以來第一次，特別對一個人有這樣強烈的感覺。」

「就算你是空空的容器，那也不錯啊。」惠理說。「就算是那樣，你也是非常漂亮、吸引人的容器。自己是什麼，其實這種事誰都不知道。你不覺得嗎？倒不如，你只要做一個形狀美麗的容器就好了。有人會想往裡面放什麼的那種，堅固而令人有好感的容器。」

作思考了一下。可以理解她要說的事。先不管那是不是適合自己。

惠理說：「回東京以後，立刻向她表白一切。那是你該做的事喔。把心打開來永遠會帶來最好的結果。只是，你不可以說出看見她和那個男人走在一起的事喔。只有那個要放在心裡。女人哪，有些東西不想被看見。不過除了那個之外，最好把你的心情毫不保留地坦白說出來。」

「我好害怕。自己可能做錯什麼，或說錯什麼，結果把一切都搞砸了，也許完全化爲烏有。」

惠理慢慢搖搖頭。「就像建造車站一樣。如果那個假定是擁有重要意義或目的的事物的話，是不會因爲一點小過錯就全然變不行，或完全消失的。就算不完美，首先車站就不得不製作。不是嗎？因爲如果沒有車站，電車就不能在那裡停靠。而且也無法迎接重要的人。如果發現有什麼不良狀況的話，可以應需要事後再修改就行了。先把車站建起來吧。爲了她的特別的車站。就算沒事電車都不由得想停的那種車站。腦子裡浮現那種車站，在那裡賦予具體的色彩和形狀。然後把你的名字用釘子刻在地基上。把生命吹進去。你擁有這樣的能力。因爲你已經一個人游過暗夜的大海了。」

惠理邀他留下來吃過晚飯再走。

「這一帶經常可以釣到肥美新鮮的鱒魚。雖然只是在平底鍋裡和香草一起煎就行的簡單作法，但相當美味喲。如果不嫌棄，就和我的家人一起用餐吧。」

「謝謝。不過我想差不多該回去了。我想趁天還亮著之間回到赫爾辛基。」

惠理笑了。「天還亮著之間？嘿，這是芬蘭的夏天喏。這裡幾乎到半夜都亮晃晃的呢。」

「雖然說得也是。」作說。

惠理瞭解他的心情。

她說：「謝謝你特地到這麼遠來看我。能和你這樣談話實在開心。真的喔。長久以來一直卡在心裡的東西，好像順利掏出來了似的。當然並不是一切全都解決了，不過對我來說已經幫助很大了。」

「我也一樣。」作說。「妳幫了我很大的忙。也見到妳的丈夫和兩個女兒，知道妳在這裡過著什麼樣的生活。光是這樣來芬蘭就值得了。」

兩個人走出木屋，走到Volkswagen Golf停著的地方。一邊確認著一步一步的意味一邊慢慢走。然後最後再擁抱一次。這次她已經不再哭了。他的頸根可以感覺到她安穩的微笑。她豐滿的乳房，扎實地散發著繼續活下去的力量。她繞到他背後的手指，無比堅強而實在。

然後作才忽然想起，從日本帶來給惠理和孩子們的禮物。他從放在車上的肩袋裡拿出來，交給她。惠理是黃楊木的髮簪，孩子們是日本的繪本。

「謝謝。作君。」惠理說。「你和以前沒變。還是經常那麼用心。」

「不是什麼好東西。」作說。然後想起買這些的那個黃昏，看到和男人一同走在表參道的沙羅的身影。如果沒有想到要買禮物的話，也不會看到那樣的光景。眞不可思議。

「再見，多崎作君。一路要小心。」臨別時惠理說。「可別被壞小矮人抓去喲。」

「壞小矮人？」

惠理瞇細了眼睛。嘴唇像以前那樣輕輕惡作劇地撇一下。「我們這裡常常這樣說。不要被壞小矮人抓去喲。因爲這一帶的森林從很久以前就住著各種東西。」

「明白了。」作笑著說。「我會注意不要被壞小矮人抓去。」

「如果有機會的話，幫我跟藍仔和紅仔說。」惠理說。「我在這裡過得很好。」

「我會幫妳傳達。」

「嘿，你不妨有時候去見見那兩個人。或三個人一起見面。爲了你，也爲了他們，我想那一定是一件好事。」

「是啊。或許是一件好事。」作說。

「而且可能也爲了我。」惠理說。「雖然我想我沒辦法在場，不過還是這樣覺得。」

作點頭。「等我安頓好之後，一定找機會這樣做。也爲了妳。」

「不過眞是不可思議喔。」惠理說。

「什麼事？」

「那個美好的時代過去了，再也不會回來的事。各種美好的可能性，都被時間之流吸進去消失掉的事。」

作默默點頭。心想不能不說一點什麼，但話卻出不來。

「這片土地的冬天非常長。」惠理眼睛一邊望著湖面一邊說。好像在對著身在遠方的自己說似的。「漫漫長夜，感覺好像永遠不會結束似的。一切的一切都僵硬地凍結成冰。感覺春天好像永遠也不會來似的。所以不由得想到很多黑暗的事情。那種就算多麼努力想不去想的事情。」

這樣話還是出不來。作只是沉默著，眼睛望向她視線前方的湖面。那時候應該開口說出的話，直到坐上飛往成田機場的直飛班機，繫上安全帶之後，才想起來。正確的語言爲什麼總是遲遲等到後來才出現。

他轉動鑰匙發動引擎。Volkswagen 的四汽缸引擎轉眼從睡眠中醒來，細聲細氣而著實地轉動起來。

「再見。」惠理說。「好好保重噢。還有確實抓住沙羅小姐喲。你無論如何都需要她。我這樣覺得。」

「我會試試看。」

「嘿，作，只有一件事你一定要記住。你並不缺少什麼色彩。那只不過是名字而已呀。我們確實爲了這個常常取笑你，不過那都是沒有用意的玩笑。你是無比傑出的，多彩的多崎作君。而且在繼續建造著精采的車站。現在是健康的三十六歲市民，擁有選舉權，也在納稅，爲了見我也能一個人搭飛機來到芬蘭。你不缺任何東西。你要有自信和勇氣。你需要的只有這個。可別爲了害怕和無聊的自尊心，而失去重要的人。」

他把排檔打進D檔，踩了油門。並從敞開的車窗伸出手揮著。惠理也揮著手。她高高舉起的手一直繼續揮動著。

惠理的身影終於退隱到樹叢間看不見了。映在鏡子裡的只有芬蘭夏季的深綠而已。似乎又起風了，廣闊的湖面到處掀起白色的漣漪。年輕的高個子男人划著小舟過來，像一隻巨大的豉蟲般無聲地慢慢通過眼前。

可能再也不會來到這個地方了。可能再也不會見到惠理了。兩個人將在各自既定的地方，繼續往各自的路向前邁進。正如藍仔所說的那樣，已經無法後退了。這樣想時，一股悲哀不知從哪裡像水般無聲地湧上來。那是沒有形狀的透明的悲哀。既是他自己的悲哀，同時也是伸手搆不到的遠處的悲哀。心像被挖掉般疼痛，呼吸困難起來。

來到鋪裝道路的地方把車停在路肩，關掉引擎，靠在方向盤上閉上眼睛。爲了調整心臟的節奏，不得不花時間慢慢深呼吸。這樣做著之間，忽然發現身體接近中心有一個冷硬的東西──經過一整年還不會融化的嚴密凍土的芯一般的東西。那造成胸部的痛和呼吸困難。到目前為止他都不知道，自己體內有這種東西。

不過那是正確的胸部疼痛，正確的呼吸困難。那是他不得不確實感覺到的東西。那冷冷的芯。自己從今以後不得不一點一點地融化。可能需要花時間。但那是他不能不做的事情。而且為了融化那凍土，作還需要其他什麼人的溫度。光靠他自己的體溫還不夠。

先回東京吧。那是第一步。轉動鑰匙，再度發動引擎。

到赫爾辛基的回程，作誠心祈禱惠理不要被森林裡的壞小矮人們抓去。現在他所能做的只有祈禱。

18

多出的兩天，作只在赫爾辛基的街上漫無目的地走著度過。有時稀稀落落地下起小雨，不過不是需要在意的雨。一邊走著一邊想各種事情。有很多不得不想的事。在回東京之前，想盡可能先把自己的心情整理好。走累了時，或想累了時，就走進咖啡廳喝咖啡，吃三明治。在路上迷路了，搞不清楚自己現在在哪裡，也不介意。不是多大的都市，到處都有路面電車行駛著。而且迷失方向，對現在的他某種意義上甚至很舒服。最後一天下午，走到赫爾辛基的中央車站在長椅上坐下，只是望著出發到達的列車度過時間。

從車站用手機打電話給歐爾嘉，向她道謝。找到哈泰寧家了，而且她看到我的臉確實吃驚了。還有赫曼林納是個非常美麗的地方。那太好了，太美了，歐爾嘉說。她似乎眞心爲他感到高興。作邀她，如果方便，想請妳到什麼地方吃個晚餐表示感謝。很高興你這麼說，不過今天是母親的生日，已經預訂在家和父母親一起用餐了，歐爾嘉說。麻煩你代我向沙羅問好。我會轉達，謝謝妳幫了很多忙，作說。

到了傍晚，到歐爾嘉推薦的港口附近的餐廳去吃魚料理，用玻璃杯喝了半瓶夏布利（Chablis）白葡萄酒。然後想著哈泰寧一家的事。他們現在一定也正四個人圍著餐桌。風還在吹著湖面嗎？惠理在那裡現在到底在想什麼樣的事情呢？她呼吸的溫暖觸感，還留在他的耳根。

回到東京是星期六早晨。整理旅行袋中的東西，慢慢泡個澡，剩下的一天沒做什麼地度過。一回來，就想給沙羅打電話。實際拿起聽筒，甚至按了號碼。結果還是把聽筒放回去。現在暫時需要時間，整理心裡的東西。雖然是短暫的旅行，但那之間發生了各種事情。對自己現在正這樣置身於東京的正中央，還沒有眞實感。在赫曼林納郊外的湖畔，傾聽著透明的風聲，覺得是才不久前的事。不管要告訴沙羅什麼，他都必須選擇用語。

洗過衣服，簡單瀏覽了累積的報紙，傍晚前上街去買食品，但沒有食慾。可能是時差的關係，從天還亮著時就已經很睏了，八點半在床上躺下就那樣睡著了，但午夜之前又醒來。想繼續讀在飛機上讀的書，但頭腦不太靈光。因此開始打掃房間。快天亮時再躺下睡著，下次醒來是星期天中午以前。可能會很熱的一天。打開冷氣開關，泡了咖啡喝，吃了一片乳酪吐司。

沖過澡後試著打電話到沙羅的住處。但電話設定成答錄。有「請在信號聲響後留言。」的訊息。稍微猶豫該怎麼辦，但什麼也沒說就那樣放下聽筒。牆上的時鐘針正指著下午一點。也想到要不要打手機，但又打消念頭。

她現在也許正和戀人一起用午餐。去上床擁抱則時間還太早。作想起和沙羅手牽手走在表參道的中年男人的模樣。不管多麼想把那印象趕走，還是不離開腦子。在沙發躺下，有意無意地想著那種事時，背上有被尖銳的針刺著般的觸感。眼睛看不見程度的細針。微微的痛，也沒出血。大概。雖然如此痛還是痛。

騎自行車到健身房去，在游泳池游了平常的距離。全身整體還留下不可思議的麻痺。一邊游著偶爾忽然覺得好像睡著了似的。但當然實際上不可能一邊睡覺一邊游泳。只是這樣覺得而已。雖然如此游著之間，身體變成接近所謂自動駕駛的狀態，可以既沒想到沙羅也沒想到那個男人。那對他來說是很值得慶幸的事。

從游泳池回來，睡了半小時左右午睡。沒有夢，意識彷彿被斷然遮擋了般濃密的睡眠。後來燙了幾件襯衫和手帕，做了晚餐。把鮭魚和香草一起放進烤箱烤好擠上檸檬汁，和馬鈴薯沙拉一起吃。做了豆腐和蔥花的味噌湯。只喝了半罐冰啤酒，看了電視上的傍晚新聞。然後躺在沙發上看書。

沙羅打電話來，是晚上九點前。

「時差有沒有問題？」她說。

「睡眠相當混亂，不過身體情況不錯。」作說。

「現在可以講話嗎？睏不睏？」

「睏是睏，不過我想再忍一個鐘頭左右，然後才睡。因爲明天要開始工作了，在公司不能午睡。」

「我想那樣比較好。」沙羅說。「嘿，今天下午一點左右打電話給我的，是你吧？我一直忘記檢查答錄機，剛才才發現。」

「是我啊。」

「那時候剛好到附近去買東西。」

「噢。」作說。

「但你沒有留言喔。」

「我很不習慣在答錄機上留言。經常會很緊張，說不出話來。」

「說得也是，不過自己的名字總說得出口吧？」

「是啊。確實應該留個名字。」

她稍微停一下。「嘿，我也滿擔心你喲。旅行不知道是不是順利。隨便給我留個一句話不好嗎？」

「對不起，是應該那樣的。」作道歉。「對了妳今天一天都在做什麼？」

「洗衣服和買菜。做料理，打掃廚房和浴室。我偶爾也需要這種非常樸素的假日。」她這樣說完之後沉默一下。「那麼，芬蘭的事情順利解決了嗎？」

「和黑妞見到面了。」作說。「兩個人也慢慢地談過了。歐爾嘉幫了我很多忙。」

「那太好了。她是個好女孩吧？」

「非常好。」他說自己從赫爾辛基開車到距離一個半小時的地方，一個美麗的湖畔去見惠理（黑妞）。她跟丈夫和兩個小女兒，還有一隻狗，一起在這夏屋度過夏天。每天到附近的一個小工作室，和丈夫一起做陶。

「她看起來很幸福的樣子。可能適合芬蘭的生活吧。」作說。除了漫長黑暗的冬天偶爾的夜晚之外——不過這件事他沒提。

「你覺得爲了見她千里迢迢到芬蘭去很值得嗎？」沙羅問。

「嗯，我覺得有去一趟的價値。有只能實際見面才能談的事。幸虧這樣很多事情都弄得相當清楚了。雖然並不是一切都順利弄清楚了，但那對我具有很大的意義。我是說對我的心來說。」

「太好了。我很高興聽到這個。」

有一段短暫的沉默。像在測風向般，有含意的沉默。然後沙羅說：「嘿，我覺得你聲音的感覺好像和平常有一點不同，是我的心理作用嗎？」

「不知道。聲音奇怪可能是因爲疲倦吧。因爲我有生以來第一次搭長途飛機。」

「不是有什麼特別的問題吧？」

「沒有任何造成問題的事。有很多事情必須和妳說，不過說來話長。我想最好這幾天能見面，慢慢照順序講比較好。」

「是啊。見個面吧。不過不管怎麼樣，芬蘭行沒有白走一趟太好了。」

「很多事情要謝謝妳。託妳的福。」

「不客氣。」

再度有短暫的沉默。作小心地側耳傾聽。那裡頭的含意還沒有消解。

「有一件事想問妳。」作下定決心說出來。「這種話也許不說比較好。不過還是覺得，對自己的心情坦白比較好。」

「沒關係。」沙羅說。「當然覺得對自己的心情坦白比較好。什麼都可以問。」

「我沒辦法好好說，不過我覺得妳除了我之外好像還有別的正在交往的男人。那件事從以前就在我心裡卡著。」

沙羅稍微沉默。「你覺得？」她說。「那是，只是好像有那種感覺是嗎？」

「是啊。只是好像有這種感覺而已。」作說。「不過就像我以前也說過的那樣，我本來就不是感覺很敏銳的人。我的頭腦基本上是爲了製作有形的東西而成立的。正如名字一樣。結構相當單純。我不太能理解人家心裡複雜的動向。其實，說到這種事，我好像連自己心的動向都搞不太清楚。關於這種微妙的問題，往往會犯錯。所以我盡量努力不在腦子裡想各種麻煩的事。不過這件事我從以前就掛在心上。而且我想關於這件事也許還是坦白地從正面問妳比較好。總比在自己腦子裡笨拙地團團轉要好。」

「原來如此。」沙羅說。

「那麼，妳是不是還有喜歡別人？」

她沉默。

作說：「我希望妳瞭解，就算是那樣，我也不能多說什麼。那可能不是我該開口的事情。妳對我沒有任何義務，我也沒有權利要求妳什麼。不過，我只是想知道而已。自己所感覺到的事有沒有錯。」

沙羅歎一口氣。「什麼義務和權利，我希望最好不要提這種話。好像在做修改憲法的議論似的。」

「知道了。」作說。「我想我的說法不太好。不過，就像剛才說過的那樣，我是個相當單純的人。如果懷著這樣的心情的話，可能無法順利交往下去。」

沙羅又再沉默一下。可以清楚想像她在電話前緊緊閉著嘴唇的模樣。

過一會兒之後她以安靜的聲音說：「你並不是一個單純的人。只是自己要那樣想而已。」

「如果妳這樣說的話，可能是這樣。這方面的事我也不太清楚。不過單純的生活方式比較適合我的個性倒是真的。尤其關於人際關係，過去受過幾次傷了。如果可能的話希望以後不要再遇到這種事情。」

「我懂了。」沙羅說。「既然你坦白了，所以我也想對你誠實。不過在那之前可以給我一點時間嗎？」

「多久？」

「這個嘛，三天左右。今天是星期天，所以我想星期三可以好好地談清楚。我想也可以回答你的問題。星期三晚上有空嗎?」

「星期三晚上有空。」作說。不需要一一翻開手冊確認。天黑之後,他就沒有任何預定。

「那天一起吃飯吧。然後在那裡談各種事情。誠實地。那樣可以嗎?」

「那樣很好。」作說。

於是兩個人掛上電話。

那一夜作做了一個很長的怪夢。他坐在鋼琴前面,正在彈著奏鳴曲。巨大的嶄新的平台鋼琴,白鍵無比的白,黑鍵無比的黑。譜架上大本樂譜頁面翻開著。一個穿著沒有光澤緊身黑色服裝的女人站在他身旁,用雪白的修長手指,爲他快速翻著樂譜的頁面。時間極其正確。她的頭髮漆黑,長到腰部。在那個場所,所有的東西似乎都是以白色和黑色的漸層色階所構成的。看不見其他色彩。

並不知道是誰作曲的鋼琴奏鳴曲。無論如何那是很長的曲子。樂譜像電話號碼簿般厚重。譜面被音符所填滿,名副其實黑壓壓的。擁有複雜的結構,是要求高度演奏技巧的困難曲子。而且對他來說完全是初次見到的曲子。雖然如此但作只看到樂譜一眼,就瞬間理解其中所表現的世界的狀況,能把那變成聲音。就像他能立體地讀取複雜的設計圖一樣。他被賦與這樣的特殊能力。而且他訓練有素的十根手指，像疾風般從鍵盤的一隅到一隅盡情奔馳迴旋。自己能比誰都快速正確地解讀那互相糾結的龐大數量的暗號之海，並能當場同時賦與正確的形式，簡直是令人目眩的美好體驗。

一邊忘我地演奏著那音樂，他的身體同時被夏日午後的閃電般的靈感，尖銳地刺穿。一方面擁有巨匠演奏家式的結構，一方面卻極盡優美內省的音樂。將人的生之行爲的各種模樣無比直率、纖細、而立體地表現出來。那是唯有透過音樂才能表現的世界重要風貌。能親手演奏那種音樂，令他感到自豪。強烈的喜悅震顫他的背脊。

然而遺憾的是，在他眼前的聽眾似乎並沒有那樣想。他們身體蠢蠢扭動著，看來既無聊又煩躁。他們移動椅子的聲音、乾咳的聲音傳到他耳邊。這是怎麼回事？這些人完全沒有理解這音樂的價值。

他在宮廷大廳般的場所演奏著。地板由光滑的大理石鋪成，屋頂高高的。中央設有美麗的採光窗。人們坐在優雅的椅子上聽那音樂。人數大約五十人左右。穿著講究的高尙人士。可能也很有教養。但很遺憾，他們並沒有讀取這音樂優越本質的能力。

隨著時間的經過，人們所弄出的噪音越來越大、越來越礙耳。漸漸大到壓倒音樂聲響本身的地步，讓人咬牙切齒忍無可忍。而且最後連他自己的耳裡，都幾乎聽不見自己所演奏的音樂了。他聽到的只有，奇奇怪怪地被增幅被誇張的噪音和乾咳和不滿的呻吟而已。雖然如此他的眼睛還是像舌頭舔著般地讀取樂譜，他的手指在鍵盤上像著了魔似地繼續激動地奔馳迴轉。

然後某個瞬間他忽然發現。翻著樂譜的黑衣女人的手指有六隻。那第六隻手指幾乎和小指一樣大小。他倒吸一口氣，胸部激烈顫抖。他想抬頭看身旁站著的女人的臉。那是什麼樣的女人？是他認識的女人嗎？但到那樂章結束爲止，他的眼睛瞬間都無法離開樂譜。就算在聽著音樂的人已經一個都不在了。

作在這裡醒了過來。枕邊的電子鐘綠色的數字顯示著二時三十五分。全身汗濕了，心臟還刻著乾乾的時間。從床上起身，脫下睡衣，用毛巾擦身體，換上新的T恤和平口褲。在客廳的沙發坐下。然後在黑暗中想著沙羅。剛才在電話裡自己對她說出口的一切話，讓他後悔。那種事情不應該提出來的。

他想立刻打電話給沙羅，把自己說過的話全部收回。但半夜三點前沒辦法打電話給誰，而已經說出口的話要對方完全忘記，更不可能。我可能會就這樣失去她，作想。

然後他想起惠理。惠理·黑埜·哈泰寧。兩個小女孩的母親。他想起白樺樹叢後方廣闊的藍色湖面。想起小船碰撞凸堤所發出的喀達喀達聲。附有美麗花紋的陶器、小鳥的啼聲、狗的吠聲。還有布倫達爾端莊演奏的《巡禮之年》。輕輕壓在他身上惠理豐滿的乳房的觸感。溫暖的吐氣、被淚水濡濕的臉頰。已經失去的幾種可能性，和再也回不來的時間。

有一段時間兩個人隔著桌子，暫時無言，也沒有刻意找話說，只是側耳傾聽著窗外小鳥吱喳啁囀。那是擁有獨特的不可思議旋律的啼聲。同樣的旋律在林間反覆了好幾次。

「那是母鳥在教小鳥們要那樣啼喲。」惠理說。然後微笑。「我到這裡來以前從來不知道。母鳥也必須一一教小鳥們怎麼啼。」

人生就像複雜的樂譜一樣，作想。充滿十六分音符和三十二分音符，和許多奇怪的記號，許多含意不明的附注。要正確讀取這些是極難的作業，就算能正確讀取，而且能把那轉換成正確的音，但其中所包含的意思也不一定能被人們正確理解，適當評論。那也未必能使人得到幸福。爲什麼人的作爲非要那麼複雜不可呢？

「你要好好得到沙羅小姐。你需要她。無論發生什麼都不要放掉她。我這樣覺得。」惠理說。「你沒有缺乏任何東西。要有自信和勇氣。你需要的只有這個。」

然後不要被壞小矮人抓去喲。

他想到沙羅，想到她可能正被抱在誰的赤裸的臂彎裡。不，不是誰。他實際看到那個人的模樣了。沙羅那時在那裡表情非常幸福的樣子。笑得開心地露出美麗的牙齒。他在黑暗中閉上眼睛，用指尖壓著兩邊的太陽穴。總不能一直懷著這種心情活下去，他想。就算只要再忍三天。

作拿起聽筒，按了沙羅的電話號碼。時鐘的針指著四點稍前。呼喚鈴聲響了十二次，然後沙羅來接。

「這種時間眞是過意不去。」作說。「不過無論如何都想和妳說話。」

「這種時間，到底是什麼時間？」

「上午四點前哪。」

「眞要命，我連有這種時間都不知道。」沙羅說。從那聲音聽起來，她的意識似乎還沒好好回來的樣子。「那麼，是誰死了嗎？」

「誰也沒有死。」作說。「誰都還沒死。不過我有事情無論如何必須在今夜之內先告訴妳。」

「是什麼樣的事？」

「我打心裡喜歡妳，而且眞的需要妳。」

電話對面發出咯嗒咯嗒找什麼東西的聲音。然後她小聲乾咳，發出透一口氣似的聲音。

「現在方便說話嗎？」作問。

「當然。」沙羅說。「因爲凌晨四點前吧。想說什麼就說好了。沒有任何別人會偷聽。大家在天亮前都會深深熟睡。」

「我打心裡喜歡妳，而且眞的需要妳。」作重複說。

「這就是凌晨四點前打電話，想告訴我的事情嗎？」

「是啊。」

「你在喝酒嗎？」

「不，完全沒喝。」

「原來如此。」沙羅說。「以理科系的人來說還能變得相當熱情嘛。」

「因爲和建造車站一樣。」

「怎麼個一樣法？」

「很單純哪。如果沒有車站，電車就無法在那裡停靠。我不能不做的，是首先在腦子裡浮現想像那車站的模樣，再給予具體的色彩和形狀。這個先出來。就算有什麼不完備的地方，可以事後修改就行了。而且我已經習慣那樣的作業了。」

「因爲你是一個傑出的工程師。」

「但願如此。」

「而且你在接近天亮前，不眠不休地努力爲我製作特製的車站是嗎？」

「是啊。」作說。「因爲我打心裡喜歡妳，而且眞的需要妳。」

「我也非常喜歡你喲。每次見面心就漸漸更被你吸去。」沙羅說。而且就像在文章裡留白那樣，稍微停頓一下。「不過現在是早晨的四點前，鳥都還沒醒來。我的頭腦也不能說在正常轉著。所以請你再等三天好嗎？」

「好啊。不過只等三天。」作說。「那可能是極限。所以我才會在這樣的時間給妳打電話。」

「三天就足夠了。作君。工期會確實遵守。星期三傍晚見吧。」

「吵醒妳眞抱歉。」

「沒關係。知道上午四點時間也確實在流動著眞好。外面已經亮了嗎？」

「還沒。不過再過一會兒就會開始亮。鳥也會開始啼。」

「早起的鳥可以捕到很多蟲。」

「理論上。」

「不過我想大概沒辦法看到。」

「晚安。」他說。

「嘿，作君。」沙羅說。

「嗯。」

「晚安。」沙羅說。「放心慢慢睡覺吧。」

然後掛斷電話。

19

新宿車站是巨大的車站。一天總共有將近三百五十萬人次通過這個車站。金氏紀錄上正式認定JR新宿站是「全世界乘客最多的車站」。有好幾條路線在站內交錯。主要的就有中央線、總武線、山手線、埼京線、湘南新宿線、成田快速線，這些鐵道路線非常複雜地交錯、組合著。乘車月臺總共有十六個。加上還有小田急線和京王線兩條私鐵路線、三條地下鐵線，就像從側腹部插上插頭般接續著。簡直就是個迷宮。上下班通勤的尖峰時刻那迷宮就成了人海。海冒著泡沫，洶湧，咆嘯，朝入口和出口衝刺。爲了轉車而移動的人潮到處縱橫交流，危險叢生。無論多麼偉大的預言家，都不可能將那樣洶湧翻騰的大海一分爲二。

這樣壓倒性數目的人每周五天，晨昏二次，在爲數絕不算多的車站人員，要領良好、沒有大過地維持秩序之下進出車站，眞是難以令人相信的事。尤其早晨的尖峰時段很成問題。人們都急著朝各自的目的地趕。一定要在指定時刻之前打卡才行。心情不可能好。睏意還沒清醒過來。而且幾乎擁擠得毫無空隙的列車，令他們的肉體和精神同感痛苦。只有少數特別幸運的人才有座位坐。竟然能不引起暴動。沒有因事故而發生流血慘案，作經常感到佩服。如果這樣極端擁擠的車站和列車，被狂熱信奉的組織性恐怖分子當成攻擊目標的話，無疑將發生致命的事態。傷害一定非常慘烈。那對在鐵路公司上班的人、對警察、當然對一般乘客來說，都是無法想像的惡夢。雖然如此，到現在幾乎依然沒有防止那種悲慘事件的方法。而且那惡夢是在一九九五年的春天在東京實際發生的事。

車站人員以擴音器繼續叫喊，繼續懇求，發車鈴幾乎不休息地繼續鳴響，剪票機器默默繼續讀取卡片、車票和定期券等龐大資訊。以秒爲單位的出發到達長排列車，像訓練良好而耐心堅強的家畜般有系統地把人們吐出，然後再吸入，等車門一關上就迫不及待地開往下一個車站。上下樓梯時，在擁擠的人潮中就算腳被後面的人踩到，一邊鞋子脫落了，都不可能再回收。鞋子會被吞進所謂尖峰時段這激烈的流沙中消失無蹤。無論他或她都只能在單腳沒有鞋子的情況下度過漫長的一天。

一九九〇年代初期，日本泡沫經濟還繼續的期間，有一家美國有力的報紙，大幅刊登出冬天早晨的尖峰時段新宿車站下樓梯的人們的照片（或許是東京車站，不過兩邊都一樣）。上面所顯示的上班族，都約好了似地臉朝下，像被裝在罐頭裡的魚般沒有生氣，臉色陰暗。

報導上寫著「日本或許確實變富裕了。但多數日本人都像這樣低著頭看來不幸的樣子。」而且那張成爲著名的照片。

日本人中是否有許多實際上不幸的，這點作也不太清楚。不過在擁擠的早晨的新宿車站走下樓梯的上班族，全都一起臉朝下的眞正原因，與其說他們是不幸的，不如說他們在注意腳下。避免踩空，避免鞋子掉了——在尖峰時段的巨大鐵路車站裡這種事情是非常重要的課題。照片對這樣的實際環境背景並沒有言及。而且穿著暗色調大衣、低頭走路的人們大體上看起來是不會顯得幸福的。當然每天早晨，如果不擔心失去鞋子就不能去上班的社會要被稱爲不幸的社會，理論上也是十分可能的。

人們每天要耗費多久時間在通勤上呢？作試著想想。平均單程一小時到一小時半。大概這個程度吧。結婚之後有一個或兩個小孩，職場在都市中心的普通上班族如果要擁有一棟房子的話，無論如何都只能住到需要這樣通勤時間的「郊外」去。而一天二十四小時中，就有兩小時到三小時必須光耗費在通勤這個行爲上。在客滿的電車上，如果順利的話也許可以閱讀報紙或文庫本的書。或許也可以用ipod聽海頓的交響曲，或學習西班牙語。有些人也許可以閉上眼睛，耽溺於漫長的形而上的思索。但在一般的意義上，一天中的那兩小時或三小時，大概很難稱爲是人生中最有益的時間、最良質的時間吧。一個人的生涯中到底有多少時間，是爲了這（恐怕是）無意義的移動而被剝奪了、消失了呢？那又多少程度令人疲憊、耗損呢？

不過這不是在鐵路公司上班、主要在從事車站建築設計的多崎作，該考慮的問題。人們的人生就交給人們去吧。那是他們的人生，不是多崎作的人生。我們所生活的社會有多少程度是不幸的，或並非不幸的，讓每個人自己去判斷就行了。他不能不考慮的，是要如何適當而安全地引導數量如此之多的人潮。這裡不需要省察。需要的是正確地被檢證過的實效性。他既不是思想家也不是社會學家。只不過是一介工程師而已。

多崎作喜歡眺望ＪＲ的新宿車站。

到新宿車站時，他會用買票機買入場券，經常會走上第9、10號月臺。那裡是中央線的特急列車的進出月臺。往松本或甲府的長距離列車。和以通勤的上班族爲主的其他月臺比起來，乘客數少得多了，列車的進出也沒有那麼頻繁。可以坐在長椅上，慢慢觀察車站的模樣。

他就像別人去聽音樂會、去看電影、去俱樂部跳舞、去看運動比賽、去逛櫥窗感覺一樣地來造訪鐵路車站。當他有空閒時間想不到該做什麼才好時，就常常一個人到車站來。心情不安時，或想思考什麼時，腳步也自然會朝車站走。然後在月臺的長椅上坐下來，喝著從販賣店買來的咖啡，一邊以小型時刻表（這經常放在皮包裡）確認電車進出的時刻，一邊只是一直安靜地坐在那裡。他可以這樣消磨幾個鐘頭的時間。學生時代曾經檢查過車站建築的造型、乘客的流量、站員們的動向，把注意到的事情詳細記在筆記上，現在則畢竟已經不再那樣做了。

特急列車一邊降低速度一邊到達月臺。車門打開，乘客從列車一一下車。這種光景只是看著而已，他就可以得到充分的滿足和安穩的情緒。知道列車完全依照預定時刻沒有差錯地進站離站時，即使不是自己所服勤的鐵路公司的車站，他還是會感到引以爲榮。安靜、沒有裝飾的引以爲榮。清潔作業員的團隊迅速進入到達列車內回收垃圾，把座椅恢復清潔。戴著帽子穿著制服的站務人員們，俐落地交接著任務，完成爲下一班列車的運行做好準備。車廂上目的地的標示改變了，列車被賦予新的班次號碼。一切都在秒單位下依照順序，沒有多餘，沒有停滯地進行。那就是多崎作所屬的世界。

他在赫爾辛基的中央車站也作了同樣的事情。帶著簡單的時刻表，在長椅上坐下，用紙杯一邊喝著熱咖啡，一邊眺望著進出的長途列車。用地圖確認列車的目的地，確認那是從哪裡開來的。望著從列車上一一下車的乘客們，望著朝向其他月臺快步移動的乘客姿態。眼光追逐著穿制服的站務人員和乘務人員的動向。這樣做著之間，和平常一樣心情就安穩下來了。時間均質、滑順地經過。除了聽不見站內的廣播之外，和在新宿車站時一樣。可能全世界的任何地方，鐵路車站的營運程式基本上都沒有什麼改變。正確而手法俐落的專業意識（professionalism）。那模樣在他心中，喚起自然的共鳴。自己正在正確的場所，在那裡有這種確實的感覺。

星期二，多崎作工作結束時，牆上的時鐘針指著八點。那個時刻留在辦公室的只有他一個人。當時他手頭上的工作，並不是非加班不可的緊急東西。但因爲星期三晚上和沙羅約好要見面，因此想在事前把累積的工作先解決掉。

他在告一段落之後把電腦開關切掉，把重要磁片和文件收進可以上鎖的抽屜，把房間電燈關掉。然後和認識的警衛打招呼，從後門離開公司。

「這麼晚才下班辛苦了。」警衛說。

想到什麼地方去吃東西，卻沒有食慾。但也不想就這樣直接回家。所以往JR新宿車站走。那天他也在站內的販賣店買了咖啡。夏天的東京特有的悶熱夜晚，背上被流的汗濕透了，雖然如此他還是寧可不喝冰的，而喜歡喝冒著熱氣的黑咖啡。那是習慣問題。

9號月臺上和平常一樣，往松本的末班特急列車已經做好出發的準備。乘務員一邊走著穿過車內，一邊以熟練但不懈怠的眼光進行檢點，看看有沒有什麼不完備的地方。列車是看慣的E257系的。雖然沒有新幹線列車般引人注目的華麗，但他對那樸實而沒有裝飾的造型擁有好感。到塩尻爲止沿著中央線前進，然後到松本爲止走篠之井線。列車到達松本是午夜的五分鐘前。到八王子爲止跑都市區，因此必須壓低噪音，之後大體上在山中前進，彎路很多也有關係，無法以豪放的速度奔馳。以距離來說時間比較長。

離完成乘車準備還稍微有一點時間，但要搭那班車的乘客們，已經忙碌地在販賣店採買便當、零食、罐裝啤酒、準備幾本雜誌。也有人把ipod的白色耳機塞進耳裡，已經確保好移動的自己一個人專屬的小世界。到處可見人們正用手指靈巧地操作智慧型手機，或在站內以不亞於擴音機的大聲量朝手機和誰互相聯絡著。也有好像要結伴出發去旅行的年輕情侶的姿影。他們在長椅上並肩依靠著，很幸福似地小聲交談。眼睛睏倦的五、六歲雙胞胎男孩，被雙親牽著手，走過作的前面快步通過。他們手上各自拿著小遊戲機。有兩個背著好像很沉重背包的外國年輕人。有抱著大提琴的年輕女孩。有臉的側面很漂亮的女人。搭夜晚的特急列車，前往某個遙遠的地方去的人們——作感覺有點羨慕他們。他們總之有可以去的地方。

多崎作並沒有特別可以去的地方。

試想起來他還沒去過松本或甲府或塩尻。這麼說來，連八王子也沒去過。雖然在新宿車站的這個月臺上，眺望過無數次往松本的特急列車，但他腦子裡從來沒有浮現過自己也搭上那列車的可能性。他想都沒想過這種事。爲什麼呢？

作想像自己就這樣搭上了這班列車，現在正前往松本。絕不是不可能的事。而且他想這似乎是個不錯的想法。畢竟他已經忽然想到就去到芬蘭了。如果想去松本，不可能去不了。那裡到底是什麼樣的地方？人們在那裡過著什麼樣的生活？但他搖搖頭，放棄了那個想法。明天從松本回東京不可能趕上上班時間。這不用查時刻表都知道。而且明天晚上有和沙羅見面的約定。對他來說是重要的一天。不可能現在去松本。

他喝了剩下的冷掉的咖啡，把紙杯丟進附近的垃圾箱。

多崎作沒有可去的場所。那就像他的人生的一個命題一般。他沒有可去的地方，也沒有可回的地方。過去就從來沒有過那樣的東西，現在也沒有。對他來說唯一的場所就是「現在所在的場所」。

不，不是這樣，他想。

試著仔細想想，在以往的人生中，清楚擁有應該朝向的目標場所，只有一次而已。高中時代，作希望能進入東京的工科大學，專門學習鐵路車站的設計。那是他該去的場所。而且因此拚命努力讀書。級任老師冷冷地告訴他，以你的成績要考那所大學的入學考試大約八成不合格。但他非常努力，總算克服了那個難關。那樣全神投入地用功讀書，那時候還是第一次。他不擅長和別人競爭名次和成績，但如果能給他一個能認同的具體目標的話，他自己就會投注心血，也相當能發揮潛力。這對他來說是一個新發現。

而且那結果，作離開了名古屋到東京一個人生活。在東京的期間，他想早一刻回到故鄉的城市，渴望再和朋友們見面相聚片刻。那是他該回去的場所。就那樣在兩個地方來回的生活，繼續了一年多一點。但在某個時間點那個圈子卻唐突地被切斷了。

對那以後的他來說，既沒有該去的場所也沒有該回的場所了。名古屋還有他的家，母親和大姊還住在那裡，自己的房間也還原樣留著。二姊也住在市內。每年一次到兩次禮貌性地返鄉，每次都受到溫暖的歡迎，但以他來說，和母親和姊姊們並沒有特別可談的話，在一起也不覺得懷念。她們對作想要的，是作認為已經不需要而仍留著的他的過去的模樣。為了再現並提供那個，他不得不作出不自然的演技。名古屋這個城市感覺也有點莫名的疏遠、乏味。在那裡已經看不到任何一件作所追求的、或感覺懷念的東西了。

另一方面，東京對他來說則是偶然被賦與的場所。過去是學校所在地，現在是職場所在地。他因為職務的關係屬於那裡。除此之外沒有別的意義。作在東京過著規律而安靜的生活。像被逐出國外的亡命者，在異鄉盡可能不要在周圍引起風波，不要製造麻煩，希望不要被取消居留許可證，小心注意地生活著那樣。他可以說是以一個從自己的人生逃出來的亡命者活在那裡。而所謂東京這個大都市，對希望那樣匿名地活著的人來說，則是一個理想的居住場所。

他沒有稱得上親密的朋友。交過幾個女朋友，最後都分手。安穩的交往，圓滿的分手。沒有一個對象能進到他的內心深處。和他並沒有特地追求這樣的關係也有關係，可能對方也沒有要求他那麼深也有關係。可以說一半一半。

我的人生簡直就像在二十歲這個時間點實質上就停下腳步了似的，多崎作在新宿的長椅上這樣想。在那之後所迎接的日子，幾乎沒有稱得上重量的東西。歲月像安穩的風那樣，在他周圍安靜地通過。沒有留下傷痛，沒有留下哀愁，也沒有掀起強烈的感情，沒有留下特別的歡喜和回憶。而他現在正即將踏進中年的領域。不，要算中年還稍微有一點時間。但至少已經不算年輕了。

試想起來，惠理某種意義上或許也可以稱爲人生的亡命者。她的心也受傷了，結果捨下了各種東西，捨棄了故鄉。話雖這麼說，她自己選擇了芬蘭這個新天地。而且她現在有丈夫、有女兒。有陶藝這可以投注心力的工作。有湖畔的夏屋，有健康活潑的狗。也學會芬蘭語。她逐漸在那裡建立起小宇宙。和我不同。

作看了一下左手腕上戴著的Tag Heuer手錶。時刻指著八點五十分。特急列車乘客已經開始上車。帶著行李的人們依次上了列車，在指定的座位上坐下。把包包放上行李架，在冷氣很強的列車裡鬆了一口氣，喝著冰涼的飲料。透過玻璃窗可以看到這種姿勢。

那手錶是從父親繼承來的。少數有形的東西。一九六〇年代初期所製作的美麗骨董。三天不戴的話發條就會鬆掉，針會停止。不過那不方便，反而讓作喜歡。

精緻而純粹的機械製品。不，也許可以稱爲工藝品。沒有放進一片石英或微晶片。一切都是由精細的發條和齒輪規律地動作著。而且將近半世紀不休止地繼續動到現在，所刻出的時刻還驚人的正確。

作從出生到現在從來沒有自己買過手錶。經常都是誰給他的便宜手錶，沒有任何感覺地用著。只要能知道正確時間就好了。這是他對手錶這東西的想法。用卡西歐最簡單的數字錶日常就夠用了。所以父親去世了，收到這高價的手錶當紀念品時，也沒有特別的感慨。只是需要上鏈，因此以一種責任開始每天戴著。不過一旦開始使用之後，他就徹底喜歡上那手錶了。喜歡那觸感和適度的重量感，那所發出的小小機械聲。也變得比以前更頻繁地確認時刻。而且每次父親的影子就會稍微在他腦子裡掠過。

老實說，對父親本人不太記得，也不會有特別懷念的心情。從小到大，都沒有和父親一起去哪裡，或兩人親密地談話的記憶。父親本來就是個沉默寡言的人（至少在家裡很少開口），要不然就是每天工作忙碌，很少回家。現在想起來，可能在外面有女人吧。

對作來說他與其說是傳給他血脈的父親，不如說更接近頻繁來訪的偉大親戚般的存在。作實質上好像是由母親和兩個姊姊養育大的似的。父親過的是什麼樣的人生，擁有什麼樣的想法和價值觀，日常具體上都在做什麼樣的事情。他幾乎什麼都不知道。他勉強知道的只有，父親生在岐阜縣，從小父母就過世了，被當僧侶的叔父收養，總算高中畢業，從白手起家到開創公司，事業經營成功成果驚人，甚至建立起現在的財產的地步。以受過苦的人來說很稀奇，不想談辛苦的事。也許不太想回憶吧。無論如何，父親擁有超出常人的商業才能是不會錯的。必要的東西會迅速到手，不必要的東西會一一丟掉的才能。大姊有一部分繼承了他這種商業方面的才能。二姊則也繼承了一部分母親輕盈的社交性。作則完全沒有繼承到兩邊的資質。

父親持續一天抽五十根以上的香菸，得了肺癌死去。作到名古屋市內的大學醫院探訪父親時，他已經完全發不出聲音了。那時父親看起來好像要和作說什麼似的，但願望已經無法實現。在一個月後就在醫院的病床上斷氣了。父親給作留下的，是自由之丘一房的公寓大廈，和以他名義存入的一大筆銀行存款，以及這Tag Heuer自動上鏈手錶。

不，留給他的另外還有，多崎作這名字。

當作說出想進東京的工科大學學習專門知識時，對於獨生子完全沒有顯示繼承自己所建立起來的房地產事業的興趣，父親似乎相當失望。不過另一方面，對作想當工程師的志願又大爲贊成。既然這樣想的話，就去上東京的大學吧，這學費我很樂意出，父親說。無論如何把技術學好，能製作有形的東西是一件好事。要對世間有所貢獻。好好讀書，就去製作你所喜歡的車站吧。對於自己所選的「作」這個名字沒有白費，父親似乎很高興的樣子。他讓父親高興，或父親那樣明顯地表現出高興，那可能是第一次也是最後一次。

依照時刻表九點整，往松本的特快列車準時離開月臺。他還坐在長椅上，目送著燈光沿著鐵軌遠離，一邊加速度一邊消失到夏夜的深處到最後爲止。末班列車的影子不見了之後，周遭忽然變得空蕩蕩的。看來好像整個城市本身的光輝降低了一段似的。像戲劇落幕，照明熄滅之後的舞臺那樣。他從長椅上站起來，慢慢走下階梯。

走出新宿車站，走進附近的小餐廳，坐在櫃檯的位子點了美式烤肉餅（meatloaf）和馬鈴薯沙拉。而且兩樣都各剩一半。並不是不好吃。那家是以美式烤肉餅美味著名的店。只是沒有食慾而已。啤酒也和平常一樣只喝了一半就剩下。

然後搭電車回到自己的房間，沖了澡。用肥皂仔細洗身體，把身上的汗洗掉。然後穿上橄欖綠的浴袍（三十歲生日時以前的女朋友送給他的），在陽臺的椅子上坐下，一面讓夜風吹著，一面聽著街上含混不清的混沌噪音。已經接近十一點了，卻還不睏。

作回想起，大學生的時候，只想到死的那段日子。已經是十六年前了。那時候，覺得只要一直深深地安靜注視自己的內心深處的話，心臟最後就會自然地停止下來。把精神銳利地集中，焦點準確地對準一個地方的話，就像鏡頭把陽光集中在紙上可以起火燃燒一樣，一定會對心臟造成致命傷。他打心裡期待變成那樣。但事與願違，經過幾個月心臟依然沒有停。原來心臟是不會那麼簡單就停的。

遠方傳來直升機的聲音。好像正接近這邊飛來的樣子，聲音逐漸變大。他抬頭看天空，尋找飛機的蹤影。那感覺上就像帶著某種重要訊息的使者來臨一般。但終究沒有看到那蹤影，螺旋槳的聲音就逐漸遠去，終於消失到西方去了。剩下的只有柔軟而漫無邊際的、夜之都市的噪音而已。

白妞那時候所希求的，或許是五人團隊的解體。這種可能性忽然浮現在作的腦子裡。他坐在陽臺的椅子上，爲那可能性一點一點逐漸給與具體形狀。

高中時代的五個人幾乎沒有空隙地，完全調和。他們彼此互相接受個人原來的模樣，互相理解。每一個人都可以從中獲得深深的幸福感。但那樣的至福不可能永遠繼續。樂園不知何時終究是會失去的。人會各自以不同的速度成長下去，將前進的方向也會分別各異。隨著時間的經過，可能難免要產生不合。也會出現微妙的龜裂。而且那恐怕終將無法以微妙的程度收場。

白妞的精神可能無法忍受，那種可能來臨的東西的壓迫。她或許感覺到如果不趁現在把那團隊的精神性連動解除的話，將會被那崩潰波及捲入，自己也將受到致命的傷害。就像被沉沒的船隻所產生的漩渦所吞噬，被捲進海底的漂流者那樣。

作某種程度也能理解那種感覺。是說現在也能理解了。性的壓抑所帶來的緊張，可能在這裡開始帶有不少意義。作這樣想像。活生生的性夢日後所帶給他的，可能也是在那延長線上的東西。那可能也帶給其他四個人某種什麼——不知道是什麼——也不一定。

白妞可能想從那樣的狀況逃出來。可能對不斷要求控制感情的緊密人際關係，覺得忍無可忍了。白妞在五個人之中無疑是感性最強的人。而且可能比誰都更早聽出那傾軋吧。但對她來說，卻無法以自己的力量逃出那個圈外。她沒有這麼強。所以白妞只好把作設計成背教者。作在那個時間點，是第一個離開那個圈子的成員，成爲那個共同體中最弱的一個環結。換句話說，他有被罰的資格。於是當她被誰強暴時（是誰在什麼狀況下侵犯她讓她懷孕的，可能成爲永遠的謎。）在衝擊所帶來的歇斯底里的混亂中，她像拉下電車上的緊急停止裝置般，使出全身的力量把那最弱的一環連結扯下。

這樣想的話，也許很多事情就可以連貫了。她當時可能在本能的命令之下，把作當成踏腳石想翻過封閉的牆壁。如果是多崎作的話被放在那樣的立場，應該好歹也能順利活下去吧。白妞大概這樣直覺。就像惠理冷靜地推測到這樣的結論一樣。

冷靜而經常很酷地保持自己步調的多崎作君。

作從陽台的椅子上站起來，回到房間。從架子上拿出Cutty Sark的瓶子注入酒杯，拿在手上再度走出陽台。並在椅子上坐下，右手指尖暫時按著太陽穴。

不，我既不冷靜，也沒有經常酷酷地保持自己的步調。那只是平衡的問題而已。自己所抱著的重量，習慣性地往支點的左右巧妙地分配著而已。在別人眼裡看來可能顯得很冷靜的樣子。但那絕對不是簡單的事。比看起來要費事。而且就算能順利保持平衡了，落在支點上的總重量其實絲毫也沒有減輕。

雖然如此他還是能原諒白妞——柚子。她受了深深的傷，只是拚命想保護自己而已。她是個很弱的人。身上沒有夠堅硬的外殼足以保護自己。在面臨緊迫的危機時，爲了尋找稍微安全一點的地方已經盡了最大的努力，因此沒有餘裕選擇手段了。誰能責怪她呢？但結果，無論她逃得多遠，都無法逃掉。隱藏著暴力的暗影，依舊執拗地在她背後緊追不捨。那就是惠理所稱「惡靈」的東西。於是在下著安靜冷雨的五月的夜晚，那個就來敲她的房門，把她纖細美麗的喉頭用繩子絞殺了。可能在事先就決定好的場所，事先決定好的時刻。

作回到房間，拿起聽筒，沒有深入思考含意就按了快速撥號，打電話給沙羅。但聽見響了三聲後忽然回過神，改變想法把聽筒放下。時刻已經晚了。而且到明天就可以見到她。就可以和她面對面談話了。在那之前不該以半吊子的方式談。這點很清楚。但不管怎麼說，他現在就想立刻聽到沙羅的聲音。那是自然從內在湧出來的感情。作壓制不了那衝動。

他把貝爾曼所演奏的《巡禮之年》放在轉盤上，放下唱針。定下心，側耳傾聽那音樂。赫曼林納的湖畔風景浮上腦海。窗上的白色蕾絲窗簾被風搖曳著，小船被浪搖擺著發出喀搭喀搭的聲音。林間母鳥很有耐心地教著小鳥啼叫的方法。惠理的頭髮還留著柑橘類洗髮精的香氣。她的乳房柔軟而豐饒，蘊藏著足以繼續生存下去的濃密重量。脾氣古怪的帶路老人在夏草裡吐一口濃痰。狗幸福地搖著尾巴跳上雷諾車的載貨台。在回溯著這些情景的記憶之間，曾經有過的胸部疼痛回來了。作舉起Cutty Sark的玻璃杯喝一口，品味著蘇格蘭威士忌的香氣。胃的深處稍微熱起來。大學二年級的夏天到冬天，只想著死的日子，每天晚上這樣喝一小玻璃杯威士忌。不這樣的話無法入睡。

電話鈴聲唐突地響起。他從沙發站起來，用舉臂器（lift）把唱針抬起來，站在電話機前。那是沙羅打來的電話應該不會錯。這樣的時刻會打電話來的對象只有她而已。可能知道作打過電話了，現在回撥。該不該拿起聽筒，鈴聲繼續響了十二次之間，作猶豫著。緊閉嘴唇，屏住氣息，一直注視著電話機。就像在尋求寫在黑板上長長的難解數學方程式的解法，從稍微離開一點的地方檢查細部的人那樣。但得不到解法。鈴聲終於停止，沉默依舊繼續。有含意的深深沉默。

作爲了填補那沉默，再度把唱針放下，回到沙發繼續傾聽音樂。這次努力不去想任何具體的事。閉上眼睛，讓頭腦空白，集中意識在音樂本身上。不久就像被那旋律誘出來般，眼瞼裡面各種形象陸續浮上來，浮上來又消失掉。不具有具象性和意義的一連串形象。那些從意識的黑暗邊緣模糊地出現，無聲地掠過可視領域，被其他邊緣吸進去而消失了。就像從顯微鏡的圓形視野掠過的，帶有謎樣輪廓的微生物那樣。

十五分後電話鈴再度響起，作還是沒有拿起聽筒。這次也沒有停止音樂，依然坐在沙發上，只注視著那黑色的聽筒。沒有數鈴聲響的次數。不久鈴聲停止，聽得見的只剩音樂。

沙羅，他想。我想聽妳的聲音。比什麼都想。但現在不能說話。

明天，沙羅可能選擇那另一個男人也不一定。他在沙發上躺下，閉上眼睛這樣想。那是非常有可能發生的事，對她來說也許是更正確的選擇。

對方是什麼樣的男人？兩個人是什麼樣的關係？交往多久作無從知道。也沒有想知道的心情。只有一點能說的是，現在這個時間點作能對沙羅提出的東西，實在非常少。只有數量有限、種類有限的東西。而且以內容來看，大多也只有不足取的東西而已。那種東西有誰會眞的想要呢？

沙羅說對我擁有好感。那可能是眞的。只是世間有許多事情不是只有好感就可以應付得了的。人生很長，有時是很嚴酷的。有時甚至需要有犧牲者。有人不得不扮演那個角色負擔起那個任務。而且人的身體是脆弱的，容易受傷的，天生就是割下去會流血的。

無論如何如果明天，沙羅沒有選我的話，我大概**眞的**會死，他想。現實上的死，或比喻性的死，無論哪邊都沒什麼兩樣。不過這次我可能眞的，確實會斷氣。沒有色彩的多崎作完全失去色彩，從這個世界悄悄退場下去。一切化爲烏有，剩下的只有一把硬硬的冰凍的土塊而已，可能會變那樣。

沒什麼不得了的，他說給自己聽。這是過去發生過幾次但沒結果的事，這次實際發生也不奇怪。只是物理上的現象而已。上了發條的時鐘，發條逐漸鬆弛，力距無限接近零，齒輪終於停止最後的動作，針完全停在一個位置。沉默降臨。不就是這麼回事嗎？

日期改變之前在床上躺下，關掉枕邊的燈。但願能夢見沙羅出現的夢，作想。激情的夢也好，不是也好。不過可能的話，最好不要太悲哀的夢。如果是能摸到她身體的夢就更沒話說了。因爲那畢竟是夢啊。

他的心在需要沙羅。像這樣打心裡需要誰，是多麼美好的事啊。作強烈地確實感覺到這件事。非常久沒這樣了。或許這是第一次。當然不是一切都美好。同時胸部會疼痛，呼吸會困難，會害怕，會有黑暗的來回搖擺。但連那樣的難過，現在都變成愛惜的重要部分了。他不想失去現在自己所懷有的這種心情。一旦失去的話，可能永遠無法再遇到這溫暖了。如果要失去那個，還不如失去自己更好。

「嘿，作，你應該得到她。無論發生什麼。如果這次放掉她的話，可能再也得不到誰了喔。」

惠理這樣說。可能正如她所說的。無論如何都必須得到沙羅。這點他也知道。不過不用說，這不是他一個人能決定的事。這是一個人的心，和另一個人的心之間的問題。有該給的東西，有該接受的東西。無論如何一切就等明天了。如果沙羅選擇我，願意接受我的話，就立刻向她求婚。而且把現在能獻給她的東西，無論什麼，都完全獻出。趁著在深深的森林裡迷路，被壞小矮人抓去之前。

「並不是一切都會消失在時間之流裡。」這是作在芬蘭的湖畔，和惠理臨別時該傳達的話——但那時候說不出話來。「我們那時候強烈地相信什麼，擁有可以強烈相信什麼的自己。那種心情並不會就那樣空虛地消失掉。」

他靜下心，閉上眼睛睡著了。意識的最後尾燈，像逐漸遠去的末班特快列車般，一邊徐徐加快速度一邊逐漸變小，被吸進夜之深處消失了。只剩下穿過白樺樹林的風聲。

藍小說 962

沒有色彩的多崎作和他的巡禮之年

作　者—村上春樹
譯　者—賴明珠
主　編—嘉世強
編　輯—黃嬿羽
美術設計—陳文德
執行企劃—林貞嫻
校　對—賴明珠、黃沛潔

董事長—趙政岷
出版者—時報文化出版企業股份有限公司
108019台北市和平西路三段二四〇號三樓
發行專線—（〇二）二三〇六—六八四二
讀者服務專線—〇八〇〇—二三一—七〇五
（〇二）二三〇四—七一〇三
讀者服務傳真—（〇二）二三〇四—六八五八
郵撥—一九三四四七二四時報文化出版公司
信箱—一〇八九九臺北華江橋郵局第九九信箱

時報悅讀網—http://www.readingtimes.com.tw
電子郵件信箱—liter@readingtimes.com.tw
法律顧問—理律法律事務所　陳長文律師、李念祖律師
印　刷—家佑印刷有限公司
初版一刷—二〇一三年九月二十七日
初版十五刷—二〇二四年五月九日
平裝本定價—新台幣三五〇元
精裝本定價—新台幣四五〇元

時報文化出版公司成立於一九七五年，並於一九九九年股票上櫃公開發行，於二〇〇八年脫離中時集團非屬旺中，以「尊重智慧與創意的文化事業」為信念。
（缺頁或破損的書，請寄回更換）

沒有色彩的多崎作和他的巡禮之年 / 村上春樹著；賴明珠譯. -- 初版. -- 臺北市：時報文化, 2013.09
面；　公分. --（藍小說；962）
ISBN 978-957-13-5820-8（平裝）
ISBN 978-957-13-5821-5（精裝）

861.57　　　102016301

封面圖片 Morris Louis "Pillar of Fire"
Original cover designed by Okubo Akiko

ISBN 978-957-13-5820-8（平裝）
ISBN 978-957-13-5821-5（精裝）
Printed in Taiwan